滄狼行

卷3

詭秘之局

指雲笑天道

目錄

CONTENTS

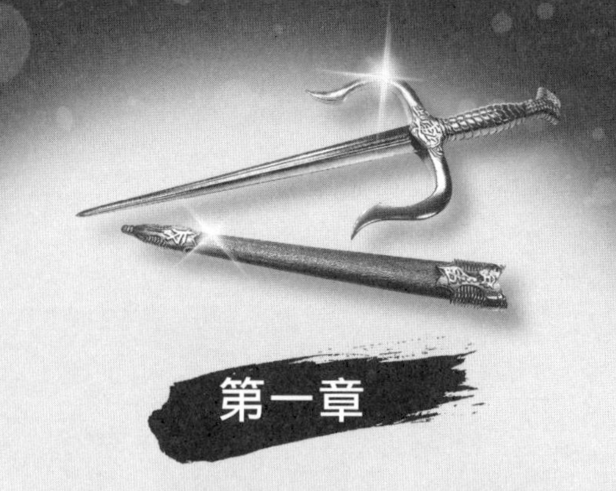

第一章

峨嵋雙姝

那個黃衣的叫楊瓊花，
是山東提學副使兼督糧參政楊博的女兒，
那個白衣的，則是曉風師太嫡傳弟子林瑤仙，
這次滅魔之戰是她第一次行走江湖，前天大戰中，
連殺魔教七八名好手，威名可不在你老兄之下啊。

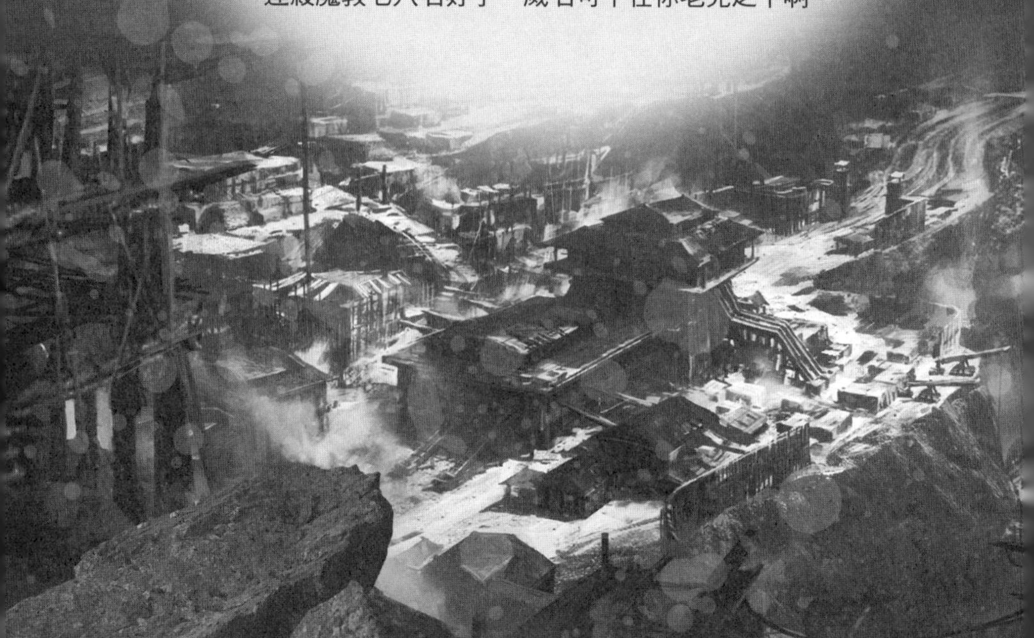

屈彩鳳的聲音在微微地發抖：「哼，曉風，你說傷我師父的武功是你峨嵋派的至高武學幻影無形劍，兵器是你峨嵋派的鎮派神兵倚天劍，那凶手想必也是你峨嵋派的人吧？到底是哪位英雄，還請見告。」

曉風臉上的肌肉跳了兩下：「凶手是何人，我心中大體有數，但牽涉本派機密，事關前人名譽，恕貧尼現在不能告知天下英雄，不過曉風可以立誓，滅魔之戰結束後，一定會親手抓到這凶手，給巫山派一個交代。」

屈彩鳳仰天大笑三聲，笑聲中充滿了仇恨與憤怒，笑完後，狠狠地盯著曉風，雙眼通紅：「曉風，你不用惺惺作態，繼續演戲了，我敬你是前輩，給你個自己解釋的機會，你卻仍想愚弄天下英雄！昨天若不是你差弟子前來約師父見面，師父怎會匆匆赴約，又怎會臨時改由我來接待你們？」

屈彩鳳轉向見性和紫光：「見性大師，紫光道長，我巫山派雖是綠林草莽，這點禮數還是懂的，家師和你們打了一輩子交道，雖不是同道中人，卻也是相互敬佩。各位掌門請回想一下，家師是個自高自大，有朋遠來，卻自己擺架子不出面，只會要徒弟見各位前輩的傲慢無禮之人嗎？」

見性的臉色一變：「屈姑娘，你說昨天有峨嵋弟子約尊師出來面談？」

屈彩鳳的兩行清淚不自覺地流了下來：

「此等大事晚輩豈敢妄言！巫山派上下都看到了，昨天一個峨嵋道姑前來求見家師，我巫山派近年來為了蜀中唐門的事，與峨嵋派早已結下梁子，只不過沒明著撕破臉皮罷了。家師本不欲見，但見到來人給的一件信物，立馬大驚失色，匆匆交代了晚輩幾句，讓晚輩招呼好各位前輩，然後就一個人去赴約了，結果一夜未歸，我們覺得事有蹊蹺，三更起開始四處搜山，結果在後山一處林子中找到……找到了師父。」

屈彩鳳儘量忍著自己的情緒，卻越說越難過，到後來幾乎是泣不成聲。

紫光眼見事情難以收拾，便轉向曉風師太，正色道：「師太，貧道並非好事之人，也無意打聽貴派隱私秘辛，只是茲事體大，一個處置失當，則會引起整個武林的滔天巨浪，更會直接影響此次滅魔大戰的成敗，還請師太能顧全大局，向大家明言，相信天下英雄自有公論。」

曉風冷冷地回道：「道長不必多說，貧尼說了，此事事關峨嵋名譽，滅魔戰結束後，貧尼自會親自捉拿凶手，給巫山派一個交代。何況，即使要說，事關先人與長輩的隱私，貧尼也要回山後，徵得當事人的同意才能明言。**哪個大派沒幾件不足為外人道的秘事，想必你武當也有類似的事情吧?!**」

紫光聽到這裡，不禁語塞，嘆了口氣，無法再勸。

屈彩鳳怒極而笑：「哈哈哈，當事人？這麼說，這凶手果然是你峨嵋的人了，大家都聽到了吧！」

曉風的眉頭一皺：「貧尼只說凶手與峨嵋有關，沒說是峨嵋的人。」

屈彩鳳憤怒地打斷了曉風的話：「不用多說了，曉風，你的話我一個字也不想再聽！峨嵋的武功，峨嵋的兵器，峨嵋的隱私，我懶得聽什麼解釋，也不用你捉什麼凶手！**江湖的事，按江湖的規矩辦**，你曉風今天不肯交出凶手，我只當是你峨嵋殺我師父，向我巫山派宣戰！今天天下英雄在此，俱可作為見證，我屈彩鳳對著師父的遺體發誓，**不滅峨嵋，誓不甘休**！姐妹們，我們走！」

此言一出，在場的各位正道掌門無不失色，卻又無法阻止，只能眼睜睜地看著巫山派眾人抬起林鳳仙的屍體，擁著屈彩鳳，頭也不回地準備離開。

這時，突然有個聲音響了起來：「屈姑娘請留步，在下覺得此事疑點重重，還請留步指教。」

屈彩鳳臉色微微一變，停下了腳步，一回頭，只見一個二十出頭，白白淨淨的青年書生正向自己行禮，她不情願地回了個禮後道：「這位……公子有何指教？」

她本見那人站在岳千愁身後，想說少俠，但此人看著文弱，實在不像江湖人士，猶豫一下後還是稱之為公子。

此人正是華山派新收的徒弟展慕白！

「在下華山派展慕白，適才聞得姑娘所言，提到那峨嵋道姑拜見尊師，請她出去與人見面，當時此人是帶來一樣信物的，尊師見了才急著出門，敢問這信物可還在？」

屈彩鳳冷冷回道：「師父直接帶的信物離開，我等何曾見過？只知師父一見此物即匆忙出門罷了。」

展慕白繼續問道：「那轉交信物的貴派俠士可在？能否喚出，問問是何物？」

屈彩鳳已經有些不耐煩了：「不用問了，我早問過，那東西是用布包的，傳信的弟子也未見到，只知重量很輕，似是首飾之類。」

展慕白還是不甘心：「那能否請姑娘辨認一下峨嵋派眾位師姐，看看是否有那位送信道姑？」

屈彩鳳怒容滿面，說話也不再留情面：「展公子，請問你為峨嵋派如此開脫是何用意？那曉風尼姑早存了害我師父之心，行事必是隱秘，怎麼可能讓隨行弟子做這事？你不用費勁替她們掩飾罪過了，剛才我毒誓已發，不會收回。」

屈彩鳳頓了頓，冷笑道：「聽說你展公子也在不久前家門慘變，若是有人為于桑田這般開脫，你會作何感想？」

原來這巫山派耳目遍及江湖，展慕白的滅門之事近期轟動整個武林，連不下武當的李滄行都有所耳聞，更不用說耳目靈通的屈彩鳳了。

展慕白給她這樣一說，再也無語，面紅耳赤地退了下去。屈彩鳳說完這話後，狠狠地瞪了曉風一眼，帶著手下，頭也不回地離開了此處。

李滄行抬頭一看曉風，見其若有所思，站在她後面的那個黃衫女子，則妙目含情地看著展慕白。

初時這黃衣女子的容貌，李滄行未曾細看，此處燈火通明，才發現這女子俗家裝扮，鵝蛋臉，鳳目瑤鼻，柳葉細眉，櫻桃小口，肌膚勝雪，體態婀娜，端的是一等一的美女。

而黃衣女子身邊的白衫女子，則是瓜子臉，高挑個子，朱唇星眸，體態玲瓏，頭上挽了一個高高的道姑髮髻，眉心間一點朱砂，一副道姑裝，冷豔高貴，不可方物。

李滄行久聞峨嵋出美女，今日見此二姝，如海棠秋菊各擅勝場，加上前日所見的屈彩鳳，皆可稱得絕世美女，初見之時，不免怦然心動，但轉眼間，小師妹那楚楚可憐的樣子又湧上心頭，李滄行不覺臉上浮出了一絲笑容。

這幾天，血戰之餘還能見此人間絕色，也不枉一道別樣風景，李滄行突然想到小師妹一向對這種年輕女俠感興趣，也不知她見到沒有。想到這裡，李滄行舉目四顧，卻不見黑石和沐蘭湘的身影。

李滄行的目光落到華山派眾人處，就見前幾日所見那岳靈兒正撅著小嘴，捂著耳朵，似是在耍小性子，展慕白則在其身邊不停地說著什麼，手足無措，看樣子，一定是展慕白剛才為峨嵋派說情，惹得岳靈兒醋性大發，在使小性子呢。

李滄行心道：原來這華山小師妹跟沐蘭湘一樣嬌俏任性，轉眼再看那黃衫女子，見其低下頭，偷偷地看著那展慕白的方向。

突然一個猥瑣的聲音傳入他的耳朵：「李師兄，可是看上了峨嵋派的哪位美女了？」

李滄行一回頭，只見後面一人面帶壞笑，正是那三清觀的火松子。

李滄行一向覺得此人油滑世故，跟自己性格不是太合，是以一路上與其師兄火華子走得較近，內心深處委實不願多與此人有何牽扯。

聽得此言輕浮，李滄行不由得心中動了怒火，冷冷地回道：「火松師兄休開玩笑，李某絕非好色之徒。」

火松子「嘿嘿」一笑：「行啦行啦，兄弟面前不用多裝，你跟你師妹的風流好事，昨天早就傳遍武林了。想不到啊，你李兄平日看起來正人君子，沒想到比我火松子還厲害，直接就來真的。」

「你說什麼，我跟師妹清清白白的，是誰造這種謠！」李滄行心下大急，顧不得許多，一把直接抓住火松子胸口的衣服，厲聲問道。

轉頭一看，發現周圍的人都盯著自己，李滄行心下大悔，暗怪自己魯莽，沉下臉，拉著火松子走到旁邊無人之處。

火松子嬉皮笑臉地說道：「嘿嘿嘿，李師兄，有膽子做沒膽子認嗎？聽說那沐蘭湘是武當唯一女弟子，模樣也算一流，小弟覺得配你老兄挺合適的啊。再說，你武當的清規戒律一大把，兄弟我在三清觀裡可是寬鬆得多，就算這樣，還經常覺得生命中若是少了女人，實在是缺了好多樂趣，師兄你的日子想必更難過吧，我可是真心恭喜你啊。」

李滄行強行壓抑心中的憤怒，他現在最關心的是這個謠言從何而來，手上也加了三分力：「休得胡言，說！此話是何人所傳？」

火松子手腕像是被鐵鉗緊緊地箍住，叫了起來：「哎喲，別捏這麼緊嘛！又不是我說的，我還不是聽別派弟子們在一起吹牛時提到的，現在整個大軍的年輕弟子們都在說兩件事，一件是公孫豪、司馬鴻神功蓋世，一件就是你李少俠色膽包天啊。不過這大戰當前，見多了生死，男人嘛，很正常。」

李滄行頹然地鬆了手，心中痛悔自己行事惹人非議，這下跳到黃河也洗不清了，一想到這下師妹的清白名聲被自己連累，想死的心都有了。

火松子一見他這模樣，訝道：「難道傳言有誤，你們不是在大戰之後偷歡？」

「我呸，師妹第一次出手殺人，一時激動暈了過去，我以渡氣之術欲救她性命，哪個混蛋這麼不要臉，到處嚼舌頭，我，我他媽的廢了他！」

李滄行在武當時從不爆粗口，這幾句罵人話還是偶爾聽黑石訓人時說的，今天情急之下口不擇言，竟然說了出來。

「哎喲，李師兄，消消氣，別發這麼大的火，這不是不知者不罪嘛，何況這事已經傳開，你就是廢了那個傳話的也沒用了，大戰在即，別分心啦，今天的話就當我啥也沒說。」火松子也知道自己闖禍了，收起了臉上那種輕浮笑容，勸起李滄行來。

李滄行知道他說的是事實，當下默然，他終於明白了為何這兩天沐蘭湘不理自己，他很害怕小師妹會不會真當自己是好色之徒，一輩子恨上自己了。

火松子看李滄行這副頹然的樣子，哀嘆道：「哎，本來還想向李兄討教幾招追妹的高招呢，想不到是這結果。算啦，就當兄弟給你賠個不是，對了，峨嵋那兩個小妞挺正的吧，想不想知道是誰？嘿嘿嘿。」一說到美女，他馬上又興高采烈，眼睛也放著光。

李滄行此時心亂如麻，哪有心情聽他說這些，只盼此人能馬上消失，讓自己安靜一會，可是這會兒他已經恢復了理智，畢竟是同道中人，也不能當面斥責，讓對方下不來臺，只好強忍著心中的不快，一言不發，希望這火松子能識趣些，自行離開。

火松子猶不自覺，口沫橫飛，神采飛揚地繼續滔滔不絕：

「那個黃衣的叫**楊瓊花**，還是**山東提學副使兼督糧參政楊博的女兒**呢，從小聽說體弱多病，給送上峨嵋習武，想強身健體。沒想到這女子天生冰雪聰明，武功招式過目不忘，深得曉風師太的喜歡，年紀輕輕已經練成峨嵋絕學**萬花劍法**與**飄雪穿雲掌**。

「去年楊瓊花藝成下山，回家省親時，路遇巫山派屬下的清風寨找蜀中唐家的麻煩，出手相助，一下子打敗了成名已久的清風三雄，從此在江湖上多了個『**黃衣玫瑰**』的名頭，就是說這小妞喜著黃衣，看著漂亮卻是渾身帶刺啊。

「至於那個白衣的，則是**曉風師太的嫡傳弟子林瑤仙**，聽說她悟性也是極高，處事穩重，少年老成。七歲跟隨其師曉風師太習武，十六歲便以一手**倚天劍**

打遍峨嵋。林瑤仙藝成比楊瓊花還早一年呢，這次滅魔之戰可是她第一次行走江湖，前天的大戰中連殺魔教七八名好手，威名可不在你老兄之下啊。」

火松子說起兩大美女，連口水都快要流下來了。

李滄行本無意聽這些，忽然心中一動，問道：「那楊瓊花為何要幫唐門出頭，與巫山派為敵？」

火松子談這些正事時，顯然沒有剛才談女人時興致高：

「嘿嘿，這個我可是多方打聽才知道的哦，看在今天冒犯了你的份上，索性就一併告訴你，算是向你賠罪了。因為這楊瓊花的生母就是唐門的人，而且巫山派近年來在江湖中崛起，遲早會與同處蜀中的唐門與峨嵋起衝突的，在楊瓊花這事之前，雙方已經有過不少摩擦，但這回林鳳仙直接死在峨嵋劍法之下，事情鬧太大了，也不知如何收場。好啦，天快亮了，我去吃早飯了，去晚了又只能啃饅頭咯。」

火松子匆匆行了個禮，轉頭一溜煙地跑了。

李滄行一路走回澄光組，感覺一路上經過的同齡人一個個看到自己時，都好像在背後對他指指點點，更有些在不懷好意地偷笑，他氣得要爆炸，又不知道如何發洩，只能忍著，默默地回到隊中。

此時眾人已經吃罷早飯，給他留了三個饅頭。澄光把李滄行拉到一處僻靜之處，低聲道：「剛才的事，你怎麼看。」

李滄行沉吟一會兒，道：「**此事必是有人從中陷害**，聯想到之前丐幫胡不歸死於少林，武當出發前有人突襲白雲師叔，寶相寺一相大師在大會上要比武奪帥，陸炳隨後上山威脅，現在又出了這事，徒兒總感覺**有隻看不見的手，把我們一步步引到這裡**，如果明智的話，我們應該馬上撤軍，再調查這一連串的事。」

澄光點點頭：「嗯，你說得很有道理，各位掌門正在開會商議此事，為師也覺得前途凶險，撤軍查清楚一連串的事件方為上策。你覺得他們開會的結果會如何？」

李滄行想了想，一路以來各位掌門的言行盡在他心頭浮現：

「弟子一路觀察，華山、寶相寺、衡山、峨嵋這幾派恨極魔教，尤其是前日裡衡山和寶相寺在魔教手中死傷慘重，盛掌門看起來是個非常重情義的人，一定不會同意撤軍。我們武當前日也損失了好幾十人，上下也都想為同門復仇；少林的態度不明，但既然是他們發起此戰，應也不會輕易言退，所以弟子認為：開會的結果仍會繼續前進，但會對後方的巫山派有所留意。」

澄光滿意地撫了撫頜下的山羊鬍子：「繼續說。」

「巫山派如想與峨嵋決戰，應該是召集七省綠林勢力來幫忙，這需要時間。所以如果我們不撤軍，上策應該是**速戰速決**，**趁巫山派集結之前先擊破魔教**，這樣巫山派料想也不敢與我們正面衝突。」李滄行想了想道。

澄光拍拍李滄行的肩膀：「你果然大有長進啊，分析得很不錯，只是你還是漏了兩件事。」

李滄行「哦」了一聲：「請師父指教。」

澄光正色道：「第一，巫山派未必會等到林鳳仙死後才會召集分寨的人來援，**假途伐虢**的故事你應該聽過，林鳳仙為人非常謹慎，既然沒答應和我們一起滅魔，也會擔心我們途中將其消滅，必定是早已令屬下的分舵來援。如果為師所料不差的話，此時他們山寨中至少已經集結了二三千人，山寨容納不下，故有不少人在山寨外宿營，所以林鳳仙才會讓屈彩鳳在此守候，讓我等掉頭向南，目的就是不想我等離他們太近，看出巫山派兵力虛實。」

李滄行恍然大悟：「師父所言極是，弟子大意了。」

澄光來回踱了幾步，繼續道：

「第二，就是為師最擔心的事。錦衣衛和朝廷在此事中的反應非常耐人尋味，**事前大批公門中的正派弟子告假，沒有受到任何阻擋與質疑，陸炳上山恫嚇不成，竟然全無後續動作**，我們這一路來也沒有任何官府中人跟蹤，正派、巫山派、魔教，加起來幾萬名持刀弄槍的江湖人士調動，足以抵得上一支軍隊了，朝廷居然毫無反應，這不正常，似乎他們已經掌握了我們的動向，而且巴不得我們和魔教打這一仗。」

李滄行聽得冷汗直冒，仔細一想，確實句句在理：「師父，此事可曾向紫光師伯他們稟報過？」

澄光長嘆一聲：「唉，在武當時，為師就和紫光師兄商量過此事，他聽了也覺有異，但箭已在弦上，不得不發；而且你紫光師伯與見性大師等人為促成此次滅魔大戰，多方奔走，實為幾百年難得的良機，就此罷手實不甘心。眼下木已成舟，如你前面所分析，現在就是紫光師兄想要罷手，只怕各位掌門也不會答應，你我只能隨波逐流，實在不行的話，就獨善其身吧。前日所言此戰結束後就離開武當之事，你可有反悔？」

李滄行一聽到這事就頭皮發麻：「師父，我……那天我跟小師妹被不少人誤會，我擔心師妹的名節受損，所以……」

澄光笑著擺擺手，阻止了李滄行繼續說下去：「為師知道了，其實昨日紫光師兄讓你做外交之時，我也在考慮此事。現下巫山派與峨嵋已成水火，徐林宗如果不能跟屈彩鳳斷情絕愛的話，想必前途也堪憂，你留在武當未必沒有機會。為師也傾向於戰後如果一切順利，還是先觀望一段時間，如果江湖上把你和沐蘭湘的事傳得再厲害點，沒準你黑石師伯為了女兒的名節，也會玉成此事，到時候為師一定會助你的。」

「師父，我不是這意思，我……」李滄行從沒想過利用此事做文章，一下子急得結巴了。

澄光哈哈一笑：「好了好了，不用多說了，你的心思為師知道，又想抱得美人歸，又想守君子之道，有這麼便宜的好事，你介紹一個給我？眼下大敵當前，別的事情放一邊吧，戰後再作計較。滄行，你記住，前途凶險，撐過了滅魔之戰才有機會談情說愛，**任何情況下，一定要保住自己的命，命沒了啥也沒了**，因為一旦要死，會死很久的。」

「是。」這回李滄行答得氣勢十足。

澄光抬頭看了看已經大亮的天色：「上路吧，大家已經出發了，切記為師剛才和你說過的話。」

從武當下來也就短短的幾天，李滄行卻**彷彿經歷了幾年，嘗遍了人生的愛恨情仇，一下子變得成熟起來**。走在大軍的最前方，他也開始學著像個統帥一樣地觀察地形，考慮進退。

整個隊伍仍是按照既定的行軍速度行進，接近中午時分，大家來到了巫山派南五十里處的落月峽。

李滄行眼力過人，一眼看到峽谷中密密麻麻地排了四五千人，均是嚴陣以待。澄光一看這陣勢，立即向後方發出信號彈，告知魔教大軍在此。半個時辰不到，正派聯軍的隊伍都集結到了峽口。

見性與紫光等人觀看了一下戰場，此處名為落月峽，谷口狹小，只能容十餘人並排而過，谷中則是異常寬敞，足以容納數萬人。峽谷兩邊山勢緩和，不算異常陡峭，高度也只有數十丈，無法隱藏大規模的部隊。

谷外方圓數里內皆是平地，一覽無餘，見性環顧四周後，對眾掌門說道：「看來此處是非常寬敞的決戰場所，魔教選擇此地與我等決戰，也不知是何用意。」

公孫豪忽然道：「且慢，容我打探一番。」言罷身形一動，奔上了谷邊的山崖。

眾人只見其身形越來越小，最後變成一個黑點消失於山上。

半個時辰後，公孫豪奔回道：「我已查探過，兩側山上皆無伏兵，而且山上無草木擂石等，也無法利用地形攻擊，看來魔教確實想在此谷內與我等決戰。」

岳千愁沉吟道：「在下有一事不明，**為何魔教妖人們放著總壇黑木崖的險惡地勢不守，非要在此寬敞地帶與我等正面決戰？**從前日交手情形看，他們的戰力不如我等，打正面不是最好選擇，而且此處無法埋伏，只能純以實力硬拼，冷天雄究竟是怎麼想的？」

盛大仁早就在一邊摩拳擦掌了：「岳兄你自己看，今天的魔教妖人比那天完全不一樣，那天多數是旁門左道，烏合之眾，很多只是跟魔教有所往來的江湖散人，沒有統一的組織，根本不堪一擊。可是你看看他們今天的陣勢，其陣形整齊劃一，顯然是本部的高手集結，和我們一樣也是三四十人一組，連制服都統一，應該是各堂的高手，以香主為首，集合了精銳弟子，未必不是我等對手。我要是冷天雄，也會在這裡打一仗，輸了再退守黑木崖不遲。」

曉風師太也點點頭：「魔教之徒足有四五千人，全部困守黑木崖的話，我等只需在崖下駐守，他們無糧，不用數月即無法堅守，所以在此與我決戰也是不得已之舉。大家再看他們大陣後方，冷天雄、東方亮、上官武，司徒嬌、慕容劍邪這幾個首腦，還有鬼聖、老烈火、賀青花、六指蝙蝠這四大尊者全來了。魔教不會有別的想法的，就是想和我們在這裡拼了。」

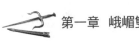

眾人一眼看去，這些魔教首腦果然全部在場，皆點頭稱是。

紫光道：「巫山派的動向值得關注，今晨的事後可曾有新的行動？」

見性搖搖頭：「未曾聽說，後方一直有弟子在監視他們，說是大路上沒有大規模的調動。」

紫光還是覺得心裡很不踏實，屈彩鳳放話時的那股狠勁，這幾天在他腦海裡一直揮之不去：「為防萬一，待會兒決戰前還是需要留好退路，寶相寺的大師們和衡山的各位，前日一戰損失頗大，這回就煩勞守好谷口。」

盛大仁一聽這話，立馬臉色一變：「這是什麼話！我們前天這麼多人死在魔教妖人手上，就指望著今天報仇呢！誰跟我搶，我跟他急，更別說讓我在後面看家了！紫光道長，你們武當行事這麼前怕狼後怕虎，那還在江湖上混個屁啊。要是怕死，你們自己留在後面好了。」

紫光涵養再好也無法忍受，臉上勃然變色，正待發作，卻被見性一下拉住：

「大敵當前，自己人切勿動氣。老衲看這樣好了，少林留下五百名精幹弟子，布下四個羅漢大陣守住谷口，順便作為預備隊，若是前方情況危急，也能調其上前。各位意下如何？」

曉風道：「少林羅漢陣天下聞名，今天乃是大規模正面作戰，一下子分出一半弟子在後方，似有不妥。」

「師太所言差矣，兵書上說**凡良將者，未慮勝先慮敗**，滅魔未必今天就能畢其功於一役，而我正派此次精英盡出，萬不能出差錯，全折在這裡，必須要守好後路，若前方戰況不利，也可隨時調預備隊上前作戰。」

曉風畢竟是女流之輩，不諳兵法，聽見性這麼一說，也就閉上了嘴。

見性見各人再無異議，就開始分配各派的任務：入谷後，衡山派打前鋒，武當峨嵋跟進，寶相寺居中策應，少林僧眾守好後路，少林的俗家弟子則隨寶相寺一起行動，仍是按前日以三十多人的小隊為單位作戰。

見性站在谷口的高處，負責統一指揮，由於大家都是江湖人士，沒有大旗金鼓之類的，各派共選了數十名身手靈活，輕功出色的弟子隨見性一起登高，負責傳令。

眾人議定後，各自解散，回到自己的大隊當中，按商定的順序依次入谷，魔教方面一直是按兵不動，只看著正派聯軍入谷，布陣完畢。

李滄行看著對面的千軍萬馬，舉頭望了望天上的白雲，深吸了口氣。

此時只見魔教陣中奔來一人，站到正派聯軍前五十步處停下，高喊道：「我神教教主冷天雄有請中原武林各派掌門陣前相見。」

盛大仁本想命弟子直接擊殺此人，被身邊的陸松拉住，不得已搖了搖頭，走到陣前。

須臾，紫光、公孫豪、岳千愁等人也都來到陣前，見性作為主帥俯瞰全域未到，少林改以羅漢堂首座見智大師為代表，魔教方面也走出了四人。

澄光低聲對李滄行道：「中間那身材高大，煞氣逼人的，乃是**魔教教主冷天雄**，聽說此人乃**張無忌之後魔教兩百年來第一武學天才**，乾坤大挪移與吸星大法均有小成，三陰奪元掌更是打遍魔道無敵手。左邊那人，乃是**副教主東方亮**，號稱是**魔教頭號智囊**，一手主導了近年來魔教的擴張，武功也是深不可測，當年魔教比武奪帥時，他放棄挑戰冷天雄，這才不至於讓魔教內亂。」

李滄行聞聽此言，想起出征前，一相身為正派宗師，卻器量狹小，堅持比武奪帥以至釀成慘禍，不由得嘆了口氣。

澄光繼續道：「後面兩人裡，左邊的是**光明左使上官武**，其人的**毀滅十字刀法**已至化境，據說僅次於巫山派林鳳仙的天狼刀法，三年前聽說二人還比試過一場，此人能在林鳳仙手下全身而退，是除了陸炳以外的唯一一個。

「右邊那苗疆打扮的女子則是**光明右使司徒嬌**，此女生性陰毒，精通各種毒功，幼年時得奇遇學得**金蛇劍法**。她出身於雲南五毒教，十五年前五毒教被雲南點蒼派所滅，後來冷天雄在接任教主前完成的三大考驗之一就是消滅點蒼派。

「聽說因為此事，這司徒嬌成了冷天雄的情婦。魔教這兩大左右使者皆是心狠手辣，武功高絕之輩，這些年來一多半的擴張都是這二人依東方亮的謀劃做的。冷天雄得此二人全力支持，方能坐穩這教主之位。」

李滄行突然想到一事，問道：「黑石師伯當年全家不是被魔教的一個什麼光明左使向天行給滅掉了嗎？那人現在如何了？」

澄光嘆了口氣：「十年前冷天雄接手魔教教主之位後，向天行即升任總護法了，多年來也沒在江湖上走動。有人說是奪教主之戰時傷在冷天雄的手下，也有人說他是在修練魔教至尊武功**森羅萬象煞**，剛才我觀察魔教，在首腦那群人裡沒見到他，也許是留守總壇了吧。」

李滄行遺憾道：「我想黑石師伯和小師妹最想殺的一定是這老魔，今天錯過這機會，有點可惜了。」

澄光厲聲道：「大戰在即，不用多想無益的事，保護好你自己的命才是首要的，不記得我昨天跟你說過什麼了嗎！」

李滄行連忙把心思拉了回來：「是，師父。」

二人言語間，只見前面兩邊的首腦也在脣槍舌劍地爭吵著什麼，冷天雄與紫光話很少，倒是那盛大仁與上官武二人情緒特別激動，若不是被同伴們拉著，險些當場就要動起手來。

澄光心中突然一動，道：「奇怪，魔教明知事已至此，不可能這仗不打，為何還要陣前談判？這都一個時辰了，**他們好像是在拖延時間**。」

李滄行聞聽後舉頭四顧，只見兩邊山上仍是空蕩蕩的，再回頭看看入谷處也無異狀，便說道：「師父過於謹慎了吧，一切正常啊。」

澄光搖搖頭，面沉似水：「我相信我的直覺，一會兒打起來後，我們儘量跟黑石那組靠攏，一旦有啥異變，你帶著沐蘭湘一定要拼命殺出去。谷口那裡如果衝不出去就上山，數十丈高的山崖，只要找到借力之處，連續使出梯雲縱，對你們不是難事。切記！」

澄光說完這話，便看到雙方的首腦都氣鼓鼓地轉身各自回陣：「看到沒，談崩了，準備戰鬥吧！」

冷天雄回魔教陣營的通道一合攏，盛大仁就迫不及待地下令突擊，六七百衡山弟子如一片紅色的潮水，衝向了黑壓壓一片的魔教陣營。

李滄行一邊跟著衝一邊心想：今天這戰，魔教統一黑色勁裝，而正派的衣服五顏六色，就是沒有黑的，倒不怕混戰時誤傷自己人了。

轉念間，李滄行已經跟著大隊衝到交戰之處，只見地上橫七豎八地躺了數十具屍體，紅衣的衡山弟子們正與黑衣的魔教眾人殺成一團，根本無法使用暗器。

李滄行看見數十步外，徐林宗正與沐蘭湘背靠著背，長劍畫出一個個的光圈，連綿不絕，逼得與之對戰的一名老者和三條大漢不斷地後退，一旁的地上則有兩名黑衣人斷了手臂，正在翻滾著呻吟。

李滄行知道二人的兩儀劍法威力巨大，尋常高手根本無法抵擋，心下暗喜，再無掛念，抽出長劍與腰間軟劍，迎著當面的兩條大漢衝了過去。

冷天雄與東方亮並肩站在離戰場兩百步的後方，看著上官武與司徒嬌率著教眾們與正派大軍殺成一團，面上沒有任何表情。

如此過了半個時辰左右，東方亮突然道：「主上，是時候了。」

冷天雄看著遠處騰起的一陣煙塵，點了點頭，舉起右手道：「天堂出動，地堂跟進！」身後的一名徒眾頓時拔出了信號箭，一支響箭帶著紅煙沖天而起。

李滄行把長劍從面前的黑衣大漢的肚子裡抽出，一腳把他踹倒在地。這是他今天殺掉的第四個魔教徒了，這幫人的武功明顯比那天黑水河之戰時的烏合之眾高了許多，今天他對戰的四人，無一武功在那歸有常之下。

剛才跟這面前的使槍漢子一戰，更是讓他身上多了兩處擦傷，腿上前幾天的傷處還被踢了一腳，這會兒金創迸裂，又在向外冒血了。

確認了四周還算安全，暫無別人向自己出手時，李滄行跌坐在地不住地喘息，感覺自己的力量隨著汗水一起急速地流逝。

李滄行轉眼發現那躺在地上等死的黑衣漢子正盯著自己，咬著牙從嘴裡迸出最後一句話：「**一支穿雲箭，千軍萬馬來相見。**」

李滄行順著他的話抬頭一看，只見空中飄過來上百個氣球，氣球下都有一吊籃，裡面坐著一人。

那些氣球緩緩地飄向谷口，守在那裡的數百名少林僧人，與受了重傷撤到那裡歇息的傷患們都跟李滄行一樣，看著這些氣球慢慢地飄到自己的頭頂。

突然間，氣球上方扔下了數百個黑球，李滄行聽到師父的聲音：「不好，**震天雷！**」

幾百個黑乎乎的東西從天而降，隨著一陣硫黃味與火藥味，跟澄光的話音與李滄行的心一起落到了地上。

驚天動地的一陣巨響，李滄行感覺整個大地都在搖晃，緊接著是一陣灼熱的氣浪伴隨著刺鼻的血腥味一起撲面而來，前方所有正在打鬥的人都被這巨響震得肝膽欲裂，只能放棄眼前的對手，就地趴下。

煙塵過後，李滄行看到谷口多出了一個十丈見方的大坑，斷肢殘臂和散亂的兵器堆滿了整個大坑。

谷口的數百傷患，連同那五百名少林精銳的棍僧，就只是一眨眼的功夫，除了二十幾個氣息奄奄，在坑邊蠕動著血肉模糊的軀體外，全都變成了坑中的亡魂，甚至連慘叫聲都來不及發出。

李滄行抬頭看了看山頂高處的見性，只見此刻他那乾瘦的身體在山風中搖搖欲墜，周圍的人一動不動地看著他，他滿臉的花白長鬚在風中飄動，人卻一言不發，像是石化了一樣。

李滄行突然覺得身下的土地有個氣流在運動，轉念一想，驚得全身汗毛直豎起來，雙掌向地下一拍，直接身體騰空飛起。

說時遲那時快，一支閃著綠光的雪亮槍尖破土而出，只見地裡突然現出一個黑衣人，咬牙切齒地頂著一杆晃眼的銀槍向上飛去，而那槍尖正是頂著自己的小腹。

在空中時，李滄行迅速右手抓住槍尖，運氣於小腹，身體就勢一個橫滾，向右側翻去。這一瞬間真是生死兩判，虧得李滄行提前起身，又有護身軟甲和真氣，這才免了這腸穿肚爛之禍。

他在空中右手運氣一擰，大喝一聲斷，那槍尖應手而折，這時候，李滄行才發現槍尖是綠油油的，顯然塗了劇毒。李滄行來不及細想，手腕一抖，以八步趕蟾的手法將那槍尖當暗器擲出。

土裡那人並非高手，這一招潛地飛槍乃是全力而發，當下避無可避，槍尖直接扎在那人頭頂百會穴上，他怪叫了一聲，落地而亡。

李滄行落地時，只見此人的臉已經變成了烏黑色，可見其槍尖之毒何其霸道，不由嚇出一身冷汗，落地時特地用腳踩了踩地，感覺不到周圍有土遁者，這才放下心來。

轉眼四顧，李滄行幾乎暈倒，四周地上躺倒了一片藍色的武當弟子，足有二三百人，剩下還站著的武當弟子們，無不在與地裡鑽出的數百個黑衣人搏鬥。

李滄行感覺地上有人在拉自己，一看正是李冰，一柄長槍已經從他的後背直接穿到胸前，眼見是活不了了，他的右手正按在一個黑衣人的頭頂上，那人腦骨四裂，顯然是被其最後的雷霆一擊拍死，而黑衣人的左手正拉著李滄行的褲腳。

李滄行眼淚奪眶奪出，立馬跪倒在地，抱起李冰，李冰艱難地抬了抬手後，腦袋一歪，就此長逝，嘴裡流出的血已是全黑。

李滄行紅了雙眼，拔出李冰身上的長槍，發了瘋似地向周圍每一個遇到的黑衣人出手，此前雖然是生死戰，但李滄行畢竟是名門弟子，出手從未上手即殺招，多少留有餘地，可現在卻是悲痛欲絕，出手絕不留情，左手毒槍，右手長劍，同時揮舞起來。

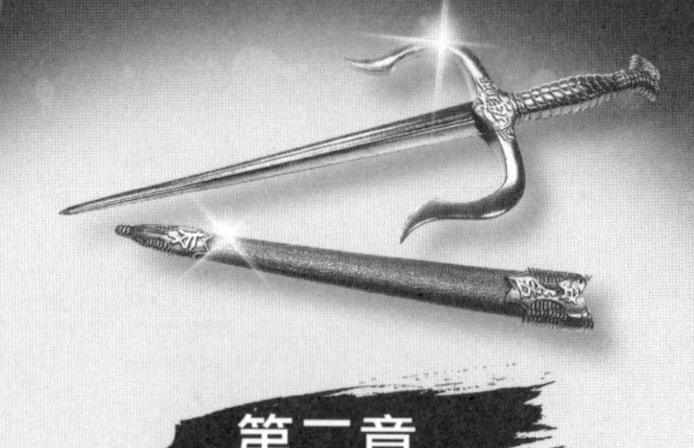

第二章

血手魔王

老者鬚髮皆白，鷹鼻獅口，臉上三道長傷疤，
面目猙獰，戴在左眼的黑眼罩上畫著一顆骷髏，
全身一襲寬大的黑袍，未使任何兵器，
光靠那袍袖之風即迫得黑石與沐蘭湘無法近身。
正是凶名滿天下的「血手魔王」向天行！

那些遁地者的厲害，在於其鑽地之術出其不意，不到面對面的廝殺哪會是這些高手的對手，不到一杯茶的功夫就被砍倒二百多人，連李滄行這一陣都刺倒了十餘人。

冷天雄站在原處，嘴角掛著一絲邪惡的笑容，對身邊的東方亮道：「東方，你帶總堂衛隊上前先把上官和司徒換回來。」

東方亮領命而去。

片刻後，渾身是血的上官武拎著一把齊胸高的斬馬大刀，帶了數百人奔了回來：「主上為何此時撤我回來，我跟那公孫豪還沒打夠呢。」

「是呀，我也一直在找機會給那曉風尼姑下毒呢，快要得手了卻叫我回來，主上做事一向果決，眼下正是擊潰他們的好機會，為何要我等回來？」司徒嬌倒提著金蛇劍，一邊在嬌喘，一邊抹著頭上的汗水。

冷天雄笑了笑：「因為我不想我最好的兄弟有啥閃失，上官，命令烈火宮眾向混戰的人群發動火箭，主射後面武當的人。」

上官武不解道：「可我教地堂的兄弟們還在和他們死戰啊，這樣做會殺到我軍的，而且東方還在那裡呢，他若是知道了，會不會……？」

冷天雄收起了笑容，眼神凌厲，狠狠地看了上官武一眼，嚇得他把到嘴邊的話都咽了回去。

「本座知道，但如此一來同樣也會殺到敵軍啊，用些二三流貨色換他們的一流高手，我們還是有得賺，快去！」

「是。」上官武知道冷天雄心狠手辣，言出必行，再勸亦是無用，領命而去。

當李滄行惡狠狠地一劍砍飛當前一人的腦袋時，突然覺得腦後一片風聲，帶著火辣辣的氣浪，情知不好，趕緊使出夜戰八方的護身劍法，全身氣勁流傳，運氣於身。

只聽「啪啪」的聲音與利箭破空之聲不絕於耳。李滄行手上突然被火燙了一下，劍勢為之一滯，瞬間左肩膀中了一箭，火辣辣的感覺從傷處的血管傳到了全身。

李滄行再也支持不住，這一陣他的內力本來就消耗極大，這下中箭更是讓他瞬間無力，他吐出一口鮮血，趴在地上，將對面的斷頭屍體拉著墊在自己的上半身，突然左屁股一陣劇痛，又中了一箭！

這一下劇痛直徹心扉，李滄行再也忍不住，「啊」的一聲慘叫，扭頭一看，那火箭上的火快要燒到自己衣服了，李滄行這下大駭，也顧不得許多，一咬牙把箭從屁股上拔了出來，所幸入肉不深，沒傷到血管，只帶了一小塊肉出來，沒有出現血如泉湧的慘象。

點了穴道止住血後，李滄行就地滾了兩下，撲滅身上的火，突然看到空中又是一大片火箭襲來，掙扎著想起身擋箭，全身上下卻再也無半分氣力，哪還站得起身。

李滄行嘆了口氣，閉目等死，口中喃喃道：「小師妹，師兄再也陪不了你了。」

只聽得一陣叮叮噹噹的響聲，卻無一箭落到自己身上，睜眼一看，卻發現司馬鴻高大偉岸的身軀正擋在自己面前，手中長劍使得密不透風，就像在李滄行面前築起了一道屏障，那些帶火之箭全被司馬鴻打落在地。

李滄行摸出懷中的藥瓶，哆嗦著吃下一顆武當秘製的九轉玉露丸，金丹入口，自化瓊漿，身上瞬間來了力氣，吐出一口瘀血後，撐著劍站起了身。

此時司馬鴻已經把所有火箭打落，回頭衝著李滄行一笑，李滄行吃力地抱拳行禮：「多謝司馬少俠相助。」

「客氣什麼，我等同生共死，就應互相幫助才是。此戰過後若得不死，在下還有事向李少俠討教。」

李滄行正在思索自己有何事能讓這位公認當今武功劍術在年輕一代中穩居首位的華山劍俠關注時，耳邊只聽司馬鴻在高聲喝道：「見性大師有令，形勢危急，大家火速分散撤離，儘量不要丟下受傷的同道。」

突然間，他身邊一具著火的屍體騰的一下子站了起來，舉著一把大鐮刀，當頭就向司馬鴻砍去。

由於距離太近，司馬鴻無法躲閃，只能舉劍硬格，他的內力並不出色，全賴霸天神劍之妙，這下以硬碰硬，加之對方的雙手巨鐮勢大力沉，登時虎口迸裂，長劍落地。

正當司馬鴻腳下向後退時，又被地上一具屍體絆到，重心穩不住，仰頭栽倒在地。

周圍數名武當弟子一看不好，連忙飛身撲上，四五把劍直刺那人幾個要穴，只聽那人獰笑道：「爺爺死也要拉你墊背。」

那魔教火人言語間全然不顧那幾柄長劍，巨鐮在頭上揮了個大圈，以雷霆萬鈞之勢正準備向司馬鴻的腦袋落下。

眼看那大鐮刀離司馬鴻腦袋不到一尺，突然一支長箭「叭」地一下射在他右腕之上，這人「哎喲」一聲，右手吃不住力，鐮刀向左一偏，砸在司馬鴻腦袋的左側。

與此同時，五柄長劍從五個不同的方向刺入他身體，那人嘴角邊掛著一道血涎，盯著司馬鴻惡狠狠地說道：「可惜就差那麼一點。」長劍出身，那人倒地氣絕而亡，五名武當弟子向司馬鴻點頭致意後，紛紛散向別處繼續戰鬥。

司馬鴻嚇得三魂出竅，轉頭看向來箭方向，只見李滄行朝自己眨了眨眼睛，左肩上血流如注。

原來在剛才萬分危急之時，李滄行左肩中箭脫力，無法使用彈弓，情急之下，只有把釘在左肩的長箭拔出來，以**甩手箭**的手法射在那人的手腕上。

本來這甩手箭極是難練，因為弓箭的長度重量往往相差很大，不似一般暗器的尺寸統一，重量相若，李滄行平日在武當練暗器時，也是對這門功夫最為頭疼，不要說準確打穴，就是十幾步外脫靶也是常有的事。

這次事出突然之下，倒是打得極準，正中那人的右手神門穴，連李滄行自己都吃驚這下的超水準發揮。

回過神來，李滄行才覺得左肩劇痛，整個手臂都無法抬起，人也搖搖欲倒，被司馬鴻一把扶住，他出手如風，點中李滄行肩頭三個要穴，又從懷中掏出一個青花小瓶，倒出些黃色粉末塗在傷處，瞬間傷口出血便止住了。

李滄行嘆道：「久聞華山派的行軍止血粉功用神奇，讓人挨了一刀還想挨第二刀，今天算是見識了。」

司馬鴻大笑道：「哈哈哈，你們武當的九轉玉露丸才是內家療傷聖藥，剛才看你在地上站都站不起來，吃了一顆馬上就有勁救我，這才厲害呢，打了半天我也快沒勁了，要不李少俠賞我一顆嘗嘗？」

「這……實在抱歉，敝派九轉玉露丸煉製極是不易，此次下山，我們每人只發了一顆，紫光師伯囑咐過，不到危急時不能吃，我的已經吃掉了，要不我看看其他戰死同門身上有沒有。」李滄行掙扎著就想去搜屍。

「別別別，我說著玩的，沒想到你這人這麼認真。李少俠，我們今天也算是過命的交情了，若得有緣再見，司馬一定與你結為兄弟。澄光道長，李少俠就交給你了，我還要去傳令，珍重。」

司馬鴻向匆匆趕來的澄光行了個禮，見他扶住李滄行的後背，方才鬆手，轉頭奔去。

澄光看著李滄行的慘狀，問道：「滄行，你怎麼樣，可還走得動路，施得了輕功？」

李滄行試著運了一下氣，發現還行：「弟子沒事，血已經止住，腿腳也還正常，當能行動。」

澄光的臉色好看了些：「好，多的話不說了，跟為師登上山崖撤退。」

李滄行奇道：「發生什麼事了？打得正激烈，為何要撤退？」

澄光嘆了口氣，向谷口處一指，說道：「**敗局已定**，巫山派大批部隊在谷口突然出現，強弓硬弩配合從熱氣球上跳下的魔教妖人扔震天雷，已經控制住了谷口，見性大師親自帶隊衝了兩次也沒衝出去。留得青山在，不怕沒柴燒，先留下這條命，以後再找魔教和巫山派算帳報仇。」

李滄行不敢相信自己的耳朵：「不是後方派了哨探監視巫山派嗎，為何一點消息也沒有？」

澄光搖搖頭，語速急促：「這個只有以後再說，我覺得魔教用震天雷空襲谷口一定與此有關，兩邊看來早就是配合好的。現在來不及管這些，快隨為師衝出去再說，黑石帶著你師妹師弟都已經上山崖了，我是特地來接你的。」

「那那些還活著的同門怎麼辦？」李滄行看著一旁在地上喘氣呻吟的同道們，眼淚控制不住地流了下來。

「你把命留在這裡就能心安了嗎？**留了命，才能報仇**，見性大師說了，還能動的人分散突圍，不能動的，只能自求多福了。是不是這輩子再也見不到沐蘭湘和徐林宗，你才滿意？」

澄光果然說到了李滄行的痛處，他咬咬牙跪下，向四周磕了四個頭，便一瘸一拐地隨著澄光奔上了山崖。

其間兩次提不上氣，一次靠澄光拉了把手，一次是用長劍在崖壁上一插借力，才勉強登上了山崖。換在平時，李滄行登上這種二十餘丈高的小山崖可謂毫不費力，此時他身受重傷，爬上崖頂時，整個人的骨頭都像要散了架，從來沒有感覺到活著是這麼痛苦的事。

「滄行，快起來，我們還沒脫離險境，來，先服下這顆藥丸。」澄光從懷中摸出藥瓶倒出九轉玉露丸道。

「不行，師父，這藥丸是你救命用的，弟子怎麼能……」

澄光把藥丸塞到了李滄行的手裡：「傻孩子，都什麼時候了還分這麼清楚！為師沒受你這樣的傷，快點服下吧，回武當的路還遠呢，沐蘭湘可是在前面等你，剛才還放心不下你，叫為師回來找你呢。」

「小師妹真的關心我嗎？」李滄行心裡像吃了蜜糖一樣甜，順手把那藥丸給吞下，坐在地上調息起來。

澄光笑道：「師父什麼時候騙過你了？」

少頃，李滄行自覺內力運轉基本無大礙，從地上一躍而起，向下看了眼谷中，但見屍橫遍野，多半是正派弟子的裝束，魔教與巫山派的人正在打掃戰場，遇到還活著的正道人士，均是刀劍齊下將其格殺。

想到這些人早晨還跟自己一個鍋裡吃飯，現在都成了一具具殘缺不全的屍體，李滄行頓時淚流滿面，咬牙切齒地說道：「此仇不報，誓不為人。」

「調息好了快走吧，此地不宜久留，黑石師兄他們向那個方向走了。」澄光催促道。

李滄行向谷內磕了三個響頭後，隨師父奔向遠方。

一路上，李滄行由於腿上有傷，臀部又中了箭，澄光不得不放慢腳步，如此這般，二人半天才奔了三十餘里。

澄光心中暗急，覺得這樣很難逃過追殺，卻又無可奈何。走到日頭偏西時，李滄行聽到前面有打鬥之聲，似乎還聽到沐蘭湘的嬌叱，師徒二人忙施展起輕功，奔向前去。

就見不憂、火松子、火華子，還有一名沒見過的峨嵋俗家打扮的紅衣女子跌坐於地，顯然是受了重傷，無力起身，紅雲道長已經倒地身亡，胸口一個大洞正在向外冒血，地上還躺了兩具魔教打扮的老者屍體，皆是中劍而亡。

黑石劍法散亂，身形沉滯，看得出受了極重的內傷，沐蘭湘則瘋了一樣的以兩儀劍法向對面一個高大獨眼老者進擊，出手皆是只攻不守的招式。

那老者鬚髮皆白，頭大如斗，鷹鼻獅口，鬚如蝟刺，臉上三道長長的傷疤，面目猙獰，戴在左眼的黑眼罩上畫著一顆骷髏，全身一襲寬大的黑袍，一雙手隱藏在袍袖之中，未使任何兵器，光靠那袍袖之風即迫得黑石與沐蘭湘無法近身。

李滄行與澄光不約而同地大叫起來：

「**向天行！**」

那魔教獨眼老者正是凶名滿天下的「血手魔王」向天行，自成名以來，死在他手下的正道人士不計其數，十餘年前，向天行在滅黑石家滿門時，曾被黑石夫婦聯手重創，但還是以其邪功斃了黑石夫人紀女俠，自己也被黑石刺瞎一隻眼睛。

戰後，向天行十餘年來不問教務，閉關苦修，終於在月前練成邪功出關，此番正是奉了冷天雄的命令，在此會同兩名長老伏擊路過的正派高手。

幾場惡戰下來，向天行擊斃了紅雲道人，打傷了不憂等人，此刻正與黑石父女惡鬥。

黑石在之前的戰鬥中與東方亮連拼三掌，受了不小的內傷，又一路奔行至此，雖拼盡全力殺了兩名魔教長老，此刻卻也是強弩之末，再也無力支撐。

黑石在數招間又被向天行一袖擊中當胸，如被重錘擊中，仰天狂噴一口鮮血，倒在地上動彈不得。向天行陰惻惻一陣怪笑，聲音尖利如夜梟，聞者皆是耳膜震盪，說不出的難受。

沐蘭湘見父親受傷倒地，悲鳴一聲，更是不要命地撲上，劍法散亂，已完全不成章法，幾招不到，就被向天行一指點在肩頭，長劍落地，跌坐在地，頓覺一股寒氣入體，再也提不起內力來。

向天行怪笑道：「沐元慶，你不是想要本座的命嘛，今天本座就送你一家三口團圓，不過，讓你這麼死太便宜你了！」

向天行話音未落，出指如風，黑石全身要穴都中了其**幻陰指**，經脈中的內力氣勁如同給扎了針的氣球一樣飛速地散去，四肢百骸就像有幾百隻小蟲在爬在咬，神志卻是完全清醒。

黑石的臉色一下子變得比死人還難看，豆大的汗珠從身上每個毛孔向外冒，但他不愧為一條硬漢，硬是忍住了不吭一聲。

向天行轉向了沐蘭湘，獰笑道：「這個想必是你女兒吧，模樣倒是不錯，本座要是年輕個十幾歲，一定會嘗嘗她味道！當年本座就是見你老婆生得標緻，想搶回來當小老婆，結果你老婆不識好歹，反而跟你聯手突襲了本座，這瞎眼之仇，今天就要在你女兒身上連本帶利地取回來。」

言罷，一臉淫笑地走向沐蘭湘。

黑石心下大急，吼道：「畜生，別動我女兒，有什麼衝我來。」

向天行只是充耳不聞。

沐蘭湘心下大急，擔心清白毀於此獠之手，想要鼓起內力咬舌自盡，卻因中了玄陰指，提不起半點勁，只把舌頭咬破一個包，疼得差點沒跳起來。她眼淚汪汪地盯著向天行，眼神中盡是怨毒。

「嘎嘎嘎嘎，小美人，你娘的奶子當年我都摸過了，別怕，老夫很會憐香惜玉的。」向天行一臉的邪惡，越走越近。

老魔頭獰笑著踱到沐蘭湘面前，抓住沐蘭湘的衣襟口一撕，外衫應手而裂，露出裡面的銀色護身甲：「小美人穿的倒不少嘛，嘿嘿嘿，慢慢脫才有意思，就像當年脫你娘的衣服，本座可是記憶猶新啊。」

向天行一邊說，一邊把血手開始伸向沐蘭湘肩上的紐帶，沐蘭湘羞憤欲死，卻又渾身乏力，只得閉上眼睛，淚如泉湧。

突然，向天行怪叫一聲：「小禿驢不想活了。」回手一袖拂去一件暗器。原來是寶相寺不憂眼見沐蘭湘清白不保，拼了最後一點力量，打出最後一枚金剛錘，目標不是向天行，卻是那沐蘭湘。

向老魔本能地揮袖去拂時，心中暗叫一聲不好，原來寶相寺這金剛錘乃天下霸道之極的暗器，一旦以力相擊，則會中途炸開，碎片激射，勢能洞穿金石。

前些天少林寺見聞在正派比武奪帥大會上早有準備，以鐵菩提打碎金剛錘，並用碎片反擊一相禪師，而老魔此時欲火中燒，過於托大，忘了這一層，等看清暗器時為時已晚，只聽「啪」地一聲，他的袍袖已經拂中了那金剛錘。

眾人期待的鋼片四射沒有出現，那金剛錘如一塊石頭一樣，直接掉到了地上，並沒有炸裂。

老魔頭先是一愣，隨後又恢復了標誌性的放肆怪笑：「嘿嘿嘿，小禿驢，原來你內力不濟了，只有勁打出這暗器，沒勁旋開裡面的開關是吧。切，還把本座嚇得不輕，一會兒成了好事後，本座第一個就來收拾你。」

向老魔正轉向沐蘭湘時，忽聞腦後一陣勁風襲來，老魔頭何等高手，立即鼓起護身罡氣，一個大旋身，雙掌齊出，正好擊中一塊大石。

來者正是澄光，他見老魔出手打倒黑石父女，即知其功力在自己之上，在之前的戰鬥中，澄光自己內力也消耗巨大，根本無法力敵，但師兄與眾多同道又命在敵手，不可不救，便以內力舉起路邊一塊大石，以掌力推大石去攻擊老魔，並囑咐李滄行趁機救走沐蘭湘，只管逃命。

李滄行堅決不從，師徒二人爭執不下時，老魔已經開始企圖侮辱沐蘭湘了，澄光見事態緊急，直接拍起大石攻擊老魔頭，便有了前面的那一幕。

李滄行腿腳受傷，行動不便，一瘸一拐地跟在師父後面衝向向老魔，只聽前面「轟」地一聲巨響，那塊大石在兩大高手的內力相擊下，炸成小石塊四射散去。

李滄行跟在澄光後面，未及準備，便被一塊鴨蛋大的石頭擊中額頭，頓時起了一個大包，頭腦一陣暈厥，差點栽倒在地。

等李滄行醒過神來，一看師父正與老魔頭四掌相對，嘴角的鮮血不住地向下流，老魔頭則是神態自若，嘴角掛著一絲邪惡的笑容，似乎是在嘲諷對手。

李滄行一見此情形，顧不得多想，使出渾身氣力，一掌向老魔頭拍去，只聽所有在場倒地不起的活人不約而同地發出一聲喊：「不要！」

一切都太遲了，李滄行的雙掌已經鼓起所有的勁拍出，人還沒來得及近向老魔的身，只聽「乒」的一聲，他就口吐鮮血，給彈出四五丈遠，摔到沐蘭湘的身邊，再也起不了身。

李滄行耳邊只聽向天行的獰笑聲：「嘎嘎嘎，小毛蛋子還想偷襲本座，不知道本座的森羅萬象煞大成後，護體罡氣可達一丈，別說是你這對肉掌，就是刀劍也難破。你這小毛蛋子功力雖然不錯，但想破本座的護身罡氣，起碼還要再練十幾年，看看這一地趴著的小禿驢、小尼姑、小雜毛，全都是和你一樣不知好壞，向本座出手的結果，嘿嘿，你也不會是最後一個。」

澄光又噴出一口血，臉上的肌肉與皮膚由於真氣的作用而迅速地抽搐，衝著李滄行大吼道：「帶蘭湘走啊。」話音未落又吐了口血，七竅感覺像要爆炸一樣，再也說不出一句話。

李滄行這時候哪裡還起得了身，只感到渾身的骨頭像是要碎掉一樣，連呻吟的力氣也沒有了，鹹鹹的液體從嘴角和鼻子裡不停地向下流。

突然間，李滄行的左手被人抓住，吃力地轉頭一看，才發現沐蘭湘正一動不動地盯著自己，吃力地從嘴裡迸出幾個字：「殺了我，快逃。」

李滄行心裡一個聲音在大叫：「不可以，不可以丟下師妹，不可以丟下師父，**我不能死，我要戰鬥，我一定要站起來！**」

這時，他向外摸索的右手突然摸到了地上的一把劍柄，如同一個落水的人突然摸到了救生圈般，李滄行搖搖晃晃地靠那劍撐著自己坐到了地上，大口地喘著帶著血沫的粗氣，眼睛鼓得像銅鈴一樣，狠狠地盯著向天行。

由於背對著李滄行，向老魔對他的舉動彷彿一無所知，這會兒也不說話，周身氣息流轉，似乎想迅速解決掉澄光。

李滄行扭頭看了一眼沐蘭湘，發現她黑白分明的大眼睛裡充滿了期待與關切，心一橫，猛的咬破自己舌尖，強烈的疼痛感讓他全身一哆嗦，剛才還混沌的神志卻變得異常清醒。

人劍合一，李滄行整個人像一支離弦的利箭一樣，向向天行的後心射去，而他全身的氣勁都集中在劍尖，一瞬間讓劍尖變得大亮，發出龍吟之聲，這正是武當派連環奪命劍的最後一招「人不由命」，乃是與敵同歸於盡的兵解招數。

李滄行的耳邊突然聽到小師妹聲嘶力竭的慘呼聲：「大師兄！」聲音卻像是換了個方向。

李滄行睜眼一看，小師妹像是貼在了向老魔的後心上，他嚇得三魂出竅，想收住劍已經是不可能，情急之下左手一戳，正好點在自己右手的神門穴上，長劍再也拿不穩，「噹啷」一聲落在了地上。

而他整個人收不住來勢，腦袋一下子撞上沐蘭湘高聳的胸部，她悶哼一聲，吐出一口血，和歪了脖子的李滄行倒在了一處。

李滄行的意識陷入混沌狀態，他怎麼也想不明白，為啥對準的是老魔頭，一睜眼卻發現是小師妹擋在面前。

此時向老魔那邪惡的笑聲再次鑽進了他耳朵裡：

「嘎嘎嘎，本座十幾年沒和人動手了，今天想不到竟然差點著了你們這些小輩的道，先是小禿驢用金剛錘暗算老子，再是武當小毛蛋子跟本座玩自殺劍，他媽的，我倒要看看，面對這小美人，你還下不下得了手。」

李滄行扭頭一看，發現自己和師妹都倒在老魔的腳下，小師妹腰上纏著一根繩索，一端正沒入老魔的左袖之中，他這才明白，原來是老魔被師父以黏字訣拖住，無法擺脫，情急之下左手使出了這根捆仙繩，將沐蘭湘拉至後心，迫使自己放手。

李滄行知道自己錯過了殺向老魔的最好機會，但一想到師妹總算無恙，心裡多少有點安慰。再看沐蘭湘時，只見她秀目緊閉，搖著腦袋，眼淚如斷了線的珠子一樣不斷落下，也不知是因為疼痛，還是因為惱恨李滄行錯過了大好機會。

黑石在地上重重地嘆了口氣：「滄行，你在做什麼？**你不知道這是你唯一能**

殺掉這老魔頭的機會嗎？你以為你收了手沒傷到蘭湘，她就能得到保全了？」

黑石說到這裡，體內的寒毒之氣一陣發作，劇烈地咳嗽起來。

沐蘭湘痛苦地搖搖頭，向著黑石的方向哭道：「爹，你別再罵大師兄了，他也是為了我，本來他都準備和老魔頭同歸於盡了！」

遠處穿著紅衣的峨嵋女子也說道：「道長，李少俠是真正的俠士，你別責備他了，晚輩雖然不懂武當武功，但也知道剛才李少俠是不要命了，他是為了沐姑娘才收手的。」

黑石不再說話，痛苦地閉上眼睛。

李滄行這會兒已經完全不能動了，他的腦袋枕在沐蘭香的大腿上，連嘴都無力張開，剛才那一下耗盡了他所有的力量，幾個時辰內，他就像是個活死人，只能睜著眼睛，看著師父和向老魔繼續纏鬥內力。

「小毛蛋子，看來你對這小妞還真是情深意重啊，看你功夫不錯，不如跟著本座混，保管你以後嘗到人間極樂。只要你肯拜我為師，一會兒本座玩夠了這小妞後，可以考慮賞給你。怎麼樣？哈哈哈哈。」

老魔頭此刻已經得意忘形，再無顧忌，言語更是淫穢不堪，手下卻是一點也沒放鬆，震得對面的澄光一口接一口地吐血，周身的黃光卻是漸漸地消散。

在場所有人均知此番再無倖免，除了澄光外，全都閉上了眼睛，在地上等死。

少傾，澄光終於支持不住，仰天噴出一蓬血雨，周身的黃光一下子被黑氣完全震散，力竭而倒，在地上不停地咳血。

整個場內只剩下向天行一人傲然而立，一雙三角眼裡散發著淫邪的光芒，正一動不動地盯著沐蘭湘上下打量。

沐蘭湘即使閉著眼睛也能感受到這股淫光，粉臉滾燙，清淚在滿是灰塵的臉上沖出兩條小溪。

向老魔正待踏步走向沐蘭湘時，卻被地上的澄光一把抱住大腿，澄光此時已經鬚髮皆亂，嘴裡狂噴著鮮血，衝著李滄行大叫道：「傻瓜，快跑啊。」

李滄行流著眼淚，無力地看著自己的師父，卻是一動也不能動。

只見向天行冷哼一聲，右掌五指為爪，「叭」地一下擊在澄光的後心，李滄行看到師父的胸前多出了一隻血淋淋的手，一顆熱騰騰的心還在跳動，正抓在那血手之上。

他的腦子裡一下子如被雷擊，變得一片空白，本能地吼了聲：「師父！」

淚眼朦朧間，李滄行似乎看到老魔頭正張著血盆大口，大嚼特嚼那顆跳著的心：「咻，真不錯，高手的心就是不一樣。嘎嘎嘎，多吃上幾顆，本座很快就會天下無敵。咻。小美人，別急，下個就是你。」

李滄行看著這一切，一種從未有過的感覺彷彿在他的體內升起，眼前的世界似乎開始變得血紅血紅，耳邊的驚呼聲和老魔的獰笑聲逐漸變得微弱。

一股極寒和一股極熱的氣突然在李滄行體內產生，激蕩、碰撞，李滄行整個人就像個要爆炸的氣球一樣，覺得自己在膨脹，他似乎能聽到自己的骨骼在劈哩啪啦地作響，全身充滿了從未有過的力量。

他不再悲傷，不再憤怒，天地間的一切已經不再重要，心裡只有一個聲音在叫：「殺，殺，殺，殺，殺！」

在他最後還有意識的那一瞬間，眼睛裡血紅的世界中，**向天行那張滿是驚愕的臉是他記憶中最後的定格。**

「大師兄，都怪我拖累了你，你睜開眼看看我啊。嗚嗚嗚嗚。」

「……」

「大師兄，你每次逢凶化吉的時候都會跟我說你沒事，你快醒過來跟我說你沒事啊……嚶嚶嚶嚶。」

「……」

「大師兄，你睜開眼看看我啊！求求你了，你睜開眼啊！哇哇哇！」

「……」

渾渾噩噩間，李滄行好像聽到一直有人在這樣叫自己，他想睜開眼睛，眼皮卻像是灌了鉛一樣地沉重，只能感覺到外面白光和紅光交替著閃爍。

他想要吭一聲，胸腹間的隔膜一下子像是要撕裂一樣的難受，渾身的骨頭彷彿是變成了粉，一陣輕飄飄的東西奮力地想從腦袋上面鑽出去。

突然間，李滄行的鼻子裡鑽進一陣熟悉的氣息。

「小師妹，這是小師妹的味道，師妹，你在哪裡，我在哪裡?!」李滄行在心裡大叫，卻一個字也說不出來。

一瞬間，他覺得天地都在晃動，像是有人在拼命地搖他，五臟六腑都像是要錯開了位置一樣的難受，他想吐，又覺得身體裡空蕩蕩的沒有任何可吐的東西。

「**我死了嗎，為什麼我動不了**，不行，我要活過來，我還要小師妹，我還要師父！」

李滄行強迫自己撐開有如千斤重的眼簾，左邊的白光變得越來越明顯，右邊的紅光也變得越來越明顯，世界彷彿變成了紅與白的混合。

終於，他撐開了左眼，而右眼卻怎麼也睜不開來了。

隱隱約約間，一個很熟悉的耳墜子在自己的眼前一直晃啊晃的，讓自己一陣頭暈目眩，李滄行感覺自己只剩下一個腦袋，脖子被什麼東西在纏著，氣都透不過來，脖子以下空空的沒有任何知覺。

他顫抖著張開了嘴，用盡了吃奶的勁吐出了一句話：

「怎…麼…回事？」

正在緊緊抱著李滄行的沐蘭湘身體猛的一震，彷彿聽到了來自另一個世界的聲音，她把螓首從李滄行的肩上移開，難以置信地盯著李滄行的臉。

這張臉虛弱、蒼白，脣上沒有一點血色，臉像是個給打腫的包子一樣，比平時大了足足有一倍，右眼上方給打破一個大包，鮮血糊住了整個右眼，讓他睜不開來，失神的左眼正看著自己。

是的，這是李滄行，**他還活著**。

沐蘭湘轉泣為笑，激動地用手指抹著李滄行臉上的血痕，**她心裡突然有了一種生命中最重要的東西失而復得的感覺**。

沐蘭湘的腦袋幸福地搭上了李滄行的右肩，雙臂緊緊地摟著他，**她再也不想失去懷裡的這個男人**，這是此刻她心中唯一的想法，喜悅而興奮的眼淚在她臉上橫流，卻是一句話也說不出來。

李滄行這時候已經能看清四周了，他吃力地把頭架在沐蘭湘的香肩上，四處張望。

除了給打成廢人的黑石還是倒地不起，只是死死地盯著自己看以外，不憂、火華子、火松子都已經拄著劍站了起來，看著自己的眼神彷彿天外來客，一個個張大了嘴巴，如同雕像，那位穿紅衣的大眼峨嵋派女子，則轉過了身，背對著自己。

李滄行奮力地咬了一下自己的舌頭，痛得差點暈死過去，脖子以下終於有了知覺。

可是他很快後悔了，剛才沒有肢體知覺，只剩一個腦袋的感覺是多麼的美好啊。他的左臂軟軟地垂下，提不起一點勁，像是斷了一樣；胸前和背後的皮膚像是給人撕下來了似的，痛入骨骼；五臟六腑也像錯了位一樣，一陣陣地翻江倒海，別提有多難受，右拳似乎給釘上了什麼東西，一陣陣鑽心般的痛苦從手背上襲來。

他的下腹則有一種涼颼颼的感覺，左腿像是給凍得不屬於自己，一陣奇寒徹骨，右腿又如剛遭火焚。

他低頭看了一眼自己的腿，差點沒暈倒，總算明白過來為何那位紅衣女俠要背對自己了，原來自己全身上下一絲不掛，下身的一杆長槍正在倔強地挺立。

餘光掃處，李滄行發現自己的右手手背上正釘著兩顆血淋淋的大牙，深深地嵌進自己的皮膚，他所有的感覺匯聚成兩個字從嘴裡迸了出來：「哎喲！」

沐蘭湘聽到李滄行喊痛，渾身抖了一下，忙捧住李滄行的臉，關切地問道：「大師兄，你哪兒痛？」

李滄行無力地說道：「哪兒都痛。」

沐蘭湘意識到自己抱著一個赤身露體的男子，登時羞得粉臉滾燙，趕緊撲到李滄行的肩頭，不敢多看，扭頭對著對面的不憂叫道：「愣著做什麼，還不快給大師兄披件衣服。」

一直張大嘴說不出話的不憂這才回過神來，忙脫了自己的僧袍給李滄行裹上，順勢把他背了起來，同時對四周眾人道：「此地並非久留之處，大家迅速背起傷者離開。」

火華子背起黑石，火松子背起澄光的屍體，峨嵋女俠則和沐蘭湘一起，抬著紅雲的屍體上了路。

李滄行在不憂的背上，依稀看到沐蘭湘在抬紅雲道長屍體前，還一瘸一拐地走到一具血肉模糊，五臟流了一地，已不成人形的屍體面前，咬牙切齒地用劍再砍了四五道，直砍得那具屍體血肉橫飛。

巨大的疼痛感再次襲來，李滄行又暈了過去。

再次睜開眼時，李滄行發現自己已經置身於一個熟悉的地方，鼻子裡飄進一股濃濃的草藥味，他仔細一看，意識到這是他在武當的房間。

李滄行吃力地動了動脖子，完全轉不動，眼珠子轉了一下，看到自己全身上下都綁著厚厚的繃帶，被捆成了個粽子。

沐蘭湘正趴在床頭上，一身黑衣縞素，沉沉地睡去，李滄行心中一陣欣喜，暗道：師妹果然還是關心我，每次我一醒都能看到她，這難道是天意成全我們嗎？

意念至此，李滄行不由得努力地抬起右臂，想要去摸沐蘭湘，卻聽到沐蘭湘夢囈般喊著：「徐師兄。」

李滄行的手僵在了半空中，心中更是浮起巨大的酸楚：「**原來她心裡還是只有徐師弟**，雖然這次與她經歷過生死，仍然不能改變這一切，李滄行，她始終不會愛上你的。」

巨大的悲涼讓他一時間竟然忘記了身體的劇痛，恍惚間似乎聽到有人在叫自己：「滄行，你醒了啊。」

李滄行定了定神，發現紫光正站在自己面前，才幾天不見，他像是蒼老了二十歲，原來黑白相間的頭髮現在幾乎全白，皺紋也爬得滿臉都是。

沐蘭湘也醒了，起身向紫光行禮，看到李滄行醒轉過來，一絲甜美的笑容掠過她的臉蛋，但轉瞬即逝，取而代之的是巨大的悲愴。

李滄行一想到師父慘死在向天行手上，馬上明白了小師妹悲從何來，頓時淚如泉湧，聲嘶力竭地哭道：「師父，師父！」

若不是他全身纏滿繃帶，動彈不得，只怕此時早已滾到床下了。

沐蘭湘受他情緒感染，跑到門邊，倚著門沿痛哭。只有紫光強忍著眼中的淚水，默默地站著不動。

不知過了多久，李滄行終於停止哭泣，他暗暗地告訴自己，今後這輩子流血流汗，絕不再輕易流淚，今天就當是把這輩子的眼淚都流光了。

紫光見李滄行平靜下來了，輕聲道：「滄行，此刻感覺如何？」

李滄行咬著牙道：「回掌門師伯，弟子沒事，歇息幾天就能復原，到時候一定會勤學苦練，早日手刃仇敵，為師父師伯報仇。」

紫光「哦」了一聲：「手刃仇敵？你指的是向天行嗎？」

「正是這老賊，不誅此獠，誓不為人！」李滄行咬牙切齒，一字一頓地說，彷彿要把向天行咬碎一樣。

紫光看著李滄行，似乎想看透他的內心：「**你當真不知自己已經殺了此賊？**」

李滄行不敢相信自己的耳朵：「什麼！此賊已死？怎麼會是弟子所殺？弟子武藝低微，想與他同歸於盡，這狗賊居然拉小師妹當肉盾，弟子收劍後就無法行動，眼睜睜看他殺了師父，後來就什麼也不知道了，醒來後就在這裡。此間發生過何事，弟子真的一無所知，還請掌門明示。」

紫光盯著李滄行，想從他的眼睛中判斷對方是否說謊，李滄行給看得渾身發毛，正不知所措時，紫光嘆了口氣道：「蘭湘，你來說吧。」

「那日我與師父，還有徐師兄逃出了落月峽，後面有個白衣女子一直追著不放，爹爹受了內傷，無法發力，我本欲與徐師兄一同用兩儀劍法來打她，結果徐師兄不肯，堅持與那女子單打獨鬥，還叫我們快走。爹爹一聽他這樣說，就拉著我轉頭跑，只跟徐師兄說了一句話，叫他不要做出讓自己後悔的事。掌門，這事我到現在也不明白，爹這是什麼意思。」沐蘭湘露出困惑不解的眼神。

紫光冷冷地道：「此事我心中有數，林宗雖然現在還沒回來，但我料想他應該無大恙，你繼續往下說。」

聽到這裡，李滄行心中已有數，那白衣女子想必是屈彩鳳無疑，徐林宗對她留有舊情，不忍痛下殺手，於是便讓黑石父女先行離開，再與其作了斷。

李滄行望了一眼還在抹眼淚的沐蘭湘，這輩子突然第一次恨起了徐林宗：師妹可愛純潔如斯，你為何要這樣傷她。

沐蘭湘應了聲「是」，繼續說道：

「後來我和爹爹跑了一段，碰到紅雲師叔正在和那老魔拼鬥，一旁的不憂師父和火華子、火松子兩位師兄已經倒地不起，老魔的兩個幫手也受傷不輕，我們想上去幫師叔，可還是遲了一步，師叔被老魔一爪穿胸而亡，爹爹紅了眼，立馬先強行殺了那兩個魔教幫手，再與他鬥作一團，我也上前相助，只可惜爹爹元氣未復，我又學藝不精，幫不上忙，結果，結果……」

沐蘭湘講到此處已是泣不成聲，紫光與李滄行皆默然不語。

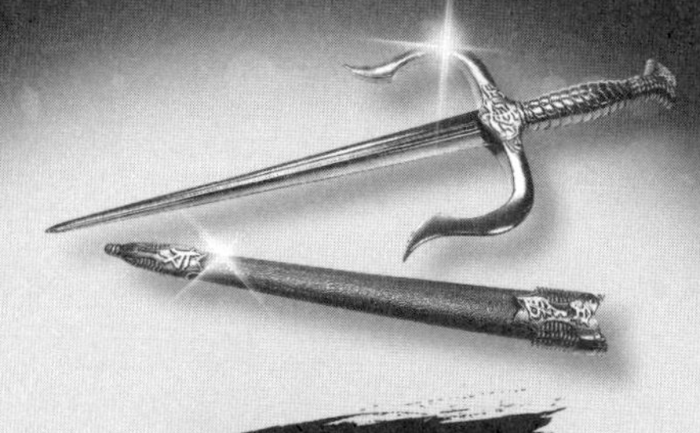

第三章

詭秘之局

李滄行的腦袋「轟」地一下炸了開來，
迷香是江湖上下三濫的淫賊才會用的伎倆，
連邪派中人也不齒於此。
在沐蘭湘房中聞到的幽香，就是傳說中的迷香，
他百口莫辯，舌頭似打結一樣，一個字也說不出來。

平靜了一會兒後，沐蘭湘接著道：「後面的事，大師兄應該有印象了，他和澄光師叔先後與那老魔交手，大師兄不知老魔護身罡氣的厲害，被他震傷，澄光師叔拼命拖住老魔，想讓我們逃跑，大師兄不願逃走，想與那老魔同歸於盡，那殺千刀的老魔居然以我為盾。」

說到這裡，沐蘭湘停了停，秀目流轉，盯著李滄行道：「大師兄不願傷我，收劍後倒地不起。結果澄光師叔也遭了老魔毒手。」

說時，李滄行發現沐蘭湘眼中帶著一種自小到大他從未見過的異樣光芒。

「那老魔殺了澄光師叔後，還掏出他的心，居然就在那裡大嚼，這禽獸，簡直就不是人，我殺他一千次一萬次也不解恨！」沐蘭湘說時渾身都在發抖，連聲音也變了，非怒極怕極不至於此。

李滄行想到當時情形也不禁毛骨悚然，但轉眼巨大的仇恨又湧上了他的心頭，恨不得要把鋼牙咬碎。

沐蘭湘緩了緩神，從仇恨和恐懼中暫時解脫出來：

「當時我們所有人都知道難逃一死，弟子只恨沒有力氣能自盡，以免受辱。正萬念俱灰之時，便看到大師兄突然站了起來，**那氣勢，那殺氣，那血紅血紅的眼睛，我這輩子也忘不掉。**

「大師兄盯著那老魔一句話不說，一步步走過去。大師兄本是我們這些人裡傷得最重的，弟子當時奇怪，他哪來的力量站起身來，還叫他趕快逃命。」

李滄行雖然仍處於悲傷的情緒中，但聽了小師妹這話，心裡還是暖暖的，師妹沒有扔下自己一個人逃命，這讓他很感動。

「那老魔先是一愣，再是怪笑兩聲，一袖打在大師兄的胸口，本來我以為大師兄這下子完了，沒想到他居然毫髮無傷，一下子抓住那老魔的左手，那老魔有先天罡氣護身，尋常刀劍都近他不得，我們都不知道大師兄是如何能做到這點的。」

李滄行自己也一臉的迷茫：「弟子真的不知當時的情況。小師妹，我真有這麼厲害？」

沐蘭湘眼中閃過一絲喜悅與崇拜，點點頭：「還有更厲害的呢！那老魔左手給大師兄扣住，右手拼命使出擒拿手法來攻擊大師兄的身體。這狗賊雖然壞，但武功真是厲害，那些招式看得我目瞪口呆，簡直是匪夷所思，但大師兄更厲害，左手見招拆招，幾十招下來，居然化解了老魔的所有攻勢，後來大師兄突然吼了一聲，那聲音……」

紫光面沉如水：「那聲音怎麼了？」

沐蘭湘的臉上閃過一絲恐怖：「那聲音不像是人發出的，倒像是狼嚎，淒厲刺耳，加上他當時眼睛快要爆出血來的神態，我真是快要嚇暈過去了，而且……」

這回輪到李滄行急著追問道：「師妹你快說呀。而且怎麼了。」

「而且你大嚎了以後，身上的衣服全都爆裂開來，連褲子也震成了碎片……」沐蘭湘羞紅了臉，聲音越說越低。

李滄行想到自己一絲不掛地躺在沐蘭湘懷裡的情形，只恨地裡沒有個洞能讓自己鑽進去。

沐蘭湘一想到那抹夕陽下李滄行鐵塔般的身影，鋼鐵一樣的肌肉和……，便不由得芳心像小鹿一樣地亂撞，臉燙得像燒紅了的炭，再也說不出話來。

最後還是紫光出聲打破了這尷尬的氣氛：「蘭湘，接著說。」

沐蘭湘點點頭：「是，師伯。大師兄這樣嚎了一下後，我們所有人感覺到一陣勁風撲面，像是要把我們給颳飛一樣，只聽那老魔慘叫一聲，他那隻左手居然被大師兄硬生生地給擰了下來。」

講到這裡，沐蘭湘眼裡盡是興奮，彷彿是自己擰下老魔的胳膊一樣。

李滄行心中先是一喜，再是吃驚，自己的本事自己最清楚，**他何時學過這功**

夫了？甚至他沒注意到紫光的眼睛一直盯著他，沒有離開過。

沐蘭湘越說越興奮：「然後那老魔右手一碰自己的腰，胸前突然飛出一蓬黑色的東西，地上的不憂師父大叫，說那是黑血神針。我當時快嚇暈了，距離那麼近，怎麼可能躲得了！結果大師兄右手一揮，那些針全射在老魔的那隻手上，接著大師兄一腳就把那老魔勾倒在地。」

沐蘭湘長出一口氣，一臉崇拜地盯著李滄行，眼中那異樣的光芒一閃一閃：「然後大師兄就騎在那老魔身上，一拳拳地砸在他胸上，每拳下去都能聽到劈里啪啦的聲音。那老魔在地上痛極，右手作出爪狀，不停地在大師兄的胸膛上抓啊劃的，說來也怪，我親眼見這狗賊一爪就能在人身上打開個血洞，但那時大師兄周身騰著一股濃濃的紅氣，與平時的氣息完全不一樣，他在大師兄身上只能抓出血印子。

「老魔頭的腿也在後面不停地踢大師兄的後背，但大師兄不知怎麼了，不管這些，也不去擋，就是一拳拳地揍他。那情形太可怕了，每一拳下去，都是打得那老魔頭肉能飛起來，到後來我都不敢看了。

「最後那老魔給打得不能動了，血肉模糊，大師兄突然起身，先是一腳踢中他下身，只聽啪啦一聲，那老魔給踢得居然又能叫出聲來，聲音又尖又厲，不像是男人的聲音了。大師兄，你從哪裡學的這狠毒的功夫啊？不過對付這老賊倒是正好。」

李滄行「啊」了一聲，搖搖頭，他從未學過這樣狠毒殘忍的招式，更想都沒想過自己會用出來。

沐蘭湘的雙頰泛起紅暈，彷彿那些畫面在她眼前一幅幅再現：

「然後大師兄一腳踩住這老魔的胸口，手向下一抓，我們只聽到那老賊哼了一聲就不動了，再一看，大師兄把他腸子都抽了出來，還打了個結……」

沐蘭湘突然奔出門，在外面吐了起來。

李滄行也湧起一陣陣的嘔吐感，要不是給裹成了個木乃依，不知道會吐成啥樣。

沐蘭湘吐完後，回來幽幽地道：「大師兄，你當時真的把我給嚇壞了，從那天開始我就不停地做惡夢，回山以來，一連幾天沒睡著覺，今天下午我實在是睏得不行了才會睡了過去，剛才我居然夢到你對徐師兄……我好怕，我真的好怕！」

沐蘭湘越說越激動，呼吸也急促起來，李滄行深怕她又要暈過去，連聲呼叫紫光，紫光忙點了小師妹幾處穴道替她推血過宮。

良久，沐蘭湘的臉色才慢慢平復下來。

「大師兄，我一醒來，就看到你站在我面前，全身一絲不掛，渾身是血，雙眼血紅，眼珠子像要迸出來，直勾勾地盯著我，那樣子，我這輩子也忘不了！

「你的手快要抓到我的身上了，我當時閉上了眼，流下一滴眼淚，再睜開眼，卻發現你倒在了地上。火松子說你是妖怪，要大家趕快跑，我當時怕極了也想跑，但，你是我相處了十年的大師兄啊，我不信你能對我下得了手！

「看你倒在地上一動不動，我知道我不能這樣扔下你，更何況，要不是你，我們所有人早死在老魔頭的手上了。

「我當時以為你死了，因為你氣息全無，連心跳都停了，於是我什麼也不管了，把你抱在懷裡，結果你真的醒了，真是皇天保佑。」

沐蘭湘抬頭向天，雙手合十說了好幾聲皇天保佑，再度凝眸李滄行時，眼中盡是那異樣的光芒。

李滄行一動不動地盯著她，淚水只在眼眶中打轉，卻是一句話也說不出來。

紫光嘆了口氣：「蘭湘，你先出去吧，我有話對滄行說。」

沐蘭湘低著頭走了出去，臨到門前看了一眼李滄行，眼中盡是不捨。

紫光正色道：「滄行，蘭湘所言，我也找過不憂、火華子師兄弟與峨嵋派柳如煙女俠核實過，句句屬實，你有什麼想對我說的嗎？」

李滄行還沒完全從剛才沐蘭湘的話中回過神來，聽著像是在做夢：「弟子方才聞師妹所言如天方夜譚，**那個能徒手格斃老魔頭的怎麼可能是我？弟子要是有這本事，還會眼睜睜看師父遭老魔頭毒手嗎？**」

紫光略一沉吟，搭住了李滄行的脈門，捻鬚沉思，少頃道：「你體內的內力雖然虛弱，運轉尚屬正常，但絕不可能達到破解老魔罡氣的地步，更不可能徒手格斃他。此事有古怪，以後不得向外人提及。」

李滄行突然想到了徐林宗：「是，師伯。徐師弟他……」

紫光打斷了他的話：「林宗的事不必多說，我料這幾日他就會回山。」

李滄行知道這時不宜再問徐林宗的事，又想到了在落月峽的那場慘敗：「那此戰最後結果如何？」

這一下說到了紫光的心痛之處：

「唉，別提了，都怪我等料事不密，為魔教妖人所乘，**原來他們與巫山派事先已有勾結**，巫山派的賊人們是走黑水河的水路繞道而來的，屈彩鳳在抬屍向我們問罪時，大部隊就已經出發了，所以我們的探子根本沒掌握他們的動向。你師父生前與我提及此事時，最擔心的就是巫山派與魔教勾結，沒想到竟然一語成讖。

「此戰中，我武當折損了十餘位一等一的高手，包括你師父在內，黑石師弟全身癱瘓，恐怕此生也不能再行動，出發時千餘弟子，回山的不足三百，這叫我如何去見祖師爺！」

紫光說到此處，已是老淚縱橫，李滄行聽到澄光亦是差點掉下淚來。

紫光很快地控制了自己的情緒，擦乾眼淚：

「少林方面，谷口的五百棍僧幾乎在第一輪攻擊時就全損失了。後面的少林俗家弟子與寶相寺的大師們，在抵擋巫山派的背後突擊時損失也不小，虧得見性大師的徒弟智嗔師父智謀出眾，集中所有人從正面強衝魔教，打了他們一個措手不及，餘下的人倒是基本上都逃了出去。這智嗔不僅武功過人，而且智謀出眾，未來實在不可限量。」

李滄行想到了那個沉穩睿智的智嗔和尚，此人讓他印象深刻：「掌門師伯說的是，這位智嗔師父確實極為沉穩，深不可測，弟子雖同他交往不多，但也有這種感覺。」

紫光繼續道：「寶相寺的人不算多，損失也不小，只跑出去了四五十人，所幸一我大師和不憂師父都安然無恙。」

聽到不憂沒事，李滄行暗自鬆了口氣。

「唉，華山與衡山就慘了。衡山派盛掌門在混戰中，死在冷天雄的三陰奪元掌下，陸松陸施主帶著殘餘弟子們突圍時又被追上，魔教妖人發動火攻，全員戰死在失魂嶺。」紫光的臉色變得難看起來。

李滄行想起盛大仁的豪情滿懷，轉眼已是身死派滅，亦覺默然。

「至於華山派，先是李無雙李女俠與岳小姐靈兒雙雙在混戰中，死在賀青花的絕魂奪命鞭下，接著岳先生在重創了上官武後，被司徒嬌偷襲，最後被東方亮與司徒嬌聯手，打下了失魂嶺下的萬丈深淵；至於司馬鴻少俠，目睹師父、師娘和師妹的慘劇後悲痛欲絕，右眼被巫山派的暗器芙蓉醉香所傷，後來被公孫豪幫主拼命救了出來，剛才我收到消息，他已經成功地回到了華山。」

「太慘了，魔教狗東西太可惡，等我好了，一定要……」李滄行氣得要跳起來，差點沒摔下床。突然想到一事，問道：「那展慕白展少俠如何？」

「就是展家滅門後僅存的那位嗎？」

「正是。」

紫光想了想，微微一笑：「有人看到他在岳靈兒女俠的屍體邊狀若發瘋，死活不肯走，後來是峨嵋派的楊瓊花女俠硬把他拖了出去，說現在也已平安。」

「謝天謝地，對了，峨嵋派如何？」

紫光的表情又變得沉重起來：「巫山派的人就是衝著峨嵋派來的，曉風師太眼見形勢危急，組織弟子布下劍陣殿後，大家都突出去後，峨嵋的弟子還陷在裡面，被魔教和巫山派兩面夾擊，戰死了十之七八。曉風師太拼死護著徒弟林瑤仙、湯婉晴和柳如煙衝了出去，臨死前，將鐵指環傳給了林瑤仙，命她接掌峨嵋。你救的人裡就有峨嵋派的柳姑娘，她和林瑤仙走的不是一路，沒想到碰上了老魔頭。」

「怎麼會這樣！」李滄行想起不過半月前，在武當山出發的正派聯軍聲勢浩大，即使幾天前黑水河一戰時，也殺得魔教聞風喪膽，大獲全勝，短短幾日竟然一敗至此，他現在搖不了頭，但心裡一萬個不願意相信。

紫光長長地嘆了口氣：「唉，我也不願意相信這個事實，但它確實是發生了。正派遭此重創，勢必這幾年道消魔長，所幸此戰魔教同樣損失慘重，短時間難以恢復元氣。落月峽一戰中，魔教妖人加上巫山派的匪徒傷亡也有五六千，魔教雖然正副門主、左右使者和四大尊者沒事，但十長老被擊斃七個，總護法向老魔死在你手，對他們絕對是個大的震懾。而巫山派的所做所為，徹底把他們放在了正派的對立面，從今天開始，我們正派會全力圍剿其各處山寨。滄行，武當此戰元氣大傷，以後你要挑起更重的擔子才是。」

李滄行麻木地回道：「弟子謹記。」

紫光輕輕拍了拍李滄行的肩頭：「好了，你應該也累了，早點休息吧。你師父的屍體已經入斂下葬了，等你好了，我會領你去看他的。」

紫光走後，李滄行一直在暗暗地罵自己，武當都遭此橫禍了，自己還想著兒女私情。他現在只有一個念頭，就是早點養好了傷，能下床練武，先滅巫山派，再鏟平魔教，為死難的同道中人與師父報仇。

接下來的幾日，沐蘭湘再也沒有來過，一直是幾位師弟們輪流給李滄行端湯送藥。

李滄行雖然恨自己不爭氣，大仇未報卻只想兒女私情，但一到夜深人靜時，又總是情不自禁地想起沐蘭湘來。

此番出征，多次與其親密接觸，閉眼之間盡是她的美好，就連做夢，也是一再地回想她在自己懷裡梨花帶雨的景象，與兒時夢到她時不同，現在的夢是那麼地真實，一覺醒來，連下體也開始練起神功。

李滄行長嘆一口氣，只得希望自己能早日下地練功，也許可以斷了這些非分之想。

如此這樣煎熬了二十多天，李滄行終於可以下地走路了，期間紫光來看過他兩次，言談皆是門派俗事，他總覺得掌門師伯每次來似乎是想說什麼，或者說是期待自己說些什麼，卻又不知道他的用意何在。

下床的那一剎那，李滄行突然腦裡靈光一現：「**掌門師伯該不會是有意撮合我和小師妹吧！**上次我和小師妹被人誤會，這事傳遍了江湖白道，加上師父說過，徐林宗如果實在不可靠，那我就是武當最大的希望。此次武當慘遭橫禍，掌門師伯必須為未來早作打算，我擊斃老魔，立下大功，無論是為了武當的未來，還是為了小師妹的名節，這時候讓我娶師妹，以後作為武當掌門培養，那是再正常不過的事。」

一念至此，李滄行不由咧著嘴幾乎要笑出聲來。

「不對，如果是要撮合我和小師妹，那為什麼這麼多天不讓小師妹來給我送藥？反而像是有意拆散我們。」李滄行背上冷汗直冒：「該不會是我身上這股說不清楚來歷的巨大力量，讓師伯認為我有意藏私吧？這武功殘忍惡毒，我當時完全失去理智，更是幾乎做下不知廉恥之事，連火松子都說我是妖怪，掌門師伯幾次來試探我，應該是叫我自己說出武功來歷。他明知我對師妹有意，卻要隔離我們，**難道武當要拋棄我了嗎？**」

李滄行各種念頭浮現腦中，差點沒急哭出來。

這時，忽聽外面有人敲門：「大師兄，你在嗎？」

可不正是李滄行朝思暮想的沐蘭湘！

「我在，你等等，我穿了衣服就來。」

李滄行難掩心中的激動，聲音都在微微發顫，覺得自己太過胡思亂想，小師妹不是又在眼前了嘛！李滄行披衣開了門，沐蘭湘還是一身黑衣白帶站在門口，臉上雖然沒有任何表情，但在李滄行看來，卻別有一番讓人憐惜的風情。

沐蘭湘勉強擠出一絲笑容：「恭喜大師兄傷癒，我聽師弟們說你能下地了，就想來看看你，這陣子門派的事情太多，你和徐師兄都不在，突然間我都成師姐了，一下子好不習慣。這麼久沒來看你，你不會怪我吧？」

「怎麼會呢！武當出這麼多事，你忙正事要緊，我反正躺躺就沒事的。」李滄行言不由衷地說著，不住地打量著沐蘭湘，只見她始終低著頭，避免目光與自己直接接觸。

沐蘭湘沉默半晌，突然說道：「你要不要去看看你師父？」

一提到澄光，李滄行眼圈就紅了，這些天他儘量避免讓自己想起師父，一如儘量避免讓自己想起小師妹，但師父的影子始終揮之不去。

他毫不猶豫地回道：「當然。」

沐蘭湘領著李滄行來到後山，這一戰下來，多了幾百個新墳，澄光的墳則是靠裡的那個。

李滄行磕完頭，強忍著不流下眼淚，沐蘭湘感覺奇怪：「大師兄為何不痛哭一場呢？此處只有你我二人，沒事的。」

李滄行搖搖頭：「我跟師父發過誓，以後只流血流汗，絕不流淚，我答應師父的一定要做到，就像……就像我答應你的事一定要做到。」

「大師兄……」沐蘭湘又低下了頭，擺弄著自己的衣角，兩人就這樣各懷心事地待在澄光的墳前，一動不動。

許久，沐蘭湘才幽幽地嘆道：「大師兄，我有點明白你為什麼跟我說，永遠不希望我離開武當，進入江湖了。以前我一直盼望著長大，盼望著能去外面的世界，但我現在最懷念的，還是我們以前在山上無憂無慮的生活，還有爹爹……」

一提到黑石，她的眼淚就像斷了線的珠子，不住地向下流，話也無法說下去了。

李滄行想到自己還沒問過黑石的情況：「我還沒去探望過師伯呢，能帶我去嗎？」

「這……」沐蘭湘遲疑了起來。

「有什麼難處嗎？不方便的話就改天吧。」李滄行看師妹為難，便道。

沐蘭湘搖搖頭：「不是的，只是爹爹現在受了很大的刺激，情緒有時候不穩定，如果有什麼古怪的地方，你千萬不要責怪他。」

「當然。」李滄行順口回道。

在黑石的臥室裡，李滄行發現他臉頰深陷，雙目無神，只是盯著大梁發呆，沐蘭湘通報了好幾次，說是大師兄來看他，黑石只是一言不發。

無奈之下，李滄行只得離開房間。

送他出門時，沐蘭湘反常地盯著李滄行，緊咬著雙唇，臉上的表情陰晴不定。李滄行被她看得心裡發毛，卻又不敢多問。

過了許久，沐蘭湘方才開口道：「剛才徐師兄回來了，是和那個女人一起回來的。」

李滄行聞言如遭雷擊：「你說什麼？怎麼我一點也不知道！」

「那個女人就是屈彩鳳，她說她傷了徐師兄，這回負責把他送回武當，以後江湖上再見，就按江湖的規矩來！現下他們可能在後山。」沐蘭湘噙著淚水，恨恨地說道。

「我不信，徐師弟不會如此不分是非，這次落月峽之戰，這麼多同道死在巫山派之手，這起碼的恩怨情仇他都不明白嗎？我一定要去親眼看了才能相信。」李滄行搖著頭，盡是不信。

「大師兄，其實我也是不敢去看，這才找你的，我怕我接受不了事實。」沐蘭湘終於鼓起勇氣說道。

李滄行哼聲道：「不用怕，我們一起去。」

「好。」一絲感激浮上沐蘭湘的臉。

兩人來到後山，遠遠地只見一男一女抱在一起，那女子身著紅衣，肌膚勝雪，髮如烏雲，男子俊逸挺拔，玉樹臨風，可不正是徐林宗與屈彩鳳！

李滄行見狀，呆若木雞，而沐蘭湘最後僅存的一絲希望被擊得粉碎，轉身便向一邊的小道奔去。

她跑了半天後，李滄行才回過神來，狠狠瞪了遠處還在耳鬢廝磨的二人一眼，趕緊向沐蘭湘跑去的方向追了過去，只見沐蘭湘正蹲在水潭邊，一個人哭得肝腸寸斷。

李滄行站在她背後良久，**各種滋味從他的心裡泛起，辛酸、憤怒、憐憫、傷感，最後匯成一個不可阻擋的愛字，他衝上去抓緊沐蘭湘的雙臂：**

「師妹，你看著我。」

沐蘭湘抬起了頭，任由眼淚在臉上流淌，眼睛直勾勾地盯著李滄行。

「師妹，從今以後，我不許你對徐林宗再有一絲一毫留戀的情感，你難道不知道，在徐林宗心裡，你一點位置都沒有嗎？這麼多年以來，真正在意你的人是我。」

沐蘭湘淚如雨下，卻是一言不發。

「師妹，這麼多年以來，為了徐林宗，你把自己折磨得太苦了，從這一刻開始，我不允許我心愛的人被人欺負，我向你保證。」

「大師兄，我真的好想把自己的心給掏空，這樣我就能把徐師兄忘得一乾二淨，可是我做不到，大師兄！我做不到啊。」沐蘭湘情緒徹底崩潰，一頭栽進李滄行的懷裡，泣不成聲。

「別難過了，從現在開始把徐林宗給忘掉，好嗎？」李滄行緊緊摟著沐蘭湘，一遍遍輕聲地說。

沐蘭湘卻是不斷自語著：「我做不到，我做不到。」

把沐蘭湘送回房後，李滄行懷著滿腔的怒火，全武當地搜尋徐林宗和屈彩鳳，最後終於在山門前截住了正準備下山的二人。

兩人見到李滄行這副眼裡要噴出火來的樣子，都吃了一驚。

李滄行冷冷地對徐林宗道：「徐師弟，我有話要對你說。」

徐林宗跟著李滄行來到一處僻靜的角落，道：「大師兄有何指教？」

李滄行忍著心裡要扇徐林宗一耳光的衝動，用儘量平靜的語調說道：「從小到大，武當上下都知道**小師妹最心儀的人就是你**，所有人都祝福你們，希望你們能夠長長久久，白頭到老，沒想到，你卻跟巫山派的女魔頭屈彩鳳勾搭，你知道你這樣做，對小師妹是多大的打擊！她一直在等你，你可知她看到你跟那個妖女卿卿我我的時候，心裡面是多麼的難過和傷心！」

徐林宗嘆了口氣，低頭說道：「這些我都明白。」

李滄行的聲音在發抖：「你明白？是，你明白！**你明白小師妹只是你當上武當掌門的一顆棋子，對不對？**」

徐林宗抬起了頭，辯解道：「不是這樣，我有我的苦衷。」

李滄行不想再聽他解釋，吼道：「你有什麼苦衷？你這樣對待小師妹，我是不會答應的，也不想聽你的解釋。」

李滄行上前一步，緊緊盯著徐林宗的眼睛道：「我告訴你，你如果執意要跟屈彩鳳走的話，我跟你這麼多年的兄弟情誼就此一刀兩斷！從今以後，我不會再對你讓出半步。還有，你要敢欺負小師妹的話，我就對你不客氣。」

「對不起，大師兄，彩鳳為了保護我，冒這麼大風險護送我回武當，眼下全武林正道都與巫山派為敵，我不能不把她送回巫山派。至於以後的事，等我回武當後，自會聽從師父的安排。」徐林宗向李滄行行了個禮，頭也不回地走了。

李滄行知道留不住他，雙手握緊了拳頭，更不禁感慨自己和徐林宗這麼多的兄弟，為何會走到今天這步。

正自黯然神傷時，突然聽到一陣哀傷的笛聲，尋聲而去，發現是沐蘭湘坐在水潭邊的一塊石頭上，正在吹著徐林宗送她的笛子，笛由心生，連李滄行這個不通韻律之人也能聽出曲聲中的悲傷與哀怨。

李滄行突然無名火起，三步併作兩步地衝了過去，一把搶下那笛子，抓在手裡。沐蘭湘大急，一下上來搶笛子，嘴裡嚷著：「快還我，快還我。」

「不給！不給！」李滄行一邊吼著，一邊用盡全身的力量，把那笛子狠狠地扔掉。

由於他使了全力，那笛子轉眼間掉入遠方的水中再也不見。

沐蘭湘急得哭了出來，手上長長的指甲不知不覺間把李滄行的手背抓得鮮血淋漓，一見笛子沒了，轉身要走。

李滄行顧不得手上的疼痛，拉住沐蘭湘吼道：「你為什麼心裡還想著他？別走，你不許追，我早跟你說過，你要把徐林宗忘掉，從今以後跟你在一起的，就是我李滄行一個人。」

沐蘭湘狠狠地甩掉李滄行的手，頭也不回地奔去，只留下李滄行獨自呆立原地，悵然若失。

月夜，閨房，香爐，煙霧繚繞中，沐蘭湘靜默地閉著眼，腦海中滿是那個下落不明的人。

門開著，她聽到李滄行的腳步聲，微微地撐開眼簾，毫無熱度地看了他一眼，隨即又合上了雙目。

李滄行的微笑還沒來得及伸展，便僵在了臉上，一陣巨大的悲涼湧上了他的心頭：**原來我還不如一根笛子對你重要！原來縱使他下落不明，你的眼中還是沒有半點我的影子，就像剛才你看著我，卻比寒冰還冷。**

我跑遍了整個後山，才在一條溝渠裡找到笛子，我想用它讓你回心轉意，可此刻我卻沒有力氣拿出來。

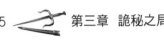

李滄行將門關上，踱到沐蘭湘面前，伸手撫摸她的臉，她閉目養神的樣子，竟讓人覺得如此的遙遠。

李滄行一陣心痛：「師妹，你一直對我視若無睹，冷若冰霜，什麼時候才能再給我一個笑臉？」

沐蘭湘緊閉著雙眼，不想看到眼前的男人，只開口質問著：「當你扔了我的笛子時，你有沒有考慮過我的感受？」

「原來師妹是怪我把徐林宗送給你的竹笛丟掉的事情嗎？」

李滄行苦笑著將笛子放在沐蘭湘的手上，她疑惑地睜開眼，眼神瞬間流光溢彩，驚喜不已地道：「不是丟掉了嗎？」她的聲音因興奮而發著抖。

他的心情卻是灰色的：**你終於睜眼看我了，卻是因為另一個人**。

李滄行轉身想離開，突然覺得自己的手被沐蘭湘一把抓住，李滄行一回頭，只見小師妹眼中又浮現出前些日那種異樣的光芒，輕輕地撫著他手上的抓痕，聲音裡帶著哭腔：

「這陣子我對你不好，我也不想這樣的，只是我心裡好像悶著一團火發不出去，大師兄，我知道我不應該拿你出氣，可是我就是控制不住我自己，我……」

李滄行只覺得頭暈目眩，沐蘭湘抓他的那一下，似乎在抓著他的心，他再也忍不住了，一把將沐蘭湘狠狠地收到懷裡，兩片嘴唇貼上了沐蘭湘滾燙的紅唇，**外面的一切已經與他無關，他的眼裡心裡只有懷中的這個女人，他不會讓任何人奪走她，哪怕是一刻。**

隨著李滄行猛烈而堅定的動作，沐蘭湘的手也漸漸摟緊了李滄行的身體，笛子掉在了地上，她渾然未覺。

良久，脣分，李滄行睜開了眼，看著沐蘭湘，喃喃地道：「你會一生一世愛我嗎？」

沐蘭湘的兩眼已經迷離，表情如同醉酒，雙頰赤紅，高聳的胸部開始劇烈地起伏，帶著似笑非笑的表情，轉身向床邊走去，抓著床柱有氣無力地倚著，嘴裡發出一些含混不清的聲音，一回眸，風情萬種。李滄行就是個木頭，也知道她動情了。

一陣異香入鼻，他覺得自己渾身火熱，血液就像沸騰一樣，朝思暮想的愛人就在眼前，給了自己再明確不過的暗示，還有什麼好猶豫的！他走上前去，從背後一把抱住沐蘭湘，盡情地吻著她的香頸。

沐蘭湘配合著他的節奏，開始扭動自己曼妙的身姿，再熟悉不過的少女芳香鑽進了李滄行的鼻子裡，他知道這是小師妹最真實的味道。

窗外，風起，枝搖。

床上的沐蘭湘一絲不掛，躺在同樣已經不著寸縷的李滄行身下，她的玉臂環著他的脖頸，錦被蓋著兩人赤裸的軀體。

她睜開眼睛，黑暗中那黑白分明的大眼睛，如同夜空中的寒星，那麼地美麗動人。李滄行又聽到了她嘴裡的囈語，這回他聽清楚了，她在說：「快啊，愛我，愛我。」

李滄行微微挺起了身，有力的雙臂支撐著自己的軀體，即使在夢中，他也從沒有經歷過這種情形，鼻子裡突然飄進一陣很熟悉的氣味，那是濃重的血腥味。他用手摸去，只覺異常黏稠，濕了滿手。

拉開被子，李滄行就著窗外的月光低頭一看，她的腰上還繫著兩根細繩，一大塊布墊護住了她最隱秘之處，那布墊已經浸透了鮮血。

李滄行嚇得三魂出竅，再也顧不得銷魂之事，跳下床，卻覺得一陣頭昏腦脹，有一股力量似乎在把他向床上拉，他狠狠地打了自己兩個耳光，這才清醒了一點，在外衣的兜裡摸到火石，點亮了蠟燭。

只見沐蘭湘臉色慘白，唇上毫無血色，人已處於半昏迷狀態，嘴裡還在呢喃著，私處的布墊已經擋不住向外冒的鮮血，連床單上和被子上都染上大塊的血漬。

李滄行嚇得手忙腳亂地套上裡褲，連上衣都顧不得穿，用被子把沐蘭湘一裹，抱著她就向外奔去，跑到紫光房外，也顧不得許多，直接撞開了門，大叫道：「師伯，快救小師妹！」

紫光正坐在榻上打坐運功，黑暗中一抬手，桌上燭臺自亮，饒是他已是得道高人，見到這情形也不禁勃然變色，驚道：「怎會如此？」

李滄行都快哭出來了：「詳情弟子稍後再對您稟報，還請師伯先救師妹。」

紫光把沐蘭湘放到榻上，輕按她的脈搏，一道吃驚的神色掠過他的臉上，他打量了一下在一邊坐立不安的李滄行，道：「你去打一盆涼水來，要快。」

還沒等紫光說完，李滄行已經飛了出去，不到半杯茶的功夫，他就拎了一個水桶奔進房中。紫光用手掬了一把冰冷的井水，運起氣來，只見他頭頂騰起陣陣白霧，手上的水竟凝結成一片片的冰塊，李滄行知道這是武當絕學——純陽無極心法中的**凝冰訣**。

紫光突然睜開眼，大喝一聲，出手如風，片片冰塊被打入沐蘭湘周身的三十六個大穴中，瞬間消失不見，少頃，只見她臉上紅潮漸漸退去，人也悠悠醒轉過來。

紫光轉向李滄行，臉上像是罩了層嚴霜：「說！到底怎麼回事，蘭湘體內怎麼會有迷香一類的藥物，你究竟對她做了些什麼？」

李滄行的腦袋「轟」地一下炸了開來，他雖不諳男女之事，但也聽師父說過迷香乃是江湖上下三濫的淫賊才會用的伎倆，連邪派中人也不齒於此。

他想到了剛才在沐蘭湘房中聞到的那陣幽香，才知道原來那就是**傳說中的迷香**，他百口莫辯，舌頭似打了結一樣，張大了嘴，卻是一個字也說不出來。

這時，只聽沐蘭湘喃喃自語：「為什麼，為什麼？」

李滄行轉頭向她看去，只見她把被子緊緊地裹在身上，面如死灰，一雙大眼睛瞪得滾圓，直盯著自己，卻是再無半點情意：「該不會是你在我房裡的香爐加了什麼東西吧，怪不得我沒辦法控制我自己。」

言及與此，沐蘭湘抓著被子放聲大哭，連李滄行都能聽出她已痛斷肝腸。

情急之下，他跑過去拉著沐蘭湘的手急道：「小師妹，真的不是我，我什麼也不知道。」

話音未落，他的臉已經挨了沐蘭湘一個巴掌，登時李滄行給打得七葷八素，臉頰火辣辣地疼，半邊耳朵除了嗡嗡聲什麼也聽不見，另一邊的耳朵裡則傳來沐蘭湘的怒吼聲：「你給我滾，這輩子我都不想再見到你！」

她一邊罵著，一邊抄起榻上的靠枕，也顧不得春光外洩，狠狠地砸在李滄行的臉上，隨後人便癱了下去，痛哭不已。

在沐蘭湘嚶嚶的哭聲中，李滄行失魂落魄地被紫光半拉半拖地弄到了自己的房間，進去後，又被紫光點了幾個要穴，全身上下除了口舌與眼睛外，皆不能動。

紫光在李滄行的房間裡來回踱了一陣，鼻子似乎在嗅著什麼，然後走到李滄行的床前，從他的枕頭底下摸到一個小瓶子，拔開塞子聞了聞，冷笑一聲轉向李滄行，質問道：「果然是含笑半步癲，這回你還想抵賴不成？說，這東西從哪來的？」

李滄行就是再笨，聽這名字也知道是啥東西了，急得大聲嚷道：「師伯，真的不是我，有人害我的！」

「住口，你這畜生，你師父屍骨未寒，就做下這等禽獸不如之事，偷學邪派武功在先，用藥迷姦師妹在後，我武當遭此橫禍，你不思為師門出力，卻一而再，再而三地挑戰我的底線，留你何用?!」

紫光越說越怒，高高舉起手臂，臉漲得血紅。李滄行臉如死灰，情知再說也是無益，閉目待死。

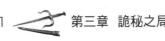

良久，這巴掌並未落下，李滄行睜開眼睛，只見紫光渾身發抖，手停在空中一直沒有落下，嘴裡卻喃喃道：「為什麼都這麼不爭氣，為什麼，為什麼？」

李滄行眼圈一熱，昂首道：「師伯你殺了我吧，我沒什麼好說的，邪派武功怎麼在我身上我也不知道，事到如今，我傷害了師妹，造成了不可彌補的罪過，就用我這條命去向她贖罪吧。我是武當弟子，敢做敢當，但迷藥之事確實不知情。我死之後，還請師伯明察。」

紫光盯著李滄行看了半天，解開了他穴道，道：「你先穿好衣服，再撿起蘭湘衣服，跟我來。」

李滄行依言而行，一路回到紫光房外，又按紫光吩咐把沐蘭湘的衣服扔進房間，關上了房門。

紫光在門外問了幾遍沐蘭湘是否穿好了衣服，直到沐蘭湘吭聲後，二人才走了進去。只見沐蘭湘失魂落魄地坐在榻上，看都不看李滄行一眼。

「蘭湘，你可願嫁李滄行，以全名節？」紫光問道，而沐蘭湘置若罔聞，彷彿整個靈魂已經被抽走。只有一串串的淚珠在她臉上掛著。

紫光沉吟了一下，對李滄行道：「跟我來。」這回他直接把李滄行帶到了山下牌坊處。

紫光對著李滄行正色道：「你也看到了，蘭湘不願委身於你，出了這麼大的事，我武當再也容你不得。本來按門規，你偷學邪功在先，姦汙師妹在後，隨便哪條都足夠廢了你的武功，將你趕下山去，念在你師父死得慘烈，這次除魔大戰你又有所表現，就不廢你武功了，你下山去罷，**從今以後，你與我武當再無瓜葛。**」

紫光言罷，轉身就要走。

李滄行聞言大慟，跪在地上，抱著紫光的腿求道：「師伯，您千萬別趕我走，求求您了，怎麼罰我都行，就是不要趕我走。」

李滄行想到這一走，可能這輩子都見不到小師妹了，一下子心亂如麻。

紫光冷冷說道：「你不是早就決定離開武當了嗎？現在怎麼改變主意了？」

李滄行聞言如遭雷擊，再也說不出一句話來。

「男兒有志四方，開宗立派對你來說算不得什麼，李滄行，你想娶師妹，就混出點樣子給我們大家看看。」

紫光扔下這句話，就頭也不回地走了。只剩下李滄行如行屍走肉一般跪在那裡，一動不動。

第四章

武當棄徒

紫光道：「你現在明裡是武當棄徒，這個身分
方便你進入其他門派查探黑手，這是個好機會。
不管是何原因，你身上有別派邪功，自己也不能控制，
不知道什麼時候就會使出來，留在武當只會惹人非議。

也不知過了多久，李滄行站起身子，一步步地遠離了武當。

他的心裡空空蕩蕩，一直以來，武當就是他的家，師兄弟就是他的親人，他全部的感情寄託都在這裡，他從沒想過有朝一日會離開這裡。

即使是那次澄光與他要另立山頭的談話，也只是閃念之間，第二天他就改變了想法，除了捨不得小師妹沐蘭湘之外，最主要的原因，還是他內心深處這條無法與武當割捨的精神紐帶在牽絆著他，卻不想如今落得這般下場。

舉目四顧，茫茫大地，李滄行不知道何處可去，也不知道自己能做何事，嘆了口氣，走向最熟悉的十里渡口。

在渡口的小鎮上，李滄行還抱有一絲希望，指望紫光會回心轉意，收他重歸門牆，於是他來到鎮上的「玉堂春酒樓」，想討份跑堂的活計。那店主見他儀表堂堂，孔武有力，很爽快地以月錢二兩，包吃包住的條件收下了他。

李滄行只圖有安身之所，一口答應，每日只是跑堂引座，擦桌上菜，晨起練拳，夜晚打坐，功夫倒也沒有擱下。

此處臨近武當，尋常江湖人物也不敢在此生事，一轉眼就這樣過了兩個月，秋去冬來，已是臘月。

這一天，李滄行正在擦桌子，外面進來四名江湖客，叫了一罈酒，兩斤牛肉和一屉包子，李滄行最近見多了此等人物，知道並非易與之輩，上了菜後就低頭走開。

只聽桌北那麻子道：「聽說這武當最近連出怪事，先是掌門紫光的嫡徒徐林宗失蹤，再是門派首徒李滄行給趕出武當，你們說，這都是什麼事啊。」

南邊的瘦子呷了口酒，道：「那徐林宗好像跟巫山派的屈彩鳳不清不楚的，聽說他是送屈彩鳳回巫山派後失蹤的。劉兄，你見識廣，你來說說。」

李滄行一聽這些人提及武當之事，忙在一邊裝著擦桌子，卻豎起了耳朵在聽。

東座的黃衣中年人道：「此事愚兄知道的不比王賢弟多到哪裡，也是聽說徐林宗與屈彩鳳有染，回山後又下了山，此後就下落不明，這兩個月來，武當弟子四處打探都沒有消息。唉，前一陣的滅魔之戰，武當大傷元氣，這陣子走江湖的都是十幾歲的二代弟子，也不知多久才能恢復過來。」

李滄行聽了一陣心酸，想到辛培華、虞鐵成這些人現在要挑起大梁，為了武當四處奔波，就深恨自己沒盡到做師兄的責任。

西邊一直不說話的老者突然道：「不過，我看李滄行被逐出師門一事更有玄機啊，這次正邪大戰，他出的風頭可不少，又是殺了歸有常，又是與師妹野合，比他徐師弟可風光多了。正派這麼多高手都死了，包括他師父在內，他卻能一身是傷的殺回武當，真是不易。本來我還以為武當未來掌門之爭，他跟徐林宗都有機會，沒想到……」老者嘆了口氣，繼續喝酒。

「宋大哥知道什麼內幕嗎？與兄弟們說來聽聽。」三人同時停止了喝酒盯著他看，李滄行也心不在焉地擦著桌子，耳朵早豎得跟兔子一樣了。

「喂，那邊的夥計，懂不懂規矩，爺們說事，你聽什麼聽，識相的離遠點。」瘦子突然發現了李滄行的存在，大聲地吆喝道。

李滄行趕緊走出店門，又繞到窗邊聽著。

「聽說那李滄行在山上舊病復發，又對她師妹動手動腳，這才給趕出師門的。」那名被叫做宋大哥的老者道。

麻子道：「這麼麻煩做啥，直接讓他娶了那師妹不就結了！是不是這傢伙色膽包天，在外面也對別派的女弟子毛手毛腳？」

宋大哥道：「那倒未必。你們有所不知，他那師妹沐蘭湘，乃是黑石道人的女兒，不是尋常女弟子，眼下武當人才凋零，黑石雖然癱瘓了，仍掌管刑罰，而且那沐蘭湘會使兩儀劍法，將來嫁的一定會是未來掌門，你們說，紫光怎麼可能讓李滄行娶了她？除非他徹底放棄徐林宗了。」

「宋大哥果然高見。」這次是三個人齊聲說。

外面李滄行聽得是心如刀絞，想起武當內部**有人栽贓陷害自己**，自己卻無能**為力**，鋼牙咬得咯咯作響。

那王賢弟又說道：「聽說李滄行給趕出武當後，各派都在找他，**正派的人想拉他入幫，邪派的人想殺他報仇**，也不知道這傢伙躲哪裡去了，這麼多天都沒人找得到。」

這回是劉兄的聲音響起，充滿了淫邪與猥瑣：「嘿嘿，該不會也和徐林宗一樣，泡了哪個魔教的妞，一起逍遙快活去了吧，哈哈哈哈。」

李滄行知道再多聽也無益，搖搖頭，輕輕走開，一路上想著：恐怕武當是不會讓我回去了，既然如此，**何不先找個正派作為容身之所，以圖後事呢**，哼，師伯不是說要看我有番作為嗎，那我就偏要有個作為，讓他看看！

打定了主意，李滄行便回屋收拾行李，與掌櫃結算工錢後準備離開。

就在他踏出店門時，只聽後面有人叫他：「站住！」

李滄行回頭一看，乃是一戴了斗笠、罩著面紗的青衣人，他不記得這人何時進的店，也想不起來何時見過此人，只能從聲音中聽出此人上了年紀，於是李滄行停下腳步，向他行了個禮：「前輩有何指教？」

青衣人一直壓著嗓子，聲音聽起來頗為蒼老：「你是誰？」

李滄行生出了一分警覺，**這還是兩個月來第一個主動問自己的江湖人**。

「我？我只不過是一個普通的酒店夥計，無名小卒罷了，前輩是何方高人？」

「年輕人，你先看看這個。」青衣人把一樣東西丟了過來。

李滄行一看來勢，便知此人功夫遠在自己之上，因為那東西是緩緩地從空中飄過來的，顯然是以頂尖的內力把這東西逼了過來，這份功夫實在是駭人聽聞。更讓李滄行吃驚的是，飄來的東西居然是個月餅，一個自己藏了八年的蓮蓉月餅！

李滄行一把抄過月餅，沉聲喝道：「閣下何人，有何指教？」

那青衣人透過面紗的眼神依然犀利如電，轉身便飛出窗去，李滄行知道他是故意引誘自己，但實在放不下心中的好奇心，咬咬牙跟著追了過去。

那人輕功遠在李滄行之上，但一路故意放慢腳步，一直到鎮外十餘里處的渡口蘆葦蕩中方才停下。

李滄行環顧了一下四周，意識到這裡就是自己接引公孫豪之處。那青衣人摘下斗笠，轉過身來，**赫然是紫光道長**。

「師伯？怎麼會是你？」李滄行吃驚不小，習慣性地就要下跪行禮。

紫光冷冷說道：「不必行此大禮，你已不是我武當弟子，見面以江湖前後輩之禮相待即可。」

「是，師⋯⋯前輩，請問您以這種方式引我來此，有何吩咐？」李滄行覺得多年稱呼一朝改口，十分彆扭。

紫光看了一眼渡口的流水，說道：「因為這裡夠安全，可以放心地跟你說話。」

李滄行本想問為何在武當就不安全，忽然想到迷香的事，馬上閉口不語了。

紫光正色道：「你師父在戰前就一直提醒我，**滅魔之戰疑點重重**，錦衣衛與公門中大批正派弟子請假回師門助戰竟毫無阻力，陸炳上山威脅後也不見下文；大軍一路上，官府從不過問阻止，這些都不正常，想必這些他跟你也提過吧？」

李滄行心中一痛，嘆道：「是的，但他說無論如何，作為武當弟子，這一戰必須為門派分憂，所以師父明知不對勁，還是戰鬥到了最後。」

紫光的表情也變得沉重起來：「唉，你師父的死，我也有責任，都怪我們當時想得太簡單了，現在看來，**確實有一隻看不見的手，把我們一步步地推到了落月峽，甚至巫山派林鳳仙的死，也很可能是場陰謀。**」

李滄行知道紫光肯定是要找自己做什麼事：「前輩，需要我做什麼就直說吧，只要能回武當，要我做什麼都可以。」

紫光點點頭：「我覺得有**一個勢力龐大的組織已經滲透進了各門各派，目的就是要江湖多事，紛爭不休**。這幾年來，各派之間，正邪間的矛盾突然激化，我們原以為罪魁禍首就是魔教，現在看來絕沒這麼簡單，因為**連我們武當都有內奸的存在**。」

李滄行覺得有些奇怪，紫光今天怎麼好像一下子轉了性：「前輩，為什麼告訴我這些，**您不是一直最懷疑的就是我嗎？**」

紫光微微一笑：「不錯，我確實懷疑過你，因為你身具邪功，又不肯說明來歷，但在那天事發之後，我便打消了這懷疑。」

李滄行問：「為什麼？」

紫光表情嚴肅，雙眼中光芒閃爍：

「因為你身上的功夫是**天狼刀法**，無論是蘭湘的描述，還是黑石師弟親眼所見，都絕不會有錯，此功夫練起來極為不易，即使練成，也難免走火入魔，甚至會完全失控，如果發作起來，必須要有陰陽調和，才能剋制其走火入魔。

「那天你跟蘭湘赤身相對，卻不得其法，顯然未經男女之事，蘭湘也才能保留處子之身，若是你苦練天狼刀法，必是此中老手，蘭湘又怎麼可能白璧無瑕呢？所以當時我就排除了你偷練邪功的可能，但是迷香的事，顯然是有人栽贓，為了掩他耳目，我只有逐你下山。這陣子我每天都暗中觀察你，你練的只是武當功夫，也沒與任何人接頭，這讓我完全打消對你的懷疑。」

聽到這裡，李滄行早已熱淚盈眶，撲通一下跪倒在地，連連磕頭不止，連稱呼也改回來了：「師伯既已明白弟子的冤屈，還請早日將弟子收歸門牆。」

紫光一邊扶起李滄行，一邊嘆道：「現在還不行。」

李滄行再次愣住了，本能地問道：「師伯，這又是為什麼？」

紫光看著李滄行，正色道：「有幾個原因你現在不能回去，第一，武當內部有奸細，這次嫁禍明顯目標對準了你，你現在回去，還會再次被他盯上，於你不利；而且這個內奸很清楚你對蘭湘的情意，會利用這件事作文章，即使你有所防範，蘭湘也可能成為他下手的對象。」

李滄行聽到這，面如死灰，冷汗直冒，連忙說道：「這樣的話，那我不回去了，我不能讓師妹有危險。」

紫光擺擺手道：「你先聽我說完，第二，你現在明裡是武當棄徒，這個身分可以方便你進入別的門派查探黑手，現在江湖上有不少門派都想接納你，這是個好機會。第三，不管是何原因，你身上總歸有別派邪功，而且你自己也不能控制，不知道什麼時候就會使出來，留在武當會惹人非議。還有最後一條，那是我的私心，想必我不說你也知道，不過有件事我可以答應你，蘭湘的婚姻大事我會重新考慮，只要你徐師弟能順利接掌武當，我可以成全你們。」

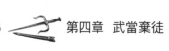

「師伯的意思是：**要我打入別的門派作臥底？**這似乎有違我武當的俠義之道；而且，小師妹的終身幸福怎可作交易！這最後一條，請恕弟子不能答應。」

李滄行不知哪來的勇氣，直視著紫光大聲說了出來。一時間竟說得紫光臉上青一陣紅一陣，無法反駁。

紫光想了想，開口道：「這樣吧，蘭湘的婚姻之事，以後我讓她自己選擇，決不干涉，但武當未來掌門之位我是不會讓步的。非常時期為了破解這巨大的黑手，行事不能過於教條，你難道不想為你師父和死難的同道報仇了嗎？」

李滄行低下了頭，心裡在劇烈地天人交戰，想起師父的慘死，他握緊了拳頭，抬起頭，表情堅毅地說道：「好吧，我幹，具體如何做，請師伯明示。」

紫光滿意地道：「很好！武當這邊我會暗中調查，你先去三清觀，聽說那裡很不平靜，最近可能會出事。你跟火華子、火松子關係不錯，聽說他們也在到處找你，希望你能在那裡發現些什麼。」

兩人又商定了以後的接頭與聯繫方式後，紫光飄然而走，李滄行則大步走向黃山三清觀，他邊走邊想：**我真的能走出自己的一片天地嗎？**

半個月後，黃山三清觀已是大雪封了山道，崎嶇難行。

太清殿上，掌門人雲涯子正在與幾位徒弟交談。

這雲涯子年紀已六十有餘，卻是駐顏有術，面色紅潤，滿頭黑髮，看起來就似那活神仙。下面的大殿上，火華子、火松子、火練子等幾名嫡傳弟子都身穿道袍，垂手站立。

這是雲涯子三個月來首次出關，幾位高階弟子正在向他彙報近日的動向。

雲涯子看著火松子，問道：「火松子，前日命你下山尋那李滄行的下落，可有消息？」

火松子臉上掛著微笑：「回稟師父，那李滄行自下山後，就沒人見過他的蹤影，弟子料他與那寶相寺不憂關係不錯，一路查訪從武當到寶相寺的道路，均無下落。」

雲涯子不滿地說道：「哼，真沒用，連他往哪個方向走的都不知道，你就不能從武當山下的各個市鎮都打聽一下，摸清楚他的去向嗎？」

火松子臉色微變，做出一副恍然大悟的表情：「弟子慚愧，未及師父深謀遠慮。」

雲涯子吃這一捧，臉色稍緩，面露得意之色。

「火練子，這陣子江湖上動靜如何？」

雲涯子轉向了看起來三十多歲，留著三縷長鬚，一臉穩重踏實的二弟子——火練子。

火練子抱拳回道：「回師父，大戰過後，無論正派還是魔教都元氣大傷，沒有大的行動。除了李滄行的事外，只有華山派司馬鴻接任掌門一事較大，原衡山派殘存的那些弟子都去投奔了華山，這一戰下來，他們聲勢反而提高了不少，現在有幾百人的規模，還在北嶽恆山開了分舵。峨嵋派的楊瓊花似乎跟林瑤仙起了矛盾，也離開峨嵋去了華山，現在在恆山管事。」

雲涯子沉吟道：「想不到這次華山因禍得福，接手了衡山派的勢力。當今江湖，大爭之世，我們也不能脫然世外。火華子，你有什麼要向我彙報的？」

火華子微微一笑：「弟子不才，已經找到李滄行，現正在大殿外聽候師父的指示。」

雲涯子大吃一驚，臉色微變，火松子更是嘴巴都張得合不起來，直愣愣地盯著火華子。

「這到底是怎麼回事？」雲涯子定了定神，問道。

「回師父，昨天夜裡，弟子在房中參研武功之時，值守山門的火星子師弟送來一封信，說是有個樵夫模樣的人送來的，弟子見信裡說李滄行約弟子在山下黃龍鎮一見，遂先行前往。」火華子從懷裡摸出一封信遞上。

雲涯子看著信，道：「他為何只約你一人前往，你又為何不作稟報？」

「回師父，他在信中說得清楚，離開武當後，遭到過魔教與巫山派的追殺，即使正道中人也不一定視他為友，所以他聽說我們三清觀有意接納他，想先摸清楚來意，由於與弟子相熟，故而先行問個底。」

火華子繼續道：「弟子與其雖然認識時間不長，但信得過其為人，聽火星子師弟提及那樵夫的身形外貌，確認此人就是李滄行本人無疑。他既然連送信都是親自前來，又怎麼可能設下埋伏？於是弟子當晚便依約單人前往。」

雲涯子點點頭：「談的結果如何？」

火華子笑道：「非常順利，他說在武當他求娶師妹不成，加之師父戰死，便心灰意冷，離開門派四海為家，只是下山後連續遭遇魔教追殺，想找個正道好門派寄身，以期有朝一日為師父報仇，其他的事情他不肯多說。我說我們三清觀求賢若渴，師父更是當今武林的奇人，讓他儘管放心來投，談了一夜後，他隨弟子上山，現在就在大殿外恭候。」

火松子忽然道：「師父，弟子有一事不明，想向師父請教。」

雲涯子臉上閃過一絲不悅，道：「說。」

火松子的臉上閃過一絲嫉妒：「為何師父如此看重李滄行這個武當棄徒，他學的是武當功夫，與我三清觀武功不是一個路數，如果是他主動來投，我們收留他還好說，有必要主動去找他，求他入幫嗎？」

雲涯子怒道：「你這蠢材，什麼時候才能把用在女人上面的心思放回正途！你是不是想說為師老糊塗了，或者是偏心？那就算為師老糊塗了，別的門派的掌門也都是老糊塗嗎？你就不想想為什麼他們也都派弟子四處尋找這李滄行？」

火松子給罵得臉上青一陣白一陣，卻是無從回答。

火練子道：「**莫非是與李滄行身上驚人的力量有關？**」

雲涯子罵了一陣還不解氣，繼續對著火松子吼道：「火松子，虧你還親眼見識過李滄行徒手擊斃那向天行，你就從來不想想是何原因？」

「這……想必是那老魔頭連戰我方多人，氣力不濟，所以才會被這李滄行占了便宜。我看他最後跟那老魔頭如同街上潑皮混混打架一樣，在地上拳來腳往，血肉橫飛的，看不出啥招式，完全是靠蠻勁。這傢伙年紀輕力氣大，就把老魔頭給打死了。還有啥原因啊？」火松子不服氣地辯道。

「氣死我了，為師白教了你這蠢材這麼多年，滾滾滾。」

雲涯子氣得差點要跳起來，揮手讓火松子退了下去，轉頭讓火練子也先出去，只留火華子一人在場。

雲涯子嘆了口氣：「華兒，你怎麼看？」

火華子想了想，道：「徒兒早就和師尊彙報過，那李滄行使的分明是極精妙的擒拿招式與上乘的護體神功，向老魔的森羅萬象煞何等霸道，一爪打在澄光身上足可打出血洞，生掏人心，怎麼可能一下就氣力不濟了？這老魔的先天罡氣，弟子親自見識過，以弟子的功力，直接就給震傷經脈倒地不起。」

火華子又想到了當日情形，神色一變：「李滄行可以空手扯下他一隻手臂，這又是何等驚人的力量！他的那種殺氣、爆發力，弟子前兩日還在惡夢中見到，絕對不是什麼潑皮打架，**倒像是邪靈惡狼上身**！以李滄行的年紀，是絕不可能有這樣功力的。華山派司馬鴻雖然武功高絕，但一來，年紀大了李滄行有八九歲，二來，他是靠霸天神劍的精妙劍招，而不是靠這種驚人的力量與內功。」

雲涯子點點頭：「你說得沒錯，以你的描述看，他使的很可能是**林鳳仙的成名絕招：天狼刀法**。」

火華子驚得臉色大變：「什麼？天狼刀法？這怎麼可能！據弟子所知，這李滄行從未下過武當，怎麼可能和林鳳仙有關係？」

「人家也許另有奇遇，也許有事隱瞞於你，為師當年和林鳳仙交過手，絕對不會看錯的。聽說**練這武功極易走火入魔，想要大成必須陰陽調和**，你說李滄行對他師妹欲行不軌，不正好是證明嗎？」

火華子默然不語，心中卻仍不願相信。

雲涯子嘆了口氣，語重心長地說道：

「為師知道你與他關係不錯，可**人心隔肚皮，知人知面難知心**，以後與他相處，你可要多個心眼。也許他武當另有玄門心法或者是靈丹妙藥能助其速成神功也說不定呢。我三清觀的六陽至柔刀法雖然同樣威力驚人，但所需前置基礎武功過於複雜，不易速成，要是能有機會學到巫山派的天狼刀法，對我派武學的發揚光大自然是大大的有利。好了，你去傳李滄行進來吧，為師要親自和他談談。」

李滄行站在外面的雪地裡，凍得滿臉通紅，他下山時只穿了秋裝，酒樓打工的兩個月的工錢全用在鐵匠鋪打兵器了，那天和紫光分手後，後悔忘了跟師伯要些盤纏，這半個月他是邊打零工邊來到黃山的。

適逢前日天降大雪，他在山中一個樵夫的小屋裡借了套衣服，才找上了火華子，這會兒穿著秋衣，給凍得瑟瑟發抖。

李滄行剛才看到火松子氣鼓鼓地出來，衝著自己也不說話，而是恨恨地看了他一眼便拂袖而去，弄得他心裡有點發毛，畢竟這是他第一次做臥底，心裡虛了三分。

此時聽火華子在叫自己：「李兄，師父有請。」深吸一口氣，跟著火華子走進了大殿。

李滄行早知雲涯子乃前輩奇人，不僅武藝深不可測，星相醫理、奇門八卦更是無所不通，但這次見面，仍覺得此人一如畫中的仙人一樣，不覺多了幾分崇敬。

只見雲涯子笑瞇瞇說道：「李少俠，聽說你有意入我三清觀？」

李滄行點點頭：「正是，弟子與武當緣分已盡，但與魔教之仇誓不兩立，所以想托庇一個名門大派以安身立命。貴派前次正邪大戰已與魔教結仇，又與武當同為道家一系，因此弟子願投入貴派，還請掌門收留。」

雲涯子笑了笑：「嗯，這個好說，李少俠精通武當何種絕藝，可否說來聽聽？」

李滄行沒有料到雲涯子會這麼直接，微微一愣：「這……」

一邊的火華子連忙說道：「李兄，你帶藝入我門，以後我師父就是你師父了，現在你擅長哪些武功，自然需要向師父稟明的。」

李滄行聽了，拱手道：「在下資質魯鈍，在武當所學的，主要是一些入門級和中級的武藝，拳腳方面有長拳、綿掌、武當擒拿手、掃葉腿等；劍術方面學得多了些，會使繞指柔劍、柔雲劍法、神門十三劍、七十二路連環奪命劍。輕功方面，會九宮八卦步和梯雲縱，還會些暗器手法如八步趕蟾之類的，此外，江湖上一些中小門派的功夫也有涉獵，有點雜，不算精。哦，對了，在下還會武當的純陽無極心法，現在練到第六層了。」

「學得是挺多的，但都不是頂尖武功，還有嗎？」雲涯子雖然還是面帶微笑，但雙目如電，盯著李滄行的眼睛，讓他背上冷汗直冒。

李滄行搖搖頭：「弟子既然請求入幫，自不敢有所隱瞞，沒有了。」

「那你的天狼刀法又是怎麼回事？」雲涯子突然厲聲大喝，震得李滄行雙耳發麻，心中的恐懼更甚，額頭上登時豆大的汗珠滲了出來。

李滄行對這個倒是早有準備，平復了一下心情後，朗聲道：「弟子實在不知那日為何會使出這門邪功！前輩試想，若是弟子對這功夫能運用自如，又怎麼會眼睜睜地看著師父給那老魔殺害！實不相瞞，弟子離開武當的一個重要原因，也是因為在此事上無法對紫光師伯給出一個滿意的解釋。」

雲涯子緊盯著李滄行的眼睛，似乎想看穿他的內心，突然身形一動，瞬間欺近李滄行身邊。

事發突然，李滄行想不到他作為前輩，居然會向自己出手，再想閃身已來不及，手上一痛，脈門已被其扣住。

雲涯子撫鬚沉吟，片刻後鬆開李滄行的脈門，退回座位道：「你已經打通了陰交、陽交、陰維、陽維、沖脈、帶脈這六條小周天經脈，小小年紀，內功能練到這地步很不容易，但你**未通任督二脈，經外奇脈也沒打通，是不可能練成天狼刀法的**，這就奇了，你身上的那種力量，平時完全發揮不出來嗎？」

「正是。」李滄行點點頭。

雲涯子繼續問道：「你在武當可曾服用過什麼靈丹妙藥？」

李滄行如實回答：「切磋受傷時，有時候會服些外用傷藥，這次滅魔大戰吃過兩顆九轉玉露丸，此外，武當固本培元的靈丹一向是給徐師弟和小師妹服的，一年也只有一顆，為的是助他們練兩儀劍法，我從未服用過。」

雲涯子沉吟了一陣後，對火華子道：「帶李少俠先去客房歇息，入派的事，容我再作計較。」

火華子把李滄行引到客房，安排他住下後，回到了大殿，發現火松子與火練子也在。

雲涯子見火華子回來後問道：「安排好了嗎？」

火華子點點頭：「已經安排到西平的地字房住下，依師父的交代，加派了兩位師弟輪流暗哨值守。」

雲涯子交代：「李滄行非一般來客，一會兒再加派兩人，後窗那裡也要安排固定哨，輪換的人撤崗時，必須要來我這裡直接稟報。」

火華子應了聲：「是。」

雲涯子對火華子問道：「對他入派的事，你怎麼看？」

「李兄所言似無虛偽，我與他切磋過武藝，他確實所學甚雜，但以弟子所見，此人悟性極高，平常的武功在他手裡也能發揮出很大的威力。這次滅魔之戰，他打敗了不少成名的高手，連在陝甘一帶成名已久的歸有常也敗在他手下，即是明證。」

「天分高又怎麼樣，還不是給自己的師伯當賊一樣防著，哪像我們三清觀是依弟子天分傾囊以授，由師兄弟間切磋來公平排位。武當留不住的人才，也會來投奔我們，可見師父的英明。」火松子諂媚地道。

雲涯子微笑捻鬚不語。

火練子突然道：「師父可是已決定收他入派？」

「何出此言？」雲涯子拿起手邊的茶杯喝了一口，隨口問道。

火練子笑笑說：「如果師父沒興趣收他，剛才也不會安排他住下。此人身具天狼刀法，卻又不肯承認，若不是有難言之隱，則必是刻意隱藏。師父收他入派也有套其絕世刀法之用意，只是一時間未能想出合適的方法，才召我等商議，不知弟子揣測是否得當？」

雲涯子滿意地點點頭：「哈哈哈，火練子，此等心思只有你才有。你火華子師兄為人過於耿直，火松子師弟則器量略顯狹小，還是你思維縝密啊。你可有何方法來套得他武功？」

火松子聞言心中不悅，臉上卻不敢有任何表現。

「師父剛才所言，天狼刀法需陰陽雙修方可避免走火入魔，可是當真？」火練子追問。

雲涯子正色道：「不錯。確有此事。」

「那我已有一計，可試出李滄行是否有意隱瞞。」火練子走上前去，對雲涯子附耳說起話來。

晚飯過後，李滄行被叫到大殿上，雲涯子對他道：「適才我與幾位徒兒商量你入派之事，基本上同意了。只是要等下月初三的吉時，方可舉行正式入派大典。這幾天，你先與幾位師兄們切磋一下，他們每人有一本我派的寶典相贈，你需依書中指示練功，不然沒有基礎，以後也無法修習本派上乘武功。」

李滄行聞言大喜，倒頭便拜。隨後依次從火華子、火松子、火練子處取得一本布包著的書，並向其行師弟見師兄之禮。

最早給火華子行禮時，他心中尚有些不適應，畢竟在武當當了十幾年的大師兄，這還是第一次給人當師弟，但隨後轉念一想，此三人年齡均在自己之上，加上入門早於自己，叫聲師兄也是理所當然。

回房後，李滄行難掩心中狂喜，打開了火華子送自己的布包，只見裡面是一本霞光連劍訣，他與火華子切磋過，知道這是上乘劍法，與武當柔雲劍各有千秋，心中大喜，連忙收好，再打開火練子所贈的包裹，裡面則是一本三清觀的燃木刀法。

火松子所贈包中，則是一本發黃的書，封面上寫著「黃帝心經」，心中一動，覺得這恐怕會是三清觀不傳之獨門內功心法，他打開第一頁一看，只見赫然寫著一行小字：

「人上人，肉中肉，人在人上，肉在肉中，巫山雲雨，其樂無窮！」

李滄行從未見過這樣的淫書，羞得面紅耳赤，馬上合了起來，正待去找火松子時，心中突然好奇心氾濫，想看看女子私密之處是啥樣，這個問題這兩個月來一直在糾結著他，於是又偷偷地打開了那書，翻到第二頁，仔細地看了看，總算是開了竅。

他向後又隨手翻了幾頁，發現淨是些男女交合的姿勢，他終於明白了這書就是傳說中的春書，心中惱火，打定主意要去找火松子理論，於是拿了書就推門而出，卻發現火松子一臉壞笑，就站在門口。

「師兄，這是何意，你就是用春書來迎接新師弟的麼？」李滄行衝著火松子揮著書，恨不得摔在他臉上。

「別急啊師弟，我看你對這書也挺有興趣的，要不然怎麼會看了這麼久才想著來找我呢。」火松子的模樣其實算得上英俊，但是眉宇間的那股猥瑣實在讓人看了不舒服。

「你別亂說，我剛才是看另外兩位師兄給我的劍譜和刀譜。」

「行啦，別掩飾了，你這人一說謊就結巴，以後這毛病可得改改！你窗戶都沒關，我可是一直站在這裡看得清清楚楚，剛才看到女人私處那一頁時，便看你

兩眼放光，連我在這裡偷笑都沒發覺。」

李滄行恨不得能馬上跳到井裡，這樣再也不用被他消遣，只能閉緊了嘴巴不作聲。

「好啦好啦，咱們是啥交情啊，再說，這又不是我的意思，我知道你李滄行臉皮薄，哪可能一下子就給你這東西。」火松子張望了一下四周，悄悄地湊上前來，在李滄行耳邊說道：「這是師父的意思。」

「什麼？這又是為何？」李滄行渾身一震。

火松子神秘兮兮地說道：「這你就不知道了吧，我派武功與你武當的不太一樣，雖然同為道家，但你們講究的是養清氣，而我們則強調清濁相會，陰陽交合，明白嗎？」

「不太明白。」

火松子解釋道：「就是說，你們武當練的是童子功，所以一輩子不能碰女人，我們三清觀講的是陰陽調和，採補之術，要的是男女雙修，可以做正常夫妻，懂了嗎？」

李滄行聽得一愣一愣的，這種說法他從沒聽過：「採補？那不是淫賊的伎倆嗎？怎麼可以學這個。」

「淫賊那叫辣手摧花，只圖自己一時痛快，完全不顧女子的痛苦甚至性命，也採不了啥有用的，我們這可是陰陽雙修的辦法，對男女都有益的，可以互相採補。你看師父六十多了，看起來只有四五十，就是以前這功夫練得好。」火松子說得神采飛揚。

李滄行差點沒暈在當場：「還有這事？那怎麼不見師娘？」

火松子嘆了口氣：「師娘是本教的清虛散人，也是師父的同門師妹，十年前故去了，所以師父才會悲痛欲絕，一下子老了十歲，不然你看到的還更年輕哩。」

「那師父可有孩子？」李滄行來了興趣。

火松子搖頭：「這倒沒聽說，幫裡也從來沒人提起過，你以後也別多問了。」

李滄行突然想起了什麼，問道：「噢，那你們都練這功夫了嗎？」

火松子眼中閃過一絲失望：「還沒呢，師父說我們的清氣還不到家，現在不能亂破童子身。哎，對了，我忘了你跟你師妹已經那個過了，恕罪恕罪，你這書還是還我吧，我可不能害你。」

李滄行心中不爽，這火松子每次提到這事時總是不懷好意：「師兄勿要誤會，上次不是跟你說過了麼，我跟師妹清清白白的，什麼也沒發生。」

火松子擺擺手：「我沒指那次啊，我聽說你回武當後和你師妹……你不就是因為這個才被趕出來的嘛？」

李滄行警覺起來：「你這又是從哪兒聽到的？」

這回輪到火松子有些吃驚了：「武當公告江湖了呀，說你犯了淫戒，被逐出師門呢。難道其中另有隱情？」

李滄行心下默然，料想是紫光有意而為的。不過轉眼間，他心下竊喜，這下師妹非自己不能嫁了，只要完成師伯的任務，必能風光回武當迎娶師妹。想著想著，李滄行不覺兩眼發光。

火松子察言觀色，嘿嘿笑道：「師弟不會是又在想著和沐姑娘的纏綿悱惻了吧。」

「不不不，你別誤會，我和師妹還是清清白白，什麼事也沒有，我是提親不成，頂撞了師伯，才給趕出來的。」李滄行連連說道。

「當真如此？」火松子的表情中透著不信。

李滄行正色道：「你剛才也說了，我一說謊就結巴，看我現在結巴了沒有？」

火松子仔細打量了一下李滄行，把他手中那本書拿了回來：

「算啦算啦，看你這臉紅的樣子，估計也是沒碰過女人，要不然也不會盯著那私處看這麼久。我現在得回去告訴師父這事，明天給你換本書，今天這東西就物歸原主了，免得你晚上做壞事。我走了，明天見。」

火松子言罷轉身就走，只留下李滄行一個人呆呆地站在原處發愣。

李滄行回房後，反覆思考著剛才的事：**為什麼火松子要給自己這本春書，為什麼他要告訴自己這是雲涯子的意思？**

他突然意識到這是雲涯子在**試探自己是否還是童子之身！**可是今天他明明能抓住自己的脈門，判斷出自己衝穴通脈的情況，又怎麼可能判斷不出自己是否童子之身呢?!

李滄行的腦子裡一下子充滿了問號，突然，**這些個問號變成了一個巨大的驚嘆號，他想到這很可能跟自己身上那可怕的邪功有關，**雲涯子一定也和紫光一樣，認為他是在有意地隱瞞功力！

白天雲涯子問他在武當服過何丹藥，就是在問他是否有用藥物助長功力的情況，看來雲涯子感興趣的還是他身具異功這件事，並不懷疑他負有探查黑手這個任務。

想到這裡，李滄行長出了一口氣。

這一晚，李滄行終於可以睡個好覺，這半個多月來他餐風宿露，缺衣少食，過得可謂苦不堪言，以前在武當時，雖然每日練功也很辛苦，但畢竟衣食不憂，離開武當後，才明白什麼叫一文錢難倒英雄漢。

來三清觀後，他終於能吃上飽飯熱湯，有個溫暖的被窩，幾乎倒下就睡，直到火華子搖醒他時，才發現已經日上三竿了。

「師弟醒醒，師父有事找你。」

李滄行一睜開眼，映入眼簾的就是火華子那張不苟言笑的臉。

李滄行一邊起身，一邊抱歉地說道：「不好意思啊，好久沒睡上床了，這一覺睡得過沉了。」

火華子道：「洗漱一下就來大殿吧，師父在等你，早飯放你桌上了。」

匆匆塞了兩個包子一碗稀粥後，李滄行就奔到大殿，雲涯子與三大弟子正在閒聊，見到他後，雲涯子的聲音中透出一絲不滿：「滄行，雖然你還未正式入幫，但習武之人應切記藝精於勤的道理，切不可慵懶貪睡。」

「弟子謹記教誨。」李滄行在武當被灌輸了一個道理：任何事也不要和長輩頂嘴爭執。

雲涯子點了點頭：「火松子昨夜跟我彙報過了，我確實有欠考慮，忘記你還是童男之身。這樣吧，你先學這本太虛心法，我們三清觀的心法以火系為主，注重攻擊，與你武當以水為主，強調以靜制動的不太一樣。你以後可以二種兼修，一旦練到水火融合，就算內功小成，可以考慮男女雙修的事了。」

一提到男女雙修，李滄行就熱紅了臉，說不出話來。

雲涯子注意到李滄行表情的變化：「哈哈，不用跟個姑娘一樣動不動臉紅，我聽說了你對武當黑石道兄之女沐蘭湘有意，你只要在我們這裡好好幹，做出番成就，我會考慮向武當提親的。但你要是沒闖出番名堂來，我也不好開口向黑石道兄和紫光掌門提這門親啊，你說是不是？」

「一切但憑掌門安排。」李滄行嘴上回道，心中想道：紫光師伯早答應了把小師妹許配給我啦，但若是你肯幫我求婚自然最好不過。

「你入幫拜師的事，我考慮過了，眼下你目標太大，又剛離開武當，正式公開收你為徒，恐怕於你於我派都不利，今天你就正式入我派，但先做記名弟子，一年內在山上研習本派武功，暫不下山行走，等風頭過去後，再安排你執行任務。」雲涯子宣布道。

「是，掌門。」李滄行感激地說。

「還有，不用叫我師父，我並不直接授你武功，你所學的皆為三清觀歷代前輩所傳武功，既入本派，這些武學自當向你開放，至於學到何程度，就看你個人造化了，以後叫我掌門即可。」雲涯子意味深長地說道。

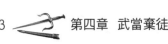

「是，掌門。」

「還有一條，我三清觀與你武當不同，師兄弟之間公開公平競爭，即使是師父也不能刻意偏向某人，每年的中秋會舉行門派比武大會，必須以本門招式，以比武的結果來確定師兄弟的排名。」雲涯子又補充道。

雲涯子指著火華子，對李滄行道：「你火華子師兄從小到大，每年比試都是第一，這大師兄位置是自己打下來的。你在武當派當了多年的大師兄，來我這裡，先排到四大弟子之末吧，如果有實力，明年中秋大會上，用本派功夫把自己的排名向上提。」

「弟子定當以火華子師兄為榜樣，不敢有所懈怠。」

火華子聞言，向李滄行笑了笑，一邊的火松子卻撇了撇嘴。

雲涯子向門外揮揮手：「你下去吧，這兩個月先以練內功為主，本派也和武當一樣注重練內氣，強調以氣御刀劍，先打好內功基礎，再去練習劍法與刀法，可事半功倍。」

李滄行道了聲是後，退下離開。

望著李滄行的背影，雲涯子喃喃自語道：「李滄行，我究竟該怎麼安排你呢？」

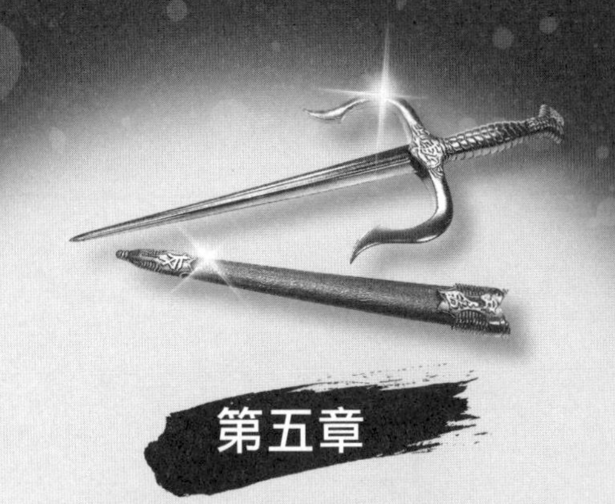

第五章

伏魔盟

柳如煙道：「組建伏魔盟的事，不知道長意下如何？」
雲涯子道：「茲事體大，需要從長計議，
柳女俠請先回覆林掌門，就說三清觀需要仔細考慮，
今日還請女俠在觀內歇息，明日我派弟子送你下山。」

早春三月的黃山，冰雪早已消融。春暖花開，鳥語花香，一片勃勃的生機。

李滄行來三清觀已經三個多月了，一個多月前，他就把太虛心法練成了。連雲涯子都吃驚於他的練功速度，說自己當年練太虛時都花了三個月，李滄行看著他一邊嘀咕，一邊找出焚心訣的心法給自己，心裡樂開了花。

三清觀的內功心法以火為主，跟以前自己在武當時練的以水為主的心法完全不一樣，太虛心法練成後，連睡覺的被子也少蓋了一層。這一個多月來，他開始加緊練習燃木刀法與霞光連劍訣，三個月下來基本也已掌握。

武學一道，雖各派招式不同，但原理相同，都是借體內之氣與四肢之力的結合，李滄行從小就博學眾家武功，學武功的速度也明顯快過師兄弟們，算得上是他的一個天賦。

幾個月來與師兄弟們的切磋中，李滄行清楚在三清觀內，除去雲涯子外，只有火華子的武功能與自己不相上下，火松子和火練子略遜自己一籌，至於其他師弟們都差了不少，但如果只能使三清觀的功夫，那火松子與火練子現在都能勝過自己。

所以趁著春暖花開，李滄行也加緊了練武的速度，希望能在中秋比武前，多學到幾門上乘武功，好讓自己的排位再向前挪挪。畢竟習慣了別人叫自己大師兄，現在成天給人叫著李師弟，總歸心裡不太舒服。

三清觀在練武上，不像武當有澄光這樣的傳功長老專門監督弟子的訓練，每天早課上，雲涯子授完口訣後，都是大家自行練習。

李滄行發現在練功刻苦程度上，自己是全觀最勤奮的一個，這得益於多年來在武當的習慣，雖然才三個多月，李滄行已經成為師兄弟們議論的焦點，近半個月來，他感覺在切磋武功時，火松子等都有所保留不願全力施為，只有火華子還一如既往的和自己見招拆招，毫無顧忌。

來三清觀的任務他同樣沒有忘記，一有機會他就觀察三清觀上下弟子們的舉動行為。幾個月下來，他覺得此派弟子素質參差不齊，不像武當弟子那樣大多是本性純良之人；弟子間天分相差也極大，真正稱得上可造之材的，只有三大高級弟子與自己而已。

自從李滄行入派以來，雲涯子就暫時停止了弟子的下山走動，他也發現自己一直被監視著，不敢有所異動，從外表看起來，三清觀就是個寧靜平和的二線門派，沒有厲害的仇家，也沒有太大的內部矛盾，看不出有何幕後黑手在操縱這個門派內部的紛爭。

李滄行心想，要是明年這時候還看不出什麼異狀，就找個機會回武當娶師妹，也算是完成師伯的委託了。不過在此之前，他還是想多學幾手厲害的武功，至少在不藏私這點上，他覺得三清觀要比武當來得大器。

這一天，李滄行只穿了一條練功褲，赤著上身，在練功房裡揮汗如雨地練著霞光連劍訣，這門劍術與武當的七十二路連環奪命劍有異曲同工之處，講究的都是一個**快**字，所不同的是需要以火熱的內力催動，劍未及人，即可感覺到灼熱的氣息。

李滄行每次練這火力十足的劍法都會不由自主地越練越快，直到一套招數使完，虛脫的感覺很快就會上了身，他坐在一邊，大口地喝著水，卻想著前天和火華子拆招的事。

開始他還很得意，自己沒用一個月就能掌握這劍法了，與火松子比劍時也輕鬆取勝，當時還被火松子誇讚，說自己剛練劍法兩個月，速度就比他還快，但前天與火華子拆招時，卻發現他這劍法使的是有快有慢。

回來一琢磨後，李滄行才發現自己還是內力不濟，無法將火熱內功持續灌注在劍身之上，因此只能一口氣使到完，而真正的高手用這劍時，需要**快慢結合**，絕不能讓敵手適應自己的節奏。

李滄行想到自己以前在武當時，所學的連環奪命劍與柔雲劍法就是一個極快，一個極慢，自己從來無法在對敵時迅速切換這兩種劍法，就是因為速度快了就收不住，慢了就快不起來，看來武學之道博大精深，劍之一道上，自己還需要多加修練領悟才是。

他又想到那燃木刀法同樣需要火熱內力的催動，一刀下去能讓乾柴直接燒著，對內功的需求更巨，而自己現在只能練個招式，內力根本不足以支撐這些武功的特效，心下不覺著急，要練成高深內力不知道還要多久，還是否有機會親手滅掉魔教報仇。

正在李滄行出神思考間，火星子匆匆趕來道：「李師兄，師父請你去大殿，有要事！」

李滄行一聽有要事，衣服都顧不得穿，拿在手上就匆匆奔進了三清殿。進門一抬頭不覺大窘，原來大殿上有一位紅衣勁裝的女子，一看到自己這樣赤膊跑進來，不覺「啊」得一聲，忙扭開了頭。

雲涯子嚴厲的聲音鑽進了李滄行的耳朵：「成何體統！」

李滄行手忙腳亂地跑到門外穿上了衣服，然後低著頭從偏門溜進大殿，悄悄站在火松子的身邊。在武當時，他從沒出過這樣的醜，一時心中不知所措，定了半天神後，才聽清楚那女子在說什麼。

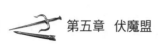

原來這女子乃是峨嵋派的二師姐柳如煙，生得圓臉大眼，體態勻稱，一身紅色勁裝，俗家打扮，李滄行在武當時就聽說過她是林瑤仙的二師姐，個性活潑，能言善道，經常代表峨嵋派在外交涉。

柳如煙在峨嵋二代弟子中劍法出眾，尤擅**越女劍法**，曾以一敵五擊敗西藏血刀門弟子，人稱「**花中劍**」！

第一次進殿時，李滄行來不及細看，這會兒雖是低頭，還是偷偷看了她兩眼，總覺得有點眼熟，後來終於想起，此女乃是自己在擊斃向天行時救下的那位紅衣峨嵋女俠。

一想到自己當時那赤身露體的樣子，李滄行更是臊得無地自容，而看到那柳女俠時，也彷彿發現她雖然直視著雲涯子，餘光卻偶爾會向自己這裡掃來。

這時，只聽柳如煙道：「組建伏魔盟的事，不知道道長意下如何？」

雲涯子沉吟了一陣後，正色道：「茲事體大，我等需要從長計議，這樣吧，柳女俠請先回覆林掌門，就說三清觀需要仔細考慮此事後再回覆貴派，今日還請女俠在觀內歇息，明日我派弟子送你下山。」

柳如煙拱手道：「既是如此，晚輩就先行告辭，晚輩還有任務在身，此次就不打擾貴派了，還請道長有了結果後，能儘快通知我派，林師妹在峨嵋金頂靜候佳音。」

雲涯子看了眼李滄行，說道：「滄行在我派之事，還望柳女俠代為保密，此事也會作為我們合作的前提。」

「這……恐怕晚輩需要單獨向掌門師妹彙報一下，前輩的要求也一定會轉達到。」柳如煙的回答不卑不亢。

「好吧，滄行，火華子，代我送送柳女俠。」雲涯子端起茶杯，算是送客。

李滄行與火華子行禮後，引著柳如煙出了大殿。

在下山的山道上，柳如煙妙目流轉，始終在李滄行身上打量，李滄行被看得渾身不自在，又不好走在客人後面，只好一言不發。

行至山腳時，柳如煙終於忍不住開口道：「李少俠為何會投入三清觀？你可知前段時間江湖上有多少人在找你？」

「這是在下的私事，很感激三清觀能收留我，現在我在這裡過得很好，不勞各位同道為我費心了。」李滄行禮貌地回道。

「方才我師父與姑娘的約定，請放在心上。」火華子不忘提醒道。

「這個自然，李少俠，還有一事我覺得有必要告訴你，你師妹沐蘭湘好像在找你，我這次來的路上碰到了她，她還向我打聽你呢，我想問問，你的行蹤是不是對武當和她也要保密？」柳如煙有些激動地說。

李滄行聽了，恨不得馬上插上翅膀飛到師妹身邊，但他一想到與紫光的約定，立即回到了現實中：「唉，過去的就過去吧，現在我是三清觀弟子，一切聽掌門的安排，還請柳姑娘按掌門的意思辦。」

「什麼？哼！枉我以前還以為你是個重情重義的漢子！就此別過！」柳如煙氣鼓鼓地扔下這句話後，看也不看李滄行一眼，轉身就走。

李滄行聽著十分刺耳，卻無從反駁，心如刀絞，呆立在原地。

「對了，還有，肌肉比你發達的多得是，以後別老用這種賣弄肌肉的方式來勾引姑娘了，只有魔教妖女才會感興趣。」柳如煙的聲音飄進李滄行的耳朵裡，人卻已在十幾丈外。

火華子勃然變色，大聲道：「柳姑娘有點過分了吧。」

而柳如煙的紅衣卻是越來越遠，直到看不到身影。

二人回到大殿後，雲涯子臉色很不好看，責備李滄行道：「在武當待這麼久了，一點外交禮節也不懂嗎？你這做事毛毛躁躁的性子何時能改。」

「弟子知錯，請掌門責罰。」李滄行自知理虧，低頭認罰。

雲涯子罵了幾句便也消了氣：「算啦，下不為例。火華子，滄行，你們對這伏魔盟的事怎麼看？」

李滄行剛才來得晚，又窘了半天沒仔細聽，所以對這伏魔盟的事仍是狀況之外，只好道：「弟子剛才沒聽全，不好妄加評論。」

雲涯子「哼」了一聲，眼看又要發作，火華子忙接過話頭道：「弟子認為此事不可答應。」

「為何？」雲涯子問。

火華子分析道：「我教雖為正派，但一向不喜參與江湖爭鬥，這次正邪大戰也只是象徵性地派出我和火松子師弟，與其說參戰，不如說是觀摩，眼下正邪大戰後，雙方都元氣大傷，必然都會試圖拉攏我們，我們**正可坐收漁人之利**。」

李滄行聽了頗不以為然，又不好發作，只能默不作聲。

火松子幸災樂禍地說：「衡山派給滅了，我們可以去占他們的地盤，開個分舵。」

雲涯子怒道：「你有沒有大腦，這時候占衡山的故地，是想與正派為敵嗎？」

火松子吐了吐舌頭，不敢再說話。

一直沉默的火練子開了口：「魔教的勢力暫時到不了這裡，正派如果想收我們加盟的話，第一件事必定不是讓我們打魔教，而是去攻擊江西境內的飛虎山與翻雲寨這兩個巫山派的分寨。我覺得**與其考慮是否會得罪魔教，不如直接判斷是否要跟巫山派開戰**。此次正邪大戰，峨嵋與巫山派已經勢成水火，如果我們決定加入伏魔盟，那直接攻擊飛虎山，比派人去峨嵋報信更有價值。」

雲涯子滿意地看著火練子道：「還是你看問題全面，那以你之見呢？」

火練子冷靜地道：「弟子贊同火華子師兄的看法，按兵不動。」

李滄行本以為他會贊同與正派聯手，聽他這樣說，不禁吃了一驚。

火練子緩緩解釋道：「一來，我派與巫山派並不是死仇，沒必要為了峨嵋強出頭，而且林鳳仙之死確實與峨嵋脫不了干係，即使從俠義的角度來說，我們也不好直接相幫，不然人家會說我們名門正派相互包庇，這與魔教又有何區別？」

李滄行雖恨極巫山派，但也覺得火練子言之有理，不禁點了點頭。

「二來，巫山派在正邪大戰中損失並不大，我們攻擊飛虎山未必能輕易得手，即使攻下，除了獲得一些錢糧外，沒有什麼實質上的好處，還要面臨巫山派的報復，實在不上算。

「第三，巫山派現在的死敵是峨嵋，峨嵋派雖然在這次正邪大戰中傷亡慘重，但多年底蘊決定了她們單獨面對巫山派時仍不處下風，何況她們在四川一帶還有唐門與青城派可作強援，就算我們真的想打巫山派，也要等到她們打得兩敗俱傷，巫山派無力反撲時，我們再動手。最好是等屈彩鳳把飛虎山和翻雲寨的高手都調走了，那時候，我們就可以用最小的代價，獲得最大的利益。」

火練子洋洋自得地環顧了一下四周，看到李滄行時，像是意識到什麼，一下子閉上了嘴。

「呵呵，還是你想得周全。」雲涯子大讚道：「那就這麼定了，暫且對峨嵋的要求不予答覆，既不同意，也不反對，大家要在最近勤奮練功，以滄行為榜樣，一旦機會來臨，隨時準備出擊。」

眾人齊聲稱是。

李滄行回房後一直在想火練子的話，尤其是最後那欲言又止的表情，突然想到自己身懷天狼刀法，恐怕大家仍是認為自己與巫山派有瓜葛，這也許才是三清觀此次中立的最主要原因。

看來自己還是沒有獲得完全的信任，李滄行很不喜歡這種感覺，無法像以前在武當那樣，不需要防著誰，對任何人都可以敞開心扉，不免心中苦悶，搖搖頭，又去練功房練劍。

李滄行今天沒有練三清觀的霞光連劍訣，而是轉練了武當的柔雲劍法。來三清觀後，他幾乎就沒有再練過武當的武功，使起來都有點生疏了，就像這三個多月來，他都沒再夢到沐蘭湘一樣。

自從下武當以後，他經常強迫自己不要去主動想小師妹，為了達到這個目的，他甚至幾個月沒練武當的武功，但今天柳如煙一提到沐蘭湘時，他的心裡又如同平靜的湖面扔下了一塊大石，激起了巨大的漣漪，一方面欣喜師妹還是在乎自己，沒像那日她說的那樣，真的一輩子不想看到自己了，甚至還會向柳如煙打聽起他的下落；然而另一方面，他又感嘆造化弄人，也不知何年何月才能再和師妹見面。

想著想著，李滄行心亂如麻，不知何時，柔雲劍法也變成了連環奪命劍，一招快似一招，舞成了一個光團，甚至是由著劍在拖著人在行動。

突然李滄行混沌的意識隨著耳邊的風聲恢復了清醒，長劍疾揮，只聽「噹」地一聲，一支梅花鏢被打落在地，門外一個黑影一閃而沒。

李滄行大喝一聲：「什麼人！」向那黑影追了過去。

兩人速度相差不多，李滄行略微快一點，追到山門時，離那人還有五六丈遠。

他記起在武當時，長輩們常教導此種情況需要先報告師長，不可孤身追擊，外加江湖上有逢林莫入的訓誡，想到這裡，李滄行不禁停下了腳步，轉頭向回走。

突然間，他覺得腦後勁風襲來，閃身一躲，發現竟然是那黑衣蒙面人去而復回，當下不由動了真火，使出柔雲劍法與之纏鬥起來，交上手後，李滄行才發現此人功力極高，劍術尤在自己之上。

李滄行一連使出柔雲劍法、連環奪命劍、霞光連劍訣這三種厲害劍法的殺招，都被其輕鬆化解，更可怕的是，此人一連變了十幾種劍法，用一些平常的招數就能破解自己的精妙殺招，自己卻始終看不出此人的武學路數，三十多個回合下來，自己是守多攻少，被來人壓迫得非常被動。

李滄行一見形勢不妙，一咬牙，連連搶攻幾招，試圖抽空逃跑或者是發出信號，那人黑布上的雙目炯炯有神，似是看出他的心思，也加緊了攻擊的速度，讓李滄行無暇抽身。

李滄行心急如焚，鬥不幾招，只聽「嘶」地一聲，腿上褲子已被劃破一道口子，幸未傷及皮肉。

電光火石間，他覺得這人似是故意放慢腳步在等自己跟上，明顯是故意攻擊自己，卻又不下殺手，**像是誘使自己使出更高明的武功**，心下頓時雪亮，對面的蒙面人八成是在**試探自己的武功，像是想要自己使出天狼刀法。**

念及於此，李滄行便打定主意只攻不守，不顧自身安危，招招不離那人要害。果然，那人也不想傷他，化解了攻勢後，眼神中透出一絲驚愕，再拆得十餘招後，便轉身遁去，兩個起落後，身形便隱沒於黑暗之中。

李滄行拄著劍，在原地大口喘著粗氣，方才他是在用命賭，萬一設想有半分偏差，此刻已成一具屍體。

這時他才聽到遠方的腳步聲由遠而近，火華子的聲音鑽進了耳朵：「師弟，沒事吧！」

李滄行訝異道：「沒事，師兄，你們怎麼會來？」

火華子看了眼蒙面人遠去的方向：「今天我巡夜，走到廣場時，聽到這裡好像有打鬥的聲音，就追了過來。來者是什麼人？」

「高手，在練功房就把我引來這裡，我不是他對手，但他並不想殺我，似乎另有所圖，見你們來就走了。」李滄行直起身道。

火華子臉色一變：「什麼，居然連你也敵他不過？難怪可以深入我派練功房而無人察覺，他用的是何種武功，師弟可能辨認出？」

「此人用了十餘種不同門派的劍法，看不出路數，他的武功高出我許多，如果不是有意不想取我性命，只怕我撐不過五十招就要敗在他劍下。」

火華子的眉頭擰了起來：「有如此功力的，全武林也找不出幾個！師弟，你在本派的事一直無人知曉，今天那峨嵋的柳姑娘剛看到你就發生這事，實在過於巧合了些。」

李滄行今天碰上了真正的高手，被打得如此之慘，一陣心灰意冷：「算啦，我學藝不精，不能怪別人對我有何企圖，以後還得勤加練習才是。」

談話間，雲涯子也帶著火松子等人來到了山門前，問及了經過後，沒有說什麼，只叫李滄行回房早點安睡，以後碰到類似情況，先設法鳴聲示警。

李滄行應了聲「是」後回房歇息。躺在床上，他突然想到：截止目前，自己還是被人監視，那在練功房裡也不可能沒人盯著自己，**為何打了半天火華子才來？更何況火華子還是巡邏時主動聞聲而來，這不合理！**

他整理了一下思路，雲涯子會收容他，很明顯是對自己的天狼刀法更感興趣，來三清觀快四個月了，雲涯子從來不提入道一事，就可以看出他們並沒把自己完全當成自己人，前一陣在拆招時，自己只用三清觀的本門武功，連武當的武功也不用，更不用說天狼刀法了，**很可能黑衣人就是雲涯子**，由於自己的身分只有三清觀人才知道，雲涯子一直不方便出手，剛好今天柳如煙撞到自己，那出手試探再無顧忌。

想通了此事，他的腦子裡思路瞬間清晰起來。

這次的試探過後，雲涯子應該對自己徹底打消懷疑了，因為沒有一個人會連性命也不要，而不使出身上的絕技。不出意外的話，雲涯子以後會把自己看成一個給力的弟子，這對自己查探三清觀中是否有內賊大有好處。

轉眼間又是兩個多月過去，李滄行自上次與黑衣人交手後，從其劍法中領悟頗多。

以前他練劍時，總是盯著一套劍法使，在武當時與敵對陣不多，尚不自覺，來三清觀後，每天與人拆招，越來越發現不必過於死板，拘泥於一種劍法，因而試著將幾種劍法混合使用，幾個月下來，已經基本做到了多種劍法的順利切換，十餘招內可以使出四五種劍法。

最近幾次切磋中，當他使出混合劍法時，火華子拆解起來便非常吃力，但李滄行每每手下留有餘地，維持一個平手的局面。雲涯子來看過幾次他與火華子的拆招，看了後一言不發，轉頭就走。

這一天正是五月初三，雲涯子把李滄行單獨叫到大殿，問道：「滄行，最近劍法與刀法進展如何？」

「遵師父的命，不敢有所懈怠，兩門武功已窺門徑，限於內力尚不足，還未能發揮全部威力。」

雲涯子遞給李滄行一本書：「內功一時半會急不來的，不過，我看你的焚心訣已經基本上到六七層了，這本神火心經你先拿去練。」

李滄行上前接過這本內功書，平靜地道了聲謝，他知道這神火心經算不上頂尖的內功心法，不必表現得欣喜若狂。

雲涯子看著李滄行道：「其實我三清觀除了武功一途外，星象地理、奇門醫理這些都有所涉及，**行走江湖，光靠武功不一定能解決所有問題**，我這裡有一本易容秘法和一本縮骨訣，你且拿去。」

雲涯子指了指桌上的兩本書：「前者可以教你製作出人皮面具，後者可以讓你身形變化，江湖上認識你的人不少，想找你的人更多，在我們正式公布你的身分前，你還是先易容改扮為好。至於變換嗓音，你應該在武當已經學過，我就不另外教了。」

李滄行久聞易容術的神奇，但武當歷來沒有此門奇術的記載，想不到在三清觀竟然有緣學到如此實用的技能，掩飾著心中的狂喜，他從雲涯子手上接過了這兩本書。

雲涯子微微一笑：「可別高興得太早了，一個月後，我要考察你的易容術學得如何。」

李滄行認真地道：「弟子一定不會讓掌門失望。」

端午節前的兩天，火松子正在煉丹房裡督促著師弟們煉製補氣丹。這時火峰子奔了進來，見到他便說：「師兄，師父有急事找你，此刻正在大殿。」

火松子愣了一下，問道：「我這就去，只找我一人嗎？可否傳喚了其他師兄弟？」

火峰子搖搖頭：「師父只讓我通知你一人。」

火松子心中暗喜，自李滄行上山以來，師父就沒派過弟子們下過山，連採買都是師父親自去辦的，這幾個月窩在山上真是悶壞了，這回師父單獨召見，很可能是有事要自己下山去辦。

他正美美地想著，不覺已走到了大殿，但見雲涯子在大殿上正襟危坐。

火松子上前行了個禮：「師父，請問找徒兒來，有何事吩咐？」

雲涯子沒有直接回答，而是問道：「今日煉丹煉得如何啊？」

火松子早有準備：「回師父，一切順利，您傳喚我時，弟子剛煉成補氣丹十顆，止血粉十瓶，這些是樣品。」

火松子說著，從懷中掏出了一瓶止血粉與一顆布包著的補氣丹，雲涯子沒看就放在一旁的桌上。

「你仔細看看我，今天與平時有何不同？」雲涯子眨了眨眼睛。

火松子聞言，覺得有點奇怪，師父從未問過自己這種問題，但仍依言抬頭仔細看了看他。端詳片刻後，搖搖頭道：「沒啥不同啊。」

「走近兩步再看看？」

火松子上前兩步，這回看得更仔細了些：「師父的臉色似乎沒平時紅潤，中氣也沒昨天足，是不是昨天沒休息好？」

這時，只聽一陣哈哈大笑，從椅子後面的屏風中走出一人，火松子一看差點沒嚇暈，**怎麼又一個雲涯子**?!

只見後出來的那個雲涯子大笑道：「很好，滄行，你的易容術連火松子都能騙過，這下行走江湖沒太大問題啦。」

先前的那個雲涯子則笑著扒拉臉上，一具面皮應手而落，赫然正是李滄行。

他起身後，全身骨骼一陣響，又恢復了高大挺拔的身形：「掌門，這縮骨功讓人好不難受，面皮戴久了，汗浸滿全臉，也不是個輕鬆活計。」

「呵呵，以後你用熟了，就會懂得給自己留些可以透氣的氣孔了；至於這縮骨功，你剛練當然難受，練多了也就舒服了。」

火松子這才恍然大悟，原來李滄行得了師父的易容之術，忙拱手向李滄行道賀，心裡卻有些不服氣。

雲涯子轉向火松子道：「滄行因為下山容易引起麻煩，所以我先傳他這易容之術，以後也會視情況教給你們的。後天是端午節，你和滄行去山下黃龍鎮採辦一些粽子回來，順便買兩個月的米麵和肉類。採辦的錢在這裡。」

火松子上前接過了錢後，與李滄行一起離開。

李滄行這回易容成一個中年大漢，穿了身雜役的衣服，沒帶武器，隨火松子一起下山到了黃龍鎮。

兩人分頭去米行、肉鋪與四福齋買好東西，又到車行雇了明天一早的車，順便把採辦好的貨物寄存在車行。

一切安排妥當後，已是華燈初上，黃龍鎮裡一片燈火通明，李滄行看看天色，道：「師兄，今天天色已晚，我們找家客棧安歇，明天再上路，如何？」

火松子不耐煩地擺擺手：「哎，師弟，難得下山一趟，這樣公事公辦多無趣，你上次救過我一命，我還沒好好謝你，今天師兄就帶你好好開開眼。」

言語間，火松子拉著李滄行來到一家熱鬧非凡，燈火通明的樓宇前，李滄行抬頭一看，匾上寫著三個字：「牡丹閣」。

李滄行雖沒吃過豬肉，但也見過豬跑，一見這匾立時心中雪亮，拉著火松子悄悄地道：「師兄，這不是青樓窯子嗎，我們怎麼能來這裡，還是走吧。」

火松子神秘兮兮地說道：「師弟有所不知啊，越是這種地方，越是各路江湖人士集中之處，男人在這種溫柔鄉裡往往會放鬆警惕，什麼話都會說的。我幾個月沒下山了，消息閉塞，今天正好用這機會好好打聽最近江湖上出了什麼事，你難道不想知道你的徐師弟和沐師妹的消息了？」

火松子說完，也不管李滄行，直接走進了大門。

李滄行心裡有一萬個聲音在跟自己說不要進去，但雙腳仍鬼使神差地跟在火松子後面，踏進了那座大門。

一進門就是一股濃濃的脂粉味和香水味撲面而來，李滄行自幼在武當長大，只跟小師妹有過親密接觸，而沐蘭湘不喜歡施粉黛，每日只以天然花瓣擦擦臉，逢年過節偶爾用點脂粉，也多數是淡淡的花香，絕非這種濃烈的味道，讓他聞了想吐。

這時，對面走來一個臉上粉足有一寸厚的矮胖中年女人，穿得花枝招展的，手上拿了把小扇子，上來就衝著火松子說道：「喲，公子您來啦，今天是來喝酒，還是來找樂子呢！」

火松子哈哈一笑：「先喝酒，老樣子，過會兒需要姑娘了，我會叫你。」

中年女人回頭招呼道：「好咧。紫英，帶兩位大爺入座。」

一個大紅鴛鴦肚兜外只罩了一襲白色輕紗的少女，一步三搖地走了過來，立即撲到火松子懷裡撒嬌道：「爺，您可來了，想死奴家了。」

火松子哈哈一笑，摸出一錠銀子塞進她的肚兜裡，順便把手伸進去狠狠地摸了兩下。那女子放肆地一笑，粉拳捶了火松子幾下，嗔道：「還是那麼壞。」

李滄行看得呆若木雞，還好此時戴了面具，看不出他的臉有多紅。

那女子向李滄行望了一眼道：「這位爺看著好面生，是你的朋友嗎？」

火松子點點頭，手卻在那女子身上不老實地亂摸，他看也不看李滄行一眼，鼻子在女子的身上亂嗅著：「嗯，是我的跟班，鄉下人沒見過啥世面，今天帶他來樂呵樂呵。」

那名叫紫英的女子掩嘴一笑，引著二人到了左邊角落裡的一張短腳桌上，二人在榻上盤腿坐下，稍過一會兒，酒菜便流水般地擺了上來，紫英則一直坐在火松子的腿上，為他斟酒。

李滄行從小到大沒見過這麼多好吃的，即使武當每年一次的中秋大餐上，也不過是有酒有肉罷了，這裡則是有烤全羊、蜜汁叉燒、大閘蟹、肚包雞。

李滄行看得一邊流口水，一邊悄悄地問火松子道：「師兄，這得花多少錢啊，師父給的錢全用來採辦了，我看趁我們現在還沒動筷子，趕快溜吧。」

火松子不滿地掃了他一眼：「師兄我說過要好好謝謝你的，我可不是白說，放心，師兄我存了好久的錢，今天包夠。你就放心地吃吧！」言罷撕了條羊腿遞給李滄行，李滄行遲疑地接過羊腿，半天不敢下口。

火松子見李滄行仍不開動，便推開紫英，把嘴湊過來，貼到李滄行的耳邊低聲說道：「瞧你那樣，生怕別人發現不了我們行動異常嗎？別忘了，我們是來探聽消息的，看你這麼生分，誰會放心大膽說話呀。」

李滄行想想有理，咬咬牙，狠狠地一口咬下一大塊羊肉，膻香四溢，他順手舉起自己面前酒杯一飲而盡，只覺入口清冽，不由地道了聲「好酒」。那紫英姑娘則抿嘴一笑，為他斟滿了面前的酒杯。

從小時候起，李滄行的聽力就遠比師弟們要來得好，隨著年齡的漸長以及功力的提高，這門天賦越發地突出，不少暗器高手需要苦練十數年才能練到的聽風辨位的本事，李滄行幾乎是與生俱來，正由於此，澄光在授他武藝時，才會特意加強李滄行暗器方面的功夫。

現在身處這風月場中，隔壁幾桌的調笑聲清楚地鑽進他耳朵裡。

東邊一桌那大少爺模樣的人在說：「寶貝兒，香一口一兩銀子。」

西邊那桌商人打扮的中年男子跟隨從道：「你到門口看緊點，我老婆要是來了，邊擋著邊大叫報信。」

南邊的三個江湖人，則是在一邊喝酒一邊聊天，李滄行清楚地聽到了「徐林宗」三個字，不由心中一凜，忙豎著耳朵聽了起來。

「大哥，聽說那武當的徐林宗現在還是活不見人，死不見屍？」

「嗯，我聽說屈彩鳳都專門出來找過他兩次也沒找到，要是連她都找不到，那就是真失蹤了。」

「上個月峨嵋趁屈彩鳳不在突襲巫山派，結果如何？」

「二哥，你的消息太過時了吧，分明是屈彩鳳在激戰正酣時殺了回來，林瑤仙一看占不到便宜就撤了。」

「對了，伏魔盟的事有消息嗎？聽說這是峨嵋發起的，那個柳如煙兩個月內跑遍了各大門派，好像只有**少林**、**華山**、**武當**、**峨嵋願意加入**，丐幫還是不願意嗎？」

「哼，丐幫和少林的梁子還沒解呢，哪會在這時候加入！再說了，上次正邪大戰中，公孫豪雖然出盡風頭，但回到幫裡，反而引起副幫主為首的眾位長老的不滿，說他萬一有個好歹，丐幫怎麼辦？最後弄得不歡而散，這種情況下，丐幫怎麼可能再加入這個伏魔盟！」

「上次戰後還是華山占了便宜，一下子吞併了衡山和恆山兩個門派的勢力，岳千愁死了，反而成就了司馬鴻，真讓人想不到。」

「嘿嘿，要說那正邪大戰，公孫豪和司馬鴻是一戰成名了，武當派的李滄行和沐蘭湘也是一夕成名了啊，大戰來臨前居然有心情那個，嘿嘿嘿嘿。」

李滄行聽他們這樣消遣自己和師妹，氣得差點要起身，卻被火松子踢了一下，轉眼一看，他還在和懷裡的紫英調情，也不知這腳是有意還是無意，卻讓李滄行冷靜了下來。

「對了，那李滄行怎麼給趕出武當了？」

「聽說是這傢伙色膽包天，跟師妹偷情給發現了才被趕出來的。」

「那怎麼只趕他一個，女的就沒事？」

「這誰知道，武當上下對此事閉口不提，這事也不過是小道消息，不過……」

「不過什麼？大哥別賣關子了，快說呀！」

「不過那沐蘭湘這幾個月來在江湖上四處走動，出來尋徐林宗的武當弟子都回去了，她還一個人在外面多找了一個多月，而且是在少林嵩山那帶轉，後來又去了華山，都不是徐林宗回武當的路線。」

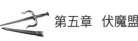

「哈哈，大哥，我明白了。」

「你明白什麼？」

「定是那小妞忘不了李滄行那小子的好處，加上春天到了，開始發騷了，就找個藉口下山來找情郎啦。哈哈哈。」

聽著這幾人淫邪的笑聲，李滄行「騰」地一下站了起來，正要衝向他們時，看到火松子盯著自己，這才意識到自己的衝動，嘆了口氣又坐下，狠狠地拿起一隻大閘蟹，用力把殼子捏得粉碎，蟹黃流了一手。

「那沐蘭湘現在回去了嗎？要是還一個人在外面？我們兄弟要不要去嘗嘗鮮？」

「蠢材，你找死啊，武當派是好惹的嗎！更不用說這小妞年紀雖小，但已經是武當的大師姐了，下手可是辣得很。上個月，那採花大盜『玉面狐狸』想占她便宜，結果給她直接卸了四肢，削成人棍了，你的本事比他如何？而且聽說她已經回到武當了。」

「媽呀，還真是霸王花！看來我們是無福消受了，大哥，你看今天這牡丹閣裡的秋香，那身段好像……」

李滄行聽到這裡，知道這幾人開始說一些風月之事了，就不再關注他們，此時他留意到北桌的一個斗笠客，一直是一個人在喝酒，角落裡看不出他的面貌身形，只見一把刀放在他身邊。

李滄行覺得這個人很奇怪，來此風月場所，一個陪酒姑娘也不要，一個人在角落裡喝悶酒，這也太古怪了點，不禁對這人產生了興趣。

李滄行正要向火松子提及此人時，只聽得火松子說道：「該打聽的也聽得差不多了，師弟，讓紫英姑娘陪你一會兒，愚兄去解個手。」

李滄行還沒來得及發話，火松子便飄然而出。

這時，紫英挪到了李滄行的身邊，媚笑道：「這位爺，現在就讓奴家來服侍你。」一陣濃郁得讓人要醉的香氣入鼻，卻令李滄行起了一身雞皮疙瘩。

李滄行向旁邊移了移，低聲道：「姑娘請自重！」

「嘻嘻，這位爺好會說笑，這裡的姑娘有哪個是自重的？你要是自重，會來這地方嗎？」言語間，紫英的一隻玉手已經搭上了李滄行的肩頭。

李滄行本想把她推開，突然感覺一陣頭暈目眩，耳邊似乎嘈雜的人聲再也聽不見，只剩下紫英那嬌滴滴的聲音：「公子，你怎麼了？」

再看紫英時，只見她兩眼發出異樣的光芒，勾魂奪魄，這光芒似曾相識，李滄行突然想起那晚小師妹眼中就是這樣的光芒，彷彿熊熊燃燒的火焰。閃念間，紫英已經離開了他的身邊，乳波臀浪，一步三回頭地向著樓上走去。

如行屍走肉一般，李滄行眼裡只剩下這女子的身影，漫無目的地跟著她走進了二樓的一個房間。

當他推開房間門時，只覺得眼前一片黑暗，天地間似乎只剩下一具發光的胴體正在自己的眼前，沒錯，那正是沐蘭湘，一如武當的那個晚上，正一絲不掛、含情脈脈地看著自己。

李滄行目光呆滯，直勾勾地盯著她，嘴裡喃喃地叫著師妹，一把將她攬入懷中。

「這回我再不會離開你了，師妹，我發誓。」

李滄行一邊說著，一邊貪婪地嗅著懷中人的頭髮，他感覺師妹的手也緊緊地環住了他的背，結實而富有彈性的雙峰牢牢地頂著自己的胸膛，李滄行覺得自己在發熱，在雄起，血液在開始燃燒沸騰。

他喘著粗氣，開始解自己的腰帶，順勢和懷中的女子一起滾到了床上，突然一陣幽幽的香氣飄進了他的鼻子，好熟悉的感覺，**沒錯，就是那晚的香氣**，不是師妹身上的處子體香，而是——**含笑半步癲！**

李滄行一團漿糊似的腦子突然變得無比清醒，那夜的事成為他一生也抹不去的回憶，**一半是一生最愛的小師妹風情萬種，一半是從天堂到地獄的大喜大悲。**

都是這該死的含笑半步癲，這是他到下輩子也不會忘掉的東西，他想把懷中人推開，手卻不聽使喚地按上了她高翹的臀部。意識到這是春藥的催情力量，李滄行猛的一咬舌頭，強烈的疼痛感讓他一下子恢復手指的知覺。

他一把推開懷中的女子，一具近乎赤裸的胴體映入他的眼簾，臉龐卻是異常地清晰：清麗白膩，嘴邊帶著俏皮的微笑，明澈的雙眼宛然是兩點明星，這女子生得很美，但李滄行百分之一千地肯定——她不是沐蘭湘。

李滄行閉上眼，轉過身道：「姑娘請穿好衣服。」

「大爺，你不喜歡奴家嗎？和你一起來的那位公子可是付過錢了呢。」紫英的聲音依然嬌媚撩人。

李滄行冷冷說道：「在下絕非輕浮之徒，姑娘請不要誤會。」

「嘻嘻，大爺剛才可猴急的呢，這會兒怎麼又變得一本正經了呢？你剛才一直在叫師妹師妹的，是把人家當成你老相好的了嗎？」紫英發出放肆的笑聲。

「住口，休得提我師妹！」李滄行猛一回頭，見那紫英已經穿上了衣服。

饒是李滄行戴了人皮面具，此刻臉上毫無表情，但因怒極而激發的強大氣場仍嚇得這女子花容失色，嚶嚶地抽泣起來。

李滄行一見她這副模樣，意識到自己唐突了佳人，心裡不免有些歉疚，但一想到迷香的事，馬上又心硬起來，他上前一步，拉起這女子，手捏住她脖子質問道：「說，這含笑半步癲是怎麼回事？」

紫英臉色發紅，吃力地說道：「大爺饒命啊，這合歡散乃是我們姑娘必備之物，用來取悅客人的，你不信可以問問你的同伴，他第一次來我也用這個的。」

「哼，你是什麼時候向我下這迷藥的？」李滄行聽她說得坦率，便鬆開了手。紫英本給他扼得粉面通紅，一旦得脫，立馬趴在地上大口喘起氣來：「就在我頭髮裡，只要一鬆開你就能聞得到了。」

李滄行目光閃爍：「那你怎麼沒事？」

「我們常年聞這個早習慣了，這點分量已經對我無用。大爺，大俠，我只是想賺幾個錢，真的不想害你，以後我再也不敢了，你行行好，千萬不要殺我啊。」紫英跪在地上，抱著李滄行的腿哭求道。

李滄行「哼」了一聲轉身離去，回到大廳時，火松子已經坐在席間，笑呵呵地看著他：「滄行，怎麼這麼快就完事了呀？」

李滄行嘆了口氣：「師兄，你著了這女人的道，她是對你下的迷香，才會讓你神智不清。」

火松子神色平靜，點點頭道：「這我早知道了。」

李滄行面具下的臉色一變：「什麼，你知道還……」

火松子道：「第一次我確實不知，那是三年前，我跟你一樣初次下山，什麼也不懂，也不知道什麼合歡散，不知不覺間就著了道，事後我和你現在一樣怒不可遏。」

火松子的眼中開始放光：「但那滋味實在是美妙，以後我就不由自主地想來這裡，一回生二回熟，這裡的姑娘我全見識過了。有那迷香，一方面可以讓自己沒啥罪惡感，二來，那滋味比平常要美妙得多，你確定你不想試試嗎？」

李滄行半天說不出話來，最後開口道：「我毫無興趣，師兄以後也請少來這地方，實在與我等身分不符啊。」

「罷罷罷，你既不喜歡，以後我不帶你來就是。我們走吧。」

火松子喝了最後一杯酒，把剩下的半隻雞揣進懷裡，和李滄行一起走了出去。臨走時，李滄行發現北座那角落裡的斗笠客已經不知去向。

兩人回到車行，在通鋪睡了一晚，李滄行想起晚上的事，一夜無眠，火松子卻是倒頭就睡，雷動九天。

翌日一早，二人帶著前一天雇好的車夫與挑夫，將採辦的食貨送上了山，火松子先行向師父彙報，李滄行與工人們結完了帳後，卸掉面皮，去大殿見雲涯子。

此時火松子已離開，雲涯子一人坐在椅子上，正在出神地思考著。

李滄行行禮道：「回掌門，弟子採辦完成，回來覆命。」

雲涯子抬起頭，問道：「一切還順利嗎？」

李滄行決定隱瞞火松子帶自己逛窖子的事，點頭道：「一切順利。」

雲涯子微微一笑：「火松子帶你去的地方不錯吧。」

李滄行一想起昨天的事就面紅耳赤，囁嚅道：「弟子不敢……」

雲涯子擺了擺手：「行啦，我三清觀和武當不一樣，對男女之事沒這麼嚴格，有所節制，別縱欲無度即可。青樓煙花之所，你情我願，花錢尋歡，也談不上有違俠義，你們現在又沒成家，管得太死，悶壞了，和那少林和尚又有何區別？昨天的錢是我給火松子的，不過我沒想到，你還真是坐懷不亂啊。」

李滄行大吃一驚：「原來是掌門的意思！弟子入派只想好好學武功，並不想……」

雲涯子打斷他的話：「我知道你那幾門武功已經練得有點煩了，這本**鴛鴦腿譜**是本派上乘武學，攻守兼備，配套的**玉環步**是厲害的步法，還能提高你的輕功。還有這本**黃山折梅手**，更是極精妙的擒拿手法，乃是我三清觀鎮派之寶，這兩本都是本派不傳之秘。

「尤其是黃山折梅手，包羅萬有，雖然只有三路掌法和三路擒拿法，卻涵蓋了劍法、刀法、鞭法、槍法、抓法、斧法等等諸般兵刃的絕招，變化繁複、深奧精妙，將來你內功越高，見識越多，天下任何招數武功都能自行化在這六路折梅手中。」

李滄行接過兩本書，見牛皮封皮已經發黃，翻開書粗略一看，才發現圖文並茂，字跡因年代久遠而有些模糊不清。

再仔細一看，他發現兩本武功均只有一招，奇道：「掌門，為何這兩門上乘武功都只有一招呢？」

雲涯子笑了笑：「這兩門武功都是非常精深的上乘武學，雖只一招就有上百個變化，你學完了第一招後，再來找我換第二招。切記，此書必須隨身攜帶，不得借閱他人，如有難點，可以隨時來問我。」

李滄行道了謝後，轉身退出了大殿。

回到房中後，李滄行迫不及待地翻起兩本書，頓覺這二門武功與他以前所學的所有武功都不一樣，鴛鴦腿法還好，一招一式有模有樣，雖然腿法精奇，但總歸有跡可循，但那黃山折梅手則完全是借力打力，剛翻了幾頁，講的五個變化全是借著敵人刀法的來式而借力反擊，比之武當的七路蘭花拂穴手高明得多。

李滄行只看了四五頁就如癡如迷，就著招數順勢比劃了起來，連覺也顧不得睡了。

李滄行一邊看著書裡的招式，一邊想著自己與人實戰時敵人的出招來路，尤其是那晚與黑衣人交手時用過的劍招，除開內力因素外，基本上都可以通過折梅手的招式化解。

當李滄行練完了七八個折梅手的變化和三個腿法的變招後，一抬頭，猛然發現天已大亮，接近午時了。

他從小到大雖是武癡，碰到好功夫會練功練得不想吃飯，但像今天這樣一夜不睡，連時間都渾然不覺的情況還是第一次，頓時感到腹中饑餓，口乾舌燥，出了房門就要去飯堂吃飯。

還沒等到他走出院門，只見火星子匆匆奔來道：「師兄，有客來訪，掌門讓你速去大殿，記得要易容！」

李滄行問道：「是其他門派的外交弟子嗎？」

「好像是，這回師兄你可要注意一下儀容啊，別再像上次那樣了。」火星子笑道。

李滄行有些不好意思，抓了抓頭：「知道了，我洗漱一下，馬上過去。」

第六章

傳派絕學

火華子道：「唉，師弟你可曾聽說過六陽至柔刀？」
李滄行道：「聽過，這是與天狼刀法並稱的絕世武學，
也是三清觀的傳派絕學，非掌門不可傳，
當年立派祖師靠這套刀法打遍天下無敵手，
堪稱刀中至尊。」

有了上次的教訓，李滄行這回學乖了，洗漱後，套上那件高級弟子道袍，戴上昨天晚上的面具，對著鏡子仔細照了照，確定看不出任何破綻後，便走到大殿。

只見殿中立有一人，右手握著刀，披頭散髮，一身黑衣勁裝，左手持著一頂斗笠，中等個子，腳踏一雙快靴。即使只看到背影，李滄行也認出這人就是昨天晚上在牡丹閣裡見過的那名斗笠客，心中暗自驚奇。

只聽雲涯子道：「這位是**日月神教冷教主的三弟子**，江湖上人稱『**花花太歲**』的**傅見智**便是。」

話音未落，李滄行已經撲了上去，昨天剛學的鴛鴦腿法現學現用，一招高鞭腿直接踢向來人的面門。

傅見智萬萬不曾想到會被攻擊，一下子落了下風，刀都來不及拔出，直接一招鐵板橋向後一仰，堪堪避過這迎面一腳。李滄行順勢將腳下壓，使出鴛鴦腿中的力踏山嶽，這下子傅見智避無可避，硬生生被砸倒在地。

李滄行借這式整個人騰空飛起，一招蒼鷹搏兔，向下狠狠地踹去，以他雷霆萬鈞的腿勁，傅見智若是給踢中，哪還有命在？前面一下，他被那招力踏山嶽已經踢中胸口膻中穴，這一口氣提不上來，哪還能使出輕功閃避，只能大叫一聲，閉目等死。

說時遲那時快，只聽「乒」地一聲，李滄行沒有踢到傅見智的胸口，腳卻在半空中被雲涯子抓了個正道。雲涯子倒提著李滄行的腿，把他整個軀體在空中轉了個大圈，然後直接扔了出去，那「乒」地一聲就是他撞到牆上的聲音。

李滄行吐了一口血，一下子蹦了起來，衝著地上的傅見智又要奔去，卻被火華子火松子狠狠拉住。

他的嘴裡一邊噴著血，一邊大叫：「殺，殺魔狗子。」

雲涯子快步上前，左右開弓給了李滄行兩記耳光，儘管隔了人皮面具，李滄行的臉仍是高高腫起。

只聽雲涯子怒聲喝道：「成何體統，還反了你！火華子，帶他下去清醒清醒。」

一路叫罵著給拖到後院，李滄行掙脫了火華子的懷抱，吼道：「為什麼攔著我殺了那魔狗！」

火華子怒聲道：「人家遠來是客，有事和師父商量。你今天實在是太衝動了。」

李滄行咬牙切齒地吼道：「衝動？三清觀不是名門正派嗎？不是要斬妖除魔

嗎？為什麼還要和魔狗混在一起。是啊，你師父沒死在魔狗手裡，你們兩個去參戰都回來了，你知道我有多少同門死在他們手上嗎？師父、李冰師叔，還有那些弟子們，昨天還在跟你一起吃飯說笑的人，轉眼就成了屍體，你讓我怎麼冷靜得下來！」

李滄行再也控制不住自己的情緒，蹲在地上放聲大哭起來。

火華子見他哭得傷心，默默地站在他身後，過了一會兒，才拍拍他肩膀道：「師弟，你的心情我完全理解，那戰我一直跟著你們，你師父你李師叔他們也是和我共過生死的，即使是現在，我還時不時地會夢到他們，你說我火華子是冷血無情之人嗎，我也恨不得現在就滅了魔教，為同道報仇。」

李滄行站了起來，直視火華子的雙眼：「那為什麼掌門還要對這魔狗待如上賓？師兄，你敢不敢和我現在去宰了這狗東西？要是掌門怪罪下來，我一人承擔，絕不連累師兄。」

火華子搖搖頭：「兩軍交戰尚不斬來使，屈彩鳳送徐林宗回武當時，你們不照樣沒殺她？」

李滄行一時語塞：「這……這不一樣，她不是魔教狗子，而且和徐師弟又……」

「有區別嗎？落月峽一戰，巫山派公然和魔教聯手，現在早已和魔教是事實上的同盟了，我覺得比起魔教來，**你應該更恨這種背後插刀，突然襲擊的小人才對**，要不是她們斷了後路，我們至少不會輸得那麼慘。」

火華子這一席話說得李滄行啞口無言。

李滄行想了想，道：「就算如此，我們身為名門正派，怎麼能和魔教妖人來往？師父還以上賓之禮來接待他。這又是為何？」

火華子嘆了口氣：「唉，師弟你有所不知啊，師父也是不得已而為之，你可曾聽說過**六陽至柔刀**？」

李滄行點點頭：「當然聽過，這是**與天狼刀法並稱的絕世武學，也是三清觀的傳派絕學，非掌門不可傳**，當年立派祖師靠這套刀法打遍天下無敵手，堪稱刀中至尊。」

火華子微微一笑：「那你可知上次正邪之戰，為何師父要我和火松子師弟去？」

李滄行回道：「這還不簡單，除魔衛道人人有責啊！你上次不就是這樣跟我說的麼。」

火華子環顧四周，確認此地無人後，上前一步，壓低了聲音說道：「那只是個藉口罷了，真正的目的是，師父要我二人伺機尋回被魔教搶去的六陽至柔刀譜。」

「什麼！這傳派之寶怎麼會落到魔教手裡？」李滄行不敢相信自己的耳朵，叫出了聲，被火華子馬上捂住了嘴。

火華子低聲道：「此事說來話長，是本派最大一宗秘密。六十多年前，魔教長老**陰步雲**約當年的掌門**青雲子**師公比刀，以毀滅十字刀譜作賭注，掌門一時腦熱就答應了，不過他當時留了個心眼，只帶了上半本去。

「結果師公一到決鬥地，就被三大魔教高手圍攻，寡不敵眾，給搶了刀譜。那陰步雲見只有半本，就沒殺師公，揚言要是我們三清觀歸順，他們就歸還刀譜，還會將毀滅十字刀法相贈。」

李滄行追問道：「結果呢？」

火華子嘆了口氣：「師公當然是寧死不屈，當場自盡身亡，那時師父只有十幾歲，還只是個道僮，目睹了這一切，回來後就一直立志要奪回刀譜。」

李滄行不勝唏噓道：「三清觀有這樣的英雄師公，真是不枉正派之名。後來又如何？」

火華子正色道：「幾十年來，師父用盡各種辦法試圖奪回刀譜，都不曾如願，上次正邪之戰本是極好機會，他怕自己親自加入，目標太大，賊人會提前毀書，就命我和火松子師弟找機會殺上黑木崖搶奪這刀譜，可惜功虧一簣。」

李滄行恍然大悟：「原來是這樣。那這魔狗此番前來，卻是為何？」

「他說只要我派不加入伏魔盟，就將刀譜歸還。」

「就這個條件嗎？」李滄行感覺有些奇怪。

火華子點點頭：「沒錯，來人說的就是這個條件，沒有任何附加條件。師弟，憑良心說，如果你是師父，你會殺了這個人，或者把他趕走嗎？」

李滄行低下了頭，他知道假設易地而處，自己也會做同樣的選擇。

火華子繼續道：「上次大戰後，魔教同樣元氣大傷，在一連串的戰鬥中，屬於分支的四大尊者與旁門左道的部隊損失慘重，而直屬教主冷天雄的總堂衛隊卻傷亡不大，前幾個月鬧得幾乎要內訌，在這個節骨眼上，冷天雄當然是希望敵人越少越好。伏魔盟的籌備計畫已經有幾個月，沒有明確表態加入的門派，魔教皆是重利引誘，以圖杜絕後患。別的小門派不足為慮，現在**他們最擔心的就是丐幫、寶相寺和我們這三家**。」

李滄行聞言道：「丐幫確實不太可能加入，但寶相寺上次和他們一戰死了那麼多人，怎麼可能答應？」

火華子嘆了口氣：「按常理是不會，但寶相寺方丈一相禪師一向與少林不和，為人又極度貪婪重利，上次他爭奪盟主失敗，給見聞大師打得人事不省，這才由一我大師作主，繼續帶隊參戰的，我想當時要是他清醒著，可能就不會參與滅魔之戰了。」

李滄行還是覺得不太相信，「但現在寶相寺死了這麼多人，結下這麼深的仇還會和魔教講和？」

火華子點點頭：「完全有這可能，一相禪師沒有遠見，太貪小利，只要冷天雄的條件足夠，比如支持他去跟少林爭正道盟主，或者給他幾門上乘武功，他很可能轉而中立。」

李滄行默不作聲，他知道這事一相絕對做得出來。

火華子勸慰李滄行道：「行了，師弟，事情還沒定，師公死在魔教手上，一旦刀譜收回，師父是不可能不找魔教報仇的。很多時候，**人只能被迫做自己不想做的事，這叫權宜之計**，等拿回刀譜後，有的是機會找魔教算帳，再說了，我們也可以先打巫山派啊。」

李滄行無奈苦笑，他知道上次就否決了打巫山派的主張，這次更不可能答應，但事已至此，多說無益，只好點了點頭。

火華子的臉上浮現出一絲笑容：「好了，師弟，走吧，一會兒記得向師父請罪。」

李滄行一邊答應著，一邊想起昨天這傅見智在牡丹閣出現過，後來又神秘的失蹤，**這會是巧合嗎？為什麼火松子說要上廁所後，紫英就對自己用了迷香？火松子回來後，傅見智就失蹤了；傅見智昨天就到了山下，卻為何要在牡丹閣待一晚上？**

他越想越怕，來三清觀後從未有過的一種恐懼感浮上他的心頭，一下子呆立原地怔怔地出神。

火華子見他不動，停下腳步問道：「師弟，怎麼了？」

「沒，沒什麼。」

李滄行思索再三，覺得自己手上沒有任何證據，不宜將此事向師兄透露，以免落下挑撥離間師兄弟感情之嫌。

火華子看了李滄行一眼，突然說道：「師弟，你剛才使的是鴛鴦腿法吧？」

李滄行一愣：「師兄，你怎麼知道的？」

「想不到你是我們之中第一個學到門派獨門拳腳武功的人，可喜可賀。」火華子眼中閃過一絲羨慕，但不是火松子的那種嫉妒之色。

「師兄你們都沒學過嗎？」李滄行驚問。

火華子笑說：「我們天分功力不足，再說，你以前和我拆過這麼多次招，哪次見我使過這功夫？第一招應該在你身上吧，這功夫同時只能有一個人學，因為書只有一本。」

李滄行知道火華子不會騙自己：「不會吧，連大師兄你也沒傳？要不我們一起研究如何？」

火華子一聽這話，連忙擺手阻止：「萬萬不可，這是本派不傳之秘，師父只會選擇自己絕對信任又達到條件的人來傳授，既然師父沒選擇我，那你萬萬不可私相傳授，這是門規，以後也切勿再提起。」

「嗯，知道了，謝謝大師兄提醒，以後切磋時，我能用這些招式嗎？」

火華子想了想：「這個，你最好問問師父吧，我覺得你徹底練完前最好別用，火松子和火練子師弟心思較重，未必能像我這樣想得開，我怕這會給師兄弟間的情分造成不必要的麻煩。」

李滄行正色道：「師兄所言極是，小弟以後儘量不公開使用。」

「哈哈，師弟，你也別太得意了，這對我可是個刺激哦，我會加油趕上你的，你要好好練功，不然，以後要是師父把你的書轉給我學了，你可別後悔啊。」火華子眼裡騰起了不服輸的鬥志。

「哈哈，一定一定。」李滄行撫掌大笑，與火華子並肩向大殿走去。剛才悲傷的心情也一下好了許多。

進了大殿，只見那傅見智已經不在了，而雲涯子仍一臉的怒氣，一邊的火松子和火練子都沉默不語，空氣中的氣氛凝重得可怕。

李滄行知道自己闖下大禍，直接跪了下來，認錯道：「弟子不肖，累及師門，請掌門責罰。」

雲涯子揮了揮手，讓火華子等三大弟子都退下，只留李滄行一人在場。

雲涯子冷冷問道：「你可知自己錯在何處？」

李滄行低著頭說道：「弟子不明所以就貿然出手，傷了魔教使者，有損迎回六陽至柔刀譜的大計。」

雲涯子舉手在李滄行頭上重重地拍了一下，李滄行痛得齜牙咧嘴，卻不敢動一下。

雲涯子怒道：「蠢材，連自己錯在哪裡都不知道！再想！」

李滄行迷糊了：「還有什麼？弟子易了容呀，應該沒有暴露身分，難道是暴露了我派又有個高手，洩露了實力？」

「啪」地一聲，又是一個大包在李滄行另一側的腦門上鼓起。

雲涯子氣急敗壞地罵道：「氣死我了，看你練武進展這麼快，以為你的聰明不在話下，沒想到笨成這樣！實話告訴你吧，你千不該萬不該在師兄們面前使出鴛鴦腿法，這都不懂嗎！」

李滄行聞言大駭，確實，連火華子這樣的坦蕩君子都看出自己剛才用的是鴛鴦腿法，另兩位師兄更是不在話下了。

想及於此，冷汗涔涔地從他的頭上滑落，深悔自己一時衝動，可能會給本派造成不可想像的影響，師兄弟感情受損不說，門派以後內部的和諧都成大問題，連忙說道：「弟子願交回鴛鴦腿譜與黃山折梅手法，請掌門將之先授予三位師兄。」

「你以為收回了書就沒事了？他們剛才對我都一句話不說，已經是心裡怪上我了，怪我對你偏心，這你還不懂？你以為你現在捧著這兩本書送給你的三位師兄，他們就會笑著當什麼也沒發生過？」雲涯子教訓道。

李滄行心神大亂：「那怎麼辦，掌門，只要能彌補我犯下的錯，讓我做什麼都行。」

雲涯子無奈地道：「算啦，事已至此，多說無益，你還是好好練這二門功夫吧，免得人家再說我識人不明，給個武學蠢蛋學這種上乘武功。其他的事你不用煩心了，我來解決。」

李滄行心頭一熱，幾乎要流下淚來，哽咽著道：「弟子愚鈍，累及掌門，傷害師兄，真真是罪無可赦，唯有練好功夫，給掌門爭臉。」

雲涯子的臉色緩和了些：「起來吧，有這份心就好了，我相信我的眼睛不會看錯你的。對了，你剛才提到六陽至柔刀，看來火華子已經把這事的經過告訴你了，這件事你怎麼看？」

李滄行剛才也對這事想了一路，此時正好把心裡想法說出：「設身處地，倘若弟子在掌門的位置上，也會答應魔教的要求，不過，條件是要他們先交出刀譜，刀譜回到手後，主動權就到我們手上了，何時再翻臉完全是由我們說了算。」

雲涯子長鬚一動：「你這回怎麼不說那些正道俠士信字為先的話了？」

李滄行朗聲道：「弟子雖然有點迂腐，但絕不愚蠢，信字要跟講信用的人說，魔教妖人當年言而無信，暗算師公，搶奪刀譜的時候，可曾講過一個信字了？這就是對他們當年卑鄙行為的回應。」

雲涯子看來對這個回答很滿意，大笑三聲：「哈哈哈，不錯不錯，有長進，也知道**兵不厭詐**了，不過魔教的人比你想像的還要狡猾，沒這麼好騙。」

李滄行問：「他們難道又提了新的條件？」

雲涯子搖搖頭：「那倒沒有，只是說要看我們的行動，一年後再將刀譜奉還。」

「那不是空手套白狼嘛，師父，不可信啊。」李滄行連忙說道。

雲涯子嘆了口氣：「唉，我還能有別的辦法嗎？現在加入伏魔盟也不是開戰的好機會，不要說我們，就是少林武當恐怕也沒實力直接在這時候攻打魔教。你們四個功夫還不到家，其他弟子又不堪大用，所以只能暫時忍一忍再說。」

李滄行神情黯然：「這麼說，師父答應他了？」

雲涯子話裡充滿了不甘心：「我還有別的選擇嗎？這是迎回刀譜的唯一機會，我不能讓祖師爺的神功在我手上找不回來，更不能讓你們年輕人再去承擔這個責任。」

雲涯子看了李滄行一眼：「不過你這愣小子這樣一鬧，也不是全然無用，雖說有偷襲之舉，但三招內就打趴下冷天雄的親傳弟子，想必這對魔教也是個大的震動，讓他們對我派的情況摸不清虛實，這能增加我們和他們討價還價的籌碼。

「方才我跟那傅見智說了，一年後若是不交回刀譜，我們就會加入伏魔盟，這傢伙嚇得連聲應承，全無初來時的傲氣囂張。後來還問及你是誰，我隨口給你起了個名字，說你叫李大岩。」

「掌門為何給我起這名字？」

「就是『你大爺』的諧音，你現在是人家眼中的高手了，名字也要先聲奪人，威武霸氣點。聽清楚，**以後下山戴這面具時，你就叫李大岩，擅用玉環步鴛鴦腿，還會黃山折梅手，明白了沒？**」

雲涯子顯然對自己起的這個名字很滿意。

從雲涯子處回來後，李滄行一直在猶豫，自己是不是要把來三清觀臥底的事向雲涯子坦白，畢竟幫忙查這個黑手，對三清觀也是有利的。但一想到自己今天這樣一鬧，有可能造成幫派內部的不和，在這個節骨眼上坦白自己的來意，是不是會造成雲涯子的誤會？而且他來三清觀快半年了，一點線索也沒有，唯一可疑的是火松子那天在鎮上的動向，但自己又沒有任何真憑實據。

想到這裡，李滄行長嘆了一口氣，又取出鴛鴦腿譜練了起來，只有投入到武功的學習中，他才能暫時忘掉這些煩心事，內心也變得平靜。

三個多月過去了，黃山上已近中秋，八月的桂花樹開得滿山遍野，處處瀰漫著一陣香氣。李滄行的鴛鴦腿法已經練到了第四招，折梅手也練到了第三本。

他在和師兄弟間的拆招中從沒用這兩門功夫，只在夜深時，自己在後山練習，三個月內，他沒再下過山，三位師兄卻是輪流下山，伏魔盟的事一直沒有進展，正邪各派都還在各自療養上次落月峽的傷口。

只有峨嵋和巫山派不斷地互相攻擊對方的盟幫與分舵，峨嵋派在蜀中的盟友唐門被打擊得奄奄一息，徐林宗則是一如既往地杳無音信。

一轉眼，後天就是中秋比武大會之期了，李滄行在練功房裡又是一天的揮汗如雨，霞光連劍訣和燃木刀法他已經牢牢地掌握了，熟悉其中的每個變化。

他對上乘武功的追求就像毒品上癮一般，接觸了就欲罷不能，每天都練功到三更以後才強迫自己回房歇息。為了避免練功被偷看，他每次都隨機換一個地方練習，一旦聽到有人接近時，便會再換個地方。

李滄行一邊使著霞光連劍，一邊想著每一招如何用折梅手或者鴛鴦腿來化解，就這樣腦海裡憑空製造出一個對手，與持劍的自己在拆招，一套劍法練完，身上極富線條的肌肉上往往滲出一層水氣來，彷彿剛洗了桑拿一樣。

李滄行收劍回鞘，一邊擦著身上的汗，耳邊傳來火星子的聲音：「師兄，師父叫你去大殿，有客來訪。」

李滄行沒好氣地嘟囔道：「每次你來報這種事我都沒好下場，第一次是柳姑娘，上次是魔教的傢伙，這次又是誰？說清楚了我才去。」

火星子的鼻子抽了抽：「我也不知道，是跟大師兄一起回來的，好像是個女子。師兄，你剛練完功，這味道重了點，要不洗個澡再去吧，記得戴面具。」

李滄行勾了勾嘴角：「切，習武之人，這點汗味算什麼，又不是重大節日要沐浴更衣，那女的也是練家子，說不定就喜歡這味道呢。」

火星子搖搖頭：「好噁心，沒聽說哪個姑娘家會喜歡男的這樣子。」

李滄行反問道：「那你又見識過多少女人？」

火星子今年才十五歲，自幼在黃山長大，對男女之事自是一竅不通：「那個倒沒有，我沒下過山。」

李滄行擺了擺手：「好啦好啦，洗澡太耽誤時間，我換件衣服過去就是，臭點就臭點，我是怕了這些人了，每次一來我就倒楣，巴不得她們離我遠點。」

李滄行換了身短袖練功勁裝，摸出包裡的面具，戴上後便去了大殿。他這回想好了，到時要一言不發，只聽不說。

一路上，他的心突然跳得很厲害，很久沒有這種感覺了。

走進大殿，李滄行一抬頭，人如觸電一樣地呆在原地，大殿上立著一個婀娜的紫色身影，秀髮如烏雲，頭上挽了個高高的髮髻，穿著的銀色頭釵正是自己當年送的生日禮物。

夠了，即使只有個背影也足夠了，李滄行想轉身走開，卻又一動不能動，張大了嘴，一句話都說不出來。是的，**正是他滿心掛懷的小師妹。**

沐蘭湘停下了跟雲涯子的對話，轉過身望向李滄行，原本眼中充滿了渴望，但在看到李滄行的臉後，瞬間轉而是無比的失望。

這讓李滄行一下子恢復了理智，暗道不好，自己沒洗澡就奔了過來，小師妹肯定會認出這個熟悉的味道。他在心中不斷罵著自己這回又要惹事，幸好臉上還有易容面具，不至於一下子露了餡。

這時，雲涯子咳了一下，他馬上快步走了過去，站在火華子的身邊。

雲涯子指著沐蘭湘道：「這位是武當派的大師姐沐蘭湘沐女俠，大岩，還不過來行禮。」

李滄行應了聲，上前拱手行禮，低著頭，始終不敢與師妹四目相對。

沐蘭湘一直盯著李滄行那張沒有表情的臉，似乎想要看穿些什麼，一時間竟忘了回禮。

李滄行心中暗暗叫苦，心裡不斷地有個聲音在大叫：乾脆啥也不管了，馬上把師妹攬入懷中，一訴一年來的離別之苦和相思之情。但理智告訴他絕不能這樣，只是被師妹這樣盯著打量的感覺，真讓他如芒在背，生怕一個不小心給她看出破綻來。

雲涯子的聲音再次響起：「沐姑娘，我這徒弟可曾得罪過你？或者與武當有過什麼過節？」

沐蘭湘這才回過神來，意識到自己如此盯著一個陌生男子看，實在是失禮至極，一下子粉面通紅，拱手道：「回前輩，晚輩只是覺得跟這位李大俠有種似曾相識的感覺，一時出了神，還請恕罪。」

又向李滄行禮道：「這兩個月江湖上都在盛傳李大俠神功蓋世，三招就踢得那魔教妖人傅見智倒地不起，幾乎沒了性命，小妹只恨當時沒有親自在現場，一睹李大俠風采。」

李滄行能聽到她銀鈴般的聲音就很滿足，回禮時心中竊喜，道了聲「幸會」後，就趕緊退回到火華子身邊，低首垂立。

沐蘭湘轉向雲涯子，神態語氣又恢復了正常的外交辭令：「前輩一向是白道的傳奇，三清觀多年來也是名門正派，為何對加入伏魔盟之事遲遲不作回應呢？前月魔教妖人來貴派挑釁，卻被李大俠所傷，他們一定不會善罷干休的，大家齊心合力，共抗邪魔才是正道。」

雲涯子的臉上掛著笑容，一抬手：「沐姑娘繼續說。」

沐蘭湘緩緩說道：「入盟之後，可以集合各派的資源與優勢互補，華山打造刀劍，峨嵋織補防具衣裝，武當提供丹丸藥品，少林能訓練陣形編組，最近的聯合行動已經有效地打擊了巫山派的勢力，如果貴派肯入盟，必定是如虎添翼啊。」

雲涯子收起了笑容，正色道：「此事還需要從長計議，不過請沐姑娘放心，我派現在可以作出承諾，絕對不會與魔教同流合汙。」

「前輩……」

雲涯子擺手阻止了沐蘭湘繼續開口。

雲涯子端起了手邊的茶杯，微微一笑：「今天已經不早了，沐姑娘還是先行歇息，入盟的事容我派商議後，再派專人回覆貴派。後天乃是本派的中秋大會，到時候各位弟子會比武切磋以決定來年的排位，沐姑娘是武當年輕一代中的佼佼者，到時候還請指點一二。」

沐蘭湘嘆了口氣：「晚輩哪算得上什麼佼佼者，我徐林宗師兄，還有大師兄李滄行……」

說到這裡，沐蘭湘突然停了下來，轉頭看了李滄行一眼。

李滄行剛才見她講話時一直看著雲涯子，便偷偷地把頭抬起來，目不轉睛地盯著她秀美的臉龐，這下給她突然轉頭一看，四目相對，變得不知所措。

沐蘭湘看著李滄行的眼神，充滿了難以言說的神色，口中繼續說道：「他們才是我派年輕一代的佼佼者，可惜現在都不見蹤影，只好讓我當先鋒了。」

雲涯子淡淡一笑：「沐姑娘過謙了，火華子，帶沐女俠去客房休息。」

火華子應了聲，把沐蘭湘引向門外。臨走時，沐蘭湘又扭頭看了李滄行一眼，方才心事重重地離開。

雲涯子揮揮手，讓火松子和火練子退下，對李滄行道：「你師妹來了，你有什麼想說的嗎？」

李滄行囁嚅地道：「弟子現在是三清觀的門下，和武當已經沒有半點關係，我……」

雲涯子喝道：「行了，別在我面前裝了，**你的眼神已經出賣了你**！你要是已經忘了她，不會是這種反應，所以我才讓火華子去送她。」

李滄行搖了搖頭：「弟子怕是已經引起她注意了。」

雲涯子臉色微微一變：「怎麼回事？」

李滄行嘆了口氣：「弟子剛練了一天功，沒洗澡就過來了，師妹她與我從小一起長大，十分熟悉弟子身上的味道，剛才要不是這層面具，只怕已經被她識破了。」

雲涯子沒料到這一層，微微一愣：「唉，百密一疏啊，沒想到你們的關係是這麼親密。你們既然是這樣的關係了，你怎麼會捨得離開武當？如果你跟師妹有私情的傳聞是真，紫光又怎麼會拆散你們？」

李滄行再也控制不住自己的情緒了，這一年來的臥底生涯讓他夜夜不能安枕，只能靠練功來強迫自己淡化對武當對沐蘭湘的思念，他知道雲涯子對自己已經是傾囊所授，毫無保留的信任，而自己再要瞞著他，實在太不該，而且他可以確認，雲涯子絕不會是這個黑手。

他咬了咬牙，作了個重要的決定，朗聲道：「掌門，弟子有要事向你稟報，只是此事事關重大，需要一個絕對安全的說話處。」

雲涯子打量了李滄行半天，點點頭道：「隨我來。」言罷，身形一起，人如離弦之箭飛出大殿，李滄行施展梯雲縱，緊緊跟在後面。

兩人一前一後進入了後山一處絕密的洞窟，隨著李滄行的身形沒入洞中，洞口處也緊緊地閉合。

雲涯子點亮洞內的一盞油燈，李滄行看清楚這個山洞，三丈見方，只有一張臥榻，靠著洞壁的地方，是堆滿了書的書架，除此之外別無長物。

雲涯子道：「此處是我閉關練功之所，絕對安全，有什麼事你可以說了。」

「實不相瞞，其實弟子來三清觀，是奉了紫光真人的指示。」

雲涯子撫著鬍鬚，盯著李滄行，似乎一點也不驚訝，只問了句：

「還有呢？」

第七章

秘笈失竊

雲涯子大驚，李滄行身受重傷，性命堪憂，
發現他胸衣敞開，似是被人翻過懷中。
李滄行命懸一線，雲涯子伸手向李滄行懷中一摸，
那兩冊他一直貼身保管的鴛鴦腿譜與黃山折梅手的圖譜
已經無影無蹤。

李滄行吃驚地道：「掌門對此不奇怪？」

雲涯子微微一笑：「從你來我派的第一天我就猜到了，我知道你來肯定是有目的的，但不知到底是為什麼，開始我以為是為了偷學武功，但後來我打消了這念頭。接下來，我以為你是某個勢力的臥底，混入我幫想煽動內亂，但一年下來，我發現你更多的是在**默默觀察**，**而不是去培植自己的勢力**。**那天出手試探你的黑衣蒙面人正是我**，你寧可同歸於盡也不使出天狼刀法，讓我徹底放下了對你的防備，我一直在等你自己跟我說出你來這裡的真實目的。」

李滄行感動得熱淚盈眶，當下再無隱瞞，把自己在武當的一切經歷說與雲涯子聽，連迷香一事也毫無保留。

雲涯子一言不發，時不時捻鬚長思，一直等到李滄行說完，才嘆了口氣道：「真是可憐的孩子。」

李滄行平復了一下自己激動的心情：「掌門，你覺得我現在應該怎麼做，要去和師妹相認嗎？」

雲涯子馬上抬手阻止：「不可，你武當內鬼未除，現在即使你們兩情相悅，以後也必遭人陷害，到時候，恐怕連紫光道長也無法維護你們。」

李滄行問：「那她既已起疑，弟子又該如何做？」

雲涯子沉吟道：「洗個澡，搽點香粉或者辣椒粉什麼的，總之別讓她聞出味道，後天比武時，切忌用武當的武功，應該會讓她打消懷疑。對了，你這一年來在我這裡的排查有沒有結果？」

「慚愧得很，一點跡象也沒有，只是那次下山到黃龍鎮時……」李滄行將上次的經歷與自己的懷疑說與了雲涯子聽。

雲涯子站起來踱了幾步：「這倒是個非常有價值的情報，我會對此留意的。還有一事你不知道，上次來的那個傅見智，極擅採補之道，火松子在這男女之事上又是特別有興趣，幾年前就纏著我要走了那本黃帝內經，你這麼一說，我倒有點擔心了。」

李滄行想起那本書，不禁面紅耳赤，好在戴了面具，沒讓人看出來，馬上轉移話題道：「掌門，還有一事，是關於這次中秋比武的事，弟子要不要……」

雲涯子擺手道：「我知你擔心用出鴛鴦腿與折梅手引起師弟們的不滿，但事已至此，你藏功也是無用，不如坦蕩面對，那天你只須隱瞞武當功夫即可，三清觀的功夫可全力施展。」

「是。」李滄行恭敬地回道。

雲涯子看了李滄行一眼，意味深長地說道：「你師妹對你可是一往情深啊，依我看來，她來我派商議結盟之事是假，下山尋你下落才是真。」

李滄行一下子變得大窘：「掌門，這……」

雲涯子正色道：「峨嵋派柳如煙沒辦成的事，她也不可能辦得到，我們還跟魔教接觸過，更不可能在這時候加入伏魔盟，她定是為尋你才來此無疑，真是個癡情女子啊，一旦黑手之事水落石出，我會向紫光道長言明此事為你提親，你切不可有負於她。」

李滄行感動得撲通一下跪倒在地。

雲涯子哈哈一笑，扶起李滄行：「行了，此事一結束，你可以選擇留下或者是回武當，到時候我不勉強你，這也算是我與你的約定，不早了，你還是早點回房歇息去吧。」

李滄行謝過雲涯子後，出了洞回到自己的房間，用井水洗了個澡，一年來心上的大石終於放下，此刻他感覺到無比地輕鬆，心情一如身上的感覺一樣清爽。

一覺醒來，李滄行在房裡打了會兒坐後，就去吃早飯，想起昨天雲涯子說過的話，於是蘸了一把辣椒醬向身上衣服抹了抹，鼻子裡立時充滿又辣又嗆的味道，再也聞不到自己的體味，心中暗自高興。

扒完最後兩口飯，李滄行向門外走去，快到門口時，鼻子裡鑽進一股熟悉的淡淡蘭花清香，他的心一下子快要跳到嗓子眼，抬頭一看果然是沐蘭湘，正一臉幽怨地看著自己。

他在昨天晚上已經想好今天要如何應對這種情況，於是故作大方地拱手行了禮，道聲沐姑娘早，便欲從她身邊走過。

小師妹突然伸手攔住了他的去路：「李大俠請留步。」

「沐姑娘有何指教？」

沐蘭湘眼珠子一轉，問道：「李大俠可是口味偏重，早飯要吃這麼多辣椒？」

李滄行隨口道：「哦，這個呀，剛才不小心把辣椒醬打翻在身上了。」

沐蘭湘馬上接過話頭：「我記得你不愛吃辣椒，小時候，有一次我和徐師兄惡作劇，把辣椒放你菜裡，你辣得眼淚都流下來了。」

李滄行本想脫口而出「誰說我不能吃辣，烈酒我可能喝了」，話到嘴邊，突然意識到差點上了小師妹的當，連忙改口道：「姑娘怕是認錯人了，在下自小在黃山長大，並不認識姑娘，也不知道什麼徐師兄，你說的徐師兄，是徐林宗徐少俠吧，在下久仰大名，可惜未曾得見，只願他吉人天……」

沐蘭湘突然叫了起來：「夠了，大師兄，**你要騙我瞞我到什麼時候？**從小，我的鼻子最靈，什麼味道也逃不過我的鼻子，你別忘了我們在一起長大，一起練功，你身上的味道我豈會不知？**為什麼你現在不認我了？你是用了什麼辦法變成現在這個樣子？**你看著我，我是你小師妹啊，**你真的連我也不認識了嗎？**」

沐蘭湘越說越激動，淚水止不住地流了下來，上前一步就要去抱李滄行。

李滄行恨不得一把將小師妹抱進懷裡，一輩子也不分開，但理智告訴他絕不可以這樣。他後退了一大步，深吸口氣，用自己都覺得冷酷的聲音道：

「姑娘請自重，你看好了，我乃是三清觀弟子李大岩，我不認識你說的什麼大師兄，更不是你說的那個淫賊李滄行。人練功出了汗，味道都差不多，你恐怕是認錯人了。不信，你可以問問我派的弟子，我是否從小就在這裡。」

沐蘭湘搖著頭，不信地道：「你還在騙我，你連大師兄叫李滄行都知道，還說你不是他？」

「李滄行這淫賊的名字傳遍天下，誰人不知？我雖沒怎麼下過山，也聽師兄弟們說起過此人色膽包天，正邪大戰時就犯色戒，回山後還死性不改才給趕出師門。呀，對不起，唐突姑娘了，在下實在該死。」

李滄行說著，還裝模作樣地打了自己一個耳光，反正戴了面具，臉倒也不痛。

沐蘭湘死死盯著李滄行，突然放聲大哭：「原來你是怪我，怪我那晚那樣對你。大師兄，我錯了，我真的錯了，當時我腦子不清楚，只是恨你用那種手段對我，等我回過神來你已經走了，你知道我有多後悔嗎！」

眼淚在沐蘭湘清秀的臉上匯成了兩條小溪：「徐師兄不在了，你再一走，爹又那樣，我在武當好孤獨好害怕，我不知道為什麼會變成這樣，我也不知道你對我原來是這樣重要，我真的一刻都不能離開你。是我錯了，你原諒我，跟我回去好嗎，我一定向師伯求情，說我是自願的，與你無關，好不好？」

說著，沐蘭湘一下鑽進李滄行的懷裡，哭得如梨花帶雨，李滄行如同被人點了穴道，明知應該推開她，卻是一動也不能動。

此時已過飯點，但仍有幾個弟子進出飯堂，一看門口二人如此，均快步走開後在遠處圍觀。

李滄行暗道一聲苦也，清醒過來，想推開懷裡的沐蘭湘，卻發現她不知何時解開了自己的外衣，腦袋靠著他的貼身中衣，嘴裡喃喃地道：「你還想抹辣椒醬來騙我，你身上的味道我一輩子也不會記錯的，**那是只有你才有的味道。**」

李滄行驚得差點臉上面具都掉了下來，忙向後退了一大步，厲聲道：

「姑娘請自重，雖然你說的話我一句也聽不懂，但是我可以負責任地說，你認錯人了。」

接著，他頭也不回地拔腿而去。面具裡，眼淚已經像大河一樣在他臉上縱情地流著，耳邊只傳來沐蘭湘撕心裂肺，哭著一聲聲叫他大師兄的聲音。

回房裡，他躺在床上一動不動，心裡像是被刀絞得血肉模糊，從小到大，他最見不得的就是小師妹受委屈，受傷害，見她這樣地傷心欲絕，自己卻不能與其相認，更是讓他肝腸寸斷。

他無數次想起身衝出去，跟她說明一切，但只要一想到雲涯子和紫光的話，卻又不爭氣地回到床上。

他將被子蓋住頭，試圖冷靜下來，就這樣，花了足有兩個多時辰，終於把沐蘭湘從自己的腦子裡強行趕了出去，拿起武功書強迫自己看著。

果然還是這東西能讓他忘掉一切，一看進去，就情不自禁地跟著比劃起來，連中飯也忘了去吃，等他又看明白幾個變招後，再抬頭已是黃昏時分。

李滄行怕再去飯堂會碰到沐蘭湘，便叫來火星子幫忙，讓他去飯堂拿幾個包子回來。

過了一會兒，火星子揣著幾個肉包奔了回來，李滄行抓過包子，就著床上的一碗水，狼吞虎嚥地吃起來，練了一天的功，這會兒他感覺腹中特別的饑餓。

火星子在一邊看著他吃，終於忍不住開口道：「師兄，那沐姑娘還在飯堂裡呆坐著呢，聽說已經這樣一天了，也不吃東西，你要不要去見見她？」

李滄行一口水差點沒噴出來：「怎麼還在那裡？」

火星子搖搖頭：「不知道，聽說是邊坐邊哭，火華子師兄勸了好幾次也沒用，有師兄弟說要不要來告訴你，師父說明天要比武了，別來分你的心，你可別跟其他人說是我告訴你的啊。」

李滄行嘆了口氣：「知道了，謝謝師弟。」

「這麼客氣做啥，李師兄，明天比武我看好你哦。」火星子說完轉身離去，留下李滄行一個人在沉思。

突然他眼睛一亮，打定了主意，快步走到飯堂。

只見沐蘭湘在桌邊癡癡地坐著，大概哭了一天，鼻子堵塞，竟沒意識到李滄行的到來。直到他走到她身邊時，一抬頭，朦朧的淚眼中突然出現了自己朝思暮想的身影，一下子驚喜交加，站起身就要撲進他的懷中。

李滄行早料到會這樣，腳下踏出玉環步，一個閃身避開了小師妹，將手上的碗遞了過去，說道：「沐姑娘，你先吃了這幾個包子，吃完我有話對你說。」

沐蘭湘盯著李滄行，遲疑了一下，接過碗來。此刻飯堂只有他們二人，李滄行背過身去，沐蘭湘感激地看了他一眼。

她哭了一天水米未進，這會兒早就餓得眼冒金星，三下五除二就把四個大肉包子都吞了進去，還打了個飽嗝，這才意識到吃相凶了些，一邊掏出手帕擦擦嘴，一邊輕聲道：「大師兄，我吃完了。」

李滄行聽她打飽嗝時就知道師妹吃完了，小時候她一直就是這樣，每次都要吃到撐，自己每頓晚飯都要給她搶走一個饅頭吃，自從她與徐林宗合練兩儀劍法後，兩人沒在一起吃飯似乎也有三四年了，今天聽到熟悉的打嗝聲，李滄行的心中真的是百感交集。

但小師妹的話又把他從回憶中拉了回來，他冷冷地說：「隨我來。」言罷身形一動，人已閃到門口。

李滄行一路放慢腳步，好讓沐蘭湘能跟上自己，他暗暗吃驚自己的輕功進步速度之快，只用五成功力沐蘭湘就很難跟上了，兩人這樣一前一後，很快來到後山的樹林中。

李滄行在一處空曠處停下腳步，氣定神閒，沐蘭湘則是嬌喘連連，胸口劇烈地起伏，渾身香汗淋漓，話都說不連貫了：「大師兄，你是在試我的功夫麼？你現在怎麼……這麼厲害，以後…以後可得多教…教教我。」

李滄行轉過身，人皮面具上毫無表情：「沐姑娘，我再說最後一次，我不是你的大師兄，你認錯人了，我之所以約你來這裡，就是請你來切磋一下，你看我可會半點武當武功。」

沐蘭湘臉上盡是難以置信的神情，彷彿看著一個最熟悉的陌生人，漸漸地，她的眼中似乎要噴出火來，怒道：「到現在你還不肯承認，還想騙我！我才不信，**今天我一定要逼你使出武當劍法來！**」

話音剛落，沐蘭湘嬌叱一聲，長劍出手便是柔雲劍法的「**霧鎖雲天**」。

李滄行看得鼻子一酸，這招還是以前自己手把手地教會她的，她應該是想用這樣的方式來引起自己的回憶吧。他腳踏玉環步閃過這一招，知道小師妹接下來一定會轉白雲出岫，因為那一招同樣是自己教她的。

李滄行不想讓沐蘭湘源源不斷地把這些自己教她的招式一招招使下去，因為他怕自己會控制不住感情，放棄比試，擁她入懷，於是搶在沐蘭湘變招前，玉環步踏乾位閃掉攻擊，隨後反踏中宮，折梅手使出尉遲敬酒，去撞沐蘭湘手腕。

沐蘭湘料不到自己一招間就失了先手，無法用白雲出岫繼續攻擊，只得向後一退，變鐵鎖橫江守住門戶。

李滄行一旦搶回先手，便暫不使用折梅手，足下玉環步，手中卻使得入門級的太祖長拳，與沐蘭湘纏鬥起來。

幾十招後，沐蘭湘眼見無法速勝，也無法迫使對方使出本門功夫，不覺急躁起來，跳出圈外，劍指著李滄行，叱道：「大師兄，不要逼我出絕招。」

李滄行一拱手：「沐姑娘，我們兩派同為正道，你此番前來也是為入盟之事，還是點到即止的好。你也應該看得很清楚了，在下並不會什麼武當功夫，如果在下真是你的什麼大師兄，不會這麼多招一點武當功夫也不會吧。」

沐蘭湘固執地道：「你一定是有意隱瞞，我不信天下有兩個身上味道一模一樣的人。大師兄，得罪了！」

沐蘭湘說著，長劍畫出半個圓圈，和剛才所使的柔雲劍法與奪命連環劍不同，這回她的劍上如有千斤之重，後一個圈畫得比前一個圈更大更慢，不到片刻功夫，她全身上下就被大大小小的光圈劍氣所籠罩，顯然是傳說中的兩儀劍法。

李滄行只在去年中秋前見過沐蘭湘使過一招兩儀劍法的起手式，但奇怪的是，他那時完全沒見過兩儀劍法，卻一眼就能認出來，甚至還知道這招的變化將是如何，彷彿這劍法生來就刻在了他的腦海裡。

更奇怪的是，只有當沐蘭湘使出兩儀劍法時，他才會有這種似曾相識的感覺，就像自己和小師妹合練了千次萬次一樣，而要自己單獨使出，卻是毫無頭緒，一招都用不出來。

李滄行這會兒見到沐蘭湘再次使出這劍法，一句「兩儀日月」差點脫口而出。沐蘭湘使的正是兩儀劍法的陰極劍，劍走乾兌巽坎四個方位，隱隱有風雷之聲。最初的光圈很大，到後來一個圈比一個小，劍速也越來越快，呼嘯的風聲中，浪濤之勢越來越驚人，漸漸地把李滄行的全身罩住。

李滄行手中並沒有兵刃，無法似剛才那樣直接近身攻擊。他開始後悔剛才沒有趁勢將師妹打倒，讓她有機會使出兩儀劍法，這下自己被黏上，很難脫身了。若是使出鴛鴦腿或者折梅手的殺招固然有機會制服師妹，但自己練這兩門功夫不太久，還不能做到收放自如，又怕出手失了分寸傷到小師妹。

正猶豫間，只聽到沐蘭湘嬌喝道：「大師兄，拔劍，使出你的柔雲劍法，再配合九宮八卦步，就不至於受傷了。」

李滄行心下一動，發現師妹的出招處處都留有餘地，這兩儀劍法單人使出時以自保為主，但都存有攻擊死角，對方如果熟諳九宮八卦之類的變化，自可踏出九宮八卦步這樣的步法閃避攻擊，再以柔雲劍法黏住來劍，當可自保無虞。

只有二人同使兩儀劍法，一陰一陽相互配合，才能堵死所有的攻擊死角，威力自是成倍增長。

沐蘭湘功力未到，內力猶缺，但光憑著劍法的精妙即可逼得功力高過她一大截的李滄行無法脫身，因為李滄行的內力修為還不足以不畏刀劍，直接徒手以內力震飛來劍。

李滄行幾次本能地想踏出九宮八卦步閃開攻擊，但一想到這樣做就會前功盡棄，自己也不知該如何面對師妹時，咬咬牙又放棄了，搖擺不定間險象環生，他只有招架之功，全無還手之力，只見小師妹鳳目含情，嘴角帶笑，手上卻一劍快似一劍，她已經有九成把握逼得他使出武當武功了。

李滄行一咬牙，做出了一個艱難的選擇，他雙腳反踏玉環步，突然騰空而起，整個人直接向著沐蘭湘飛去，雙腳連環飛踢沐蘭湘手腕，正是鴛鴦腿中的「鴛鴦連環」。

沐蘭湘吃了一驚，沒想到李滄行以這種搏命招式攻擊自己，忙收劍回身，嬌叱一聲，畫出一個光圈一退又一推，正是兩儀劍法中的精妙殺招兩儀化生，先卸敵來勁再借勢反擊。

幾個月前，她就是用這招硬生生地卸下了玉面狐狸的兩條腿。劍招一出，她突然心道不妙：這可是大師兄啊！沐蘭湘手腕連忙一抖想變招，哪裡還來得及！

電光火石間，李滄行的左大腿根部被長劍狠狠地劃了一道口子，登時血流如注，他發出一聲慘叫，倒在地上，血像噴泉一樣飆射而出。

剛才那一下實在是驚險到了極點，李滄行腦海中無數次地閃過自己與師妹合練兩儀劍法的情形，知道兩儀劍法中，劍光最密集的光圈中心反而是劍法的罩門所在，想破解兩儀劍法的話，從光圈中攻擊是最好選擇。

但他怕出手太重傷了師妹，於是減輕了力量，這樣一來，速度就成了問題，反而被小師妹變了招數，反擊得手，沐蘭湘練兩儀劍法也未能做到收放自如的地步，這一下用上了八成功力，差點沒把李滄行的左腿給卸了下來。

這一劍傷了大腿動脈，血如泉湧，連肉都翻了出來，觸目驚心，李滄行落地後，迅速點了兩個穴道止血，也只能讓出血稍緩，哪還止得住。

沐蘭湘嚇得花容失色，這回她信了眼前的男人不是大師兄，因為任何一個正常人都不會拿自己的性命這樣開玩笑。

她驚得連聲音都變了：「李，李大俠，我真的不是故意的，現在怎麼辦，你快告訴我啊。」說著，眼淚也掉了下來。

「速去……找掌門。」李滄行咬牙擠出這句話後，便覺眼前一黑，直接暈死過去。

沐蘭湘顧不得男女之防，從自己的裙角撕下一塊布來，替李滄行包紮腿根的傷處，讓流血稍止，又餵李滄行服下一顆她隨身帶的九轉玉露丸，拖著李滄行靠著樹躺下，然後飛身使出十二成功力，向三清觀奔去。

少頃，雲涯子跟著沐蘭湘匆匆奔回，只見李滄行傷口還在不停地向外滲血，地上已經成了一個小血泊，戴了面具的臉上倒看不出與剛才有何不同，一探鼻息，已經氣若游絲。

雲涯子大驚，不僅是因為李滄行身受重傷，性命堪憂，更因為發現他胸衣敞開，似是被人翻過懷中。

雲涯子運指如風，封住李滄行周身十幾個穴道，果然出血立止，又從懷中取出藥瓶，將黃白色的粉末抹於傷處，然後餵李滄行吃了三四顆內服靈丹後，將李滄行背回了附近的閉關山洞，沐蘭湘則被勸在洞外守候。

雲涯子在洞內為李滄行以內功療傷，以幾十年修為的上乘內力遊走其全身，每二個時辰即給其內服外敷一些療傷聖藥，如是這般，折騰了一整天，李滄行才基本穩定住傷情，沉沉地睡去。

雲涯子摘下他的面具，只見李滄行面色蒼白，命懸一線，沉吟片刻，雲涯子伸手向李滄行懷中一摸，**那兩冊他一直貼身保管的鴛鴦腿譜與黃山折梅手的圖譜**

已經無影無蹤。

當李滄行睜開眼睛的時候，已是第三天的早晨了，只見自己躺在雲涯子的閉關山洞裡，只有雲涯子一人坐在身邊，稍一活動左腿便是一陣劇痛，幾乎要斷掉，差點疼得他又暈了過去。

雲涯子一見李滄行清醒，忙叫他不要動，可惜說得晚了點，李滄行已經痛得臉上冷汗直冒了，傷口處又滲出血來。

雲涯子忙扶著李滄行的上身坐起，掌心按在他背後大穴上將真氣輸入，良久，李滄行臉上才恢復了一點血色。

只聽到雲涯子說道：「滄行，不可亂動，你傷口受創過重，需要起碼半個月才能結痂，現在連移你回房調理都不可以。」

李滄行自出生以來從未受過這麼重的傷，上次給向天行雖然打得不成人形，但還不至於斷手殘肢，這回有可能一條腿不保，他很後悔自己為啥要用那樣的方式來打消小師妹對自己的懷疑，更遺憾的是不能與師妹相認。

他用細如蚊蚋的聲音道：「掌門，我小師妹還在嗎？」

雲涯子嘆了口氣：「自你受傷以來，沐姑娘一直守在洞外，兩天沒吃飯了，說你要是不醒過來，她就一直這樣。」

李滄行慘然一笑：「我怕這回是躲不過去了，掌門，在我死前能讓我見見師妹嗎？」

雲涯子拍了拍李滄行的腦袋，輕聲教訓道：「胡說些什麼，你性命無虞，只要好好調理，腿也不會有事，不要輕言放棄。」

李滄行聽他這樣一說，心裡大感寬慰，一想到沐蘭湘還在外面挨餓，急道：「掌門可否把我醒來的事告訴她，好讓她寬心吃飯。」

雲涯子點點頭，站起身來：「這個自然。我這就去，你好好安歇，不可亂動。」

李滄行心裡一塊石頭落了地，隨手向懷裡一摸，突然神色大變，叫道：「掌門，我的書呢？」他一激動，傷處痛得讓他幾乎又要暈死過去。

雲涯子連忙又給他輸了一次真氣，折騰半天才讓李滄行再次活了過來，待他躺下後說道：「你答應我一件事，傷好之前切不可再動，無論發生何事，哪怕是我死在你面前也不可動一下，不然前功盡棄，真要成廢人了，甚至連性命也難保住。」

李滄行此時說不出話，只能點點頭。

雲涯子一臉的嚴肅：「我找到你的時候，就看你胸衣被人解開，兩本書已經不見。你確認在和沐姑娘比武前，書還在嗎？」

李滄行回憶道：「在，書是貼肉放的，我最後用鴛鴦腿攻擊她時，還能感覺到它在胸前。」

雲涯子推測道：「這麼說，是你昏迷的時候給人取走的，你可有一點印象？」

「沒有，弟子當時暈死過去，什麼也不知道，醒來就在這裡。掌門，小師妹不會做這種事的，您千萬要相信我。」

李滄行生怕雲涯子會對沐蘭湘不利，趕忙為她辯解。

雲涯子按住李滄行的肩頭，示意他平靜下來：「我相信你師妹不是偷書之人，因為她那時心裡只有你的生死，而且，如果她偷了書，必會及早想辦法抽身離開，不會一直在外面守著你不走。你放心吧。」

李滄行心下稍寬：「那會是何人所為？」

雲涯子眼中精光閃動：「應該是本派之人，你們去的後山地形，非本派中人不熟；還有一個可能，是外人跟蹤，你引你師妹去時，可還曾發覺有第三人尾隨在後？」

李滄行想了想，搖搖頭：「弟子慚愧，我一心只想著如何讓小師妹不再糾纏我，因而沒有留意。」

雲涯子道：「此事不可聲張，山上一百多弟子，人人都有嫌疑，我會暗中排查的。」

李滄行懊惱不已，自責地道：「弟子無能，自作聰明，連累師門丟失秘傳武功，百死不足贖罪，待弟子好後，必將親手尋回秘笈，將那盜書之人抓來由師父發落。」

他打定主意，無論如何，在找回失去的秘笈前，再也不與小師妹發生任何糾葛。

雲涯子微微一笑：「你有這份心就行了，不過你得先養好傷，不然腿沒了怎麼找秘笈。」

李滄行的表情變得堅毅起來：「是，我再也不動了，請掌門轉告小師妹我已經好了，不想見她，請她速速下山回武當。」

雲涯子嘆了口氣：「孩子，你真是受苦了，還有什麼要跟你師妹說的嗎？」

李滄行想了想，道：「就說我李大岩自認倒楣，以後是死是活，自安天命，不勞她掛心，這回為了兩家的關係不跟她計較，要她速速離開，我再也不想再見到她。」

雲涯子轉身離去，李滄行的耳朵裡彷彿可以聽到門外的竊竊私語聲與小師妹的哭泣聲。

過了一會兒，雲涯子回到洞內，道：「你師妹已經走了，她好像相信你真的是李大岩而不是李滄行，你就安心養傷吧，切記！半個月內不可移動。」

李滄行點點頭算是答應。

接下來的半個月裡，李滄行可說是度日如年，腿不方便行走，每日大小解只能在床上解決，火松子、火華子、火練子和火星子輪流來照顧他的起居飲食，私下裡都對沐蘭湘出手不知輕重而憤憤不平。

火松子更是每次一邊幫李滄行換藥餵粥時，一邊在罵沐蘭湘，李滄行開始還為小師妹辯解，時間一久也放棄了，每次遇此情形時均閉目不言。

時光飛逝，到了八月，李滄行終於可以下地，慢慢扶牆而走了。

又過了兩個月的調養，李滄行基本上左腿能活動自如，傷口處也能夠碰水了，洗澡的時候，身上足足搓出了兩層老泥，左大腿根處一道三寸長的傷疤，看了十分觸目驚心。

這段時間他無法練功，只能每日躺著練內功，吃了不少傷藥補丸，內息運行反而有所加強，還打通了奇脈的六七個穴道，多少算是因禍得福。

十月底的這天，雲涯子來探過他傷情後，允許他第二天可以回去練功了。

第二天一早，李滄行早早地來到飯堂，這幾個月受傷情所累，不能吃肉，只能喝稀粥，更不能喝酒，嘴裡都淡出鳥來了，天天晚上做夢都在想著肉包子。

一進飯堂，正見火星子剛吃完飯出來，看到李滄行便道：「師弟，你終於回來了，太好了，大家都盼著這天呢。」

「多謝！」李滄行本能地回禮，突然覺得有些不對勁：「哎，我怎麼成你師弟了呀。」

火星子哈哈一笑：「哎呀，你忘了門規麼？大家排名要按每年的中秋比武來，上次你受傷了沒參加，這一年要成所有人的師弟啦。」

李滄行苦笑一聲，這個結果他早有心理準備，因為幾個月來，無論是雲涯子還是火華子等人，都沒跟他透露過半句比武的事，他心裡成天想著丟失秘笈的事，也無心多去思考這事，今天給火星子主動說破，倒也心中坦然，於是大方地叫了火星子一句：「師兄。」

火星子連連擺手：「哎呀，別這樣叫我了，多不好意思，以後只有我們二人時，還是我叫你師兄吧。」

李滄行笑了笑：「別別別，規矩不能變的，以前在武當時，有個石浩石師弟，年紀比我還大了四五歲呢，但入門晚，還要叫小師妹作師姐呢。」一提到小師妹，李滄行心中一酸，竟然說不下去了。火星子多少也聽說過一些他們的事，一見他這模樣，也不再說什麼，點點頭就走開了。

飯後，李滄行到雲涯子那裡去了一趟，這兩個月，雲涯子一直在找機會試每個弟子的功夫，仍是沒有一點頭緒，火松子是他的重點關注對象，也是一切如故，沒有一絲破綻。

兩人商量了半天仍無頭緒，臨走時，雲涯子又給了他丟失的二招腿法與折梅手的招式書，是雲涯子這兩個月根據記憶重新寫出來的，書上墨跡猶新，雲涯子千叮嚀萬囑咐，要李滄行這回千萬要收好，李滄行驚喜之餘，叩謝而去。

從這時開始，李滄行除了練功以外，更多的是跟每個師兄拆招，試圖從中能找出有人練過這兩門功夫的證據，為了達到這目的，他下手不像以前那樣只用五六分勁，幾乎每次拆招都用上八九分力，兩個多月下來打成輕傷的師兄就有十餘人，以至到後來，沒幾人願意再陪他拆招了。

每天晚上，他便像個遊魂一樣地跑遍整個後山，想找到有沒有人偷練這功夫，連除夕之夜也沒有放過，讓他失望的是，四個多月下來，依然沒有一點線索，最後乾脆自己找個地方練到三更。

已進寒冬，李滄行為了趕上近三個月沒練功的損失，日夜苦練，鴛鴦腿法的八式已經全部練成，折梅手也練到了最後一招，可以不看秘笈自行修練。為防萬一，他把兩門武功書還給了雲涯子，就這樣，不知不覺又是一年春來到。

這天早晨，李滄行吃過早飯後，被叫到雲涯子的閉關山洞，進洞後，發現火華子也在，雲涯子坐在榻上，一臉嚴肅。來三清觀一年多了，李滄行還很少見他這樣，一時不知如何開口。

只聽雲涯子緩緩說道：「**武林的大劫難恐怕就要到來**，少不得一陣腥風血雨，你們二人速速作些準備，午後就下山，去西域的甘州奔馬山莊。」

李滄行丈二和尚摸不著頭腦：「掌門，出什麼事了？我們和西北一帶的武林素無往來，好端端的去那裡做什麼？」

雲涯子舉起手中的一封信：「奔馬山莊新任莊主，人稱『**玉面郎君**』的甘州大俠**歐陽可**，十日前遍發英雄帖，**請天下英雄於三月初三齊聚奔馬山莊**，他說要當眾揭露林鳳仙的死因。」

李滄行渾身一震：「什麼，他查清了此事？」

雲涯子點點頭：「信上是這樣說的，他說另有真凶，峨嵋派不是真正的凶手，但沒具體點出是誰，只是說要在天下英雄面前揭開這個謎底。」

李滄行想起和澄光的對話，當年和師父討論這事時，師父就認為此事太過巧合，絕不是這麼簡單，想不到果真如此。

雲涯子正色道：「我叫你們去，就是想弄明白此事真相，也許對我們查黑手一事有所幫助。」

李滄行一聽雲涯子說出查黑手一事，見火華子還在旁邊，急得向雲涯子使眼色。雲涯子哈哈大笑，捻鬚笑道：「滄行，有些事也不用瞞你了，華兒是絕對可以信任的，我們的事一開始就是向他公開的。」

李滄行睜大了雙眼：「您不是說任何人都有嫌疑嗎？那火松子和火練子師兄是否也能信任？」

雲涯子搖搖頭，神情肅穆：「不一樣，因為，**華兒是我的親生兒子**。」

李滄行的腦袋「嗡」地一聲，不覺向後退了兩步，再仔細一看火華子與雲涯子，眉目間果然有幾分相似，自己以前從未注意到，心中暗罵自己該死，轉而一想卻覺不對，拱手道：「此事應該是本派絕密，為何掌門要向弟子告知？」

雲涯子嘆了口氣：「本派內憂外患，上次失書的事，足以證明紫光道長的擔憂是對的，**奸徒已經混入了本派**，事實上，在你來我派之前，就有人去過我的臥室翻過，只是我藏書處一向隱秘，別人無從得知罷了。」

李滄行倒吸一口冷氣：「竟有此事！」

「本來我以為只有我派一家有內鬼的存在，上次你和我說起你在武當時遭人陷害，我才知道這一定是一個**強大的黑暗勢力滲透到各門各派**，所以才會徹底相信你。」雲涯子道出原委。

李滄行一下子全明白了，看著火華子道：「那華師兄也一直在為掌門探查此事囉？」

雲涯子道：「當然，在你來以前，他是我唯一能信任的人。本派之內，火練子心思縝密，為人深藏不露，火松子則是大巧藏於拙，外表輕浮莽撞，實際上人極聰明，我到現在也不能看透他們，多次試探也查不出什麼端倪。」

「別人是否得知華師兄的身分？」李滄行問。

火華子一直沉默不語，聽到這話突然開了口：「全派上下，你是第一個知道的。」

「哦？」

「因為家母並不是人所共知的師父元配，而是以前他行走江湖時邂逅的一位女俠，後來師父臨危受命執掌師門，為穩定人心，必須要娶自己的師妹清虛道長，她也是上任掌門青靈子師公的千金。」火華子聲音低了下去：

「家母則在生下我後，得了場病，不久就去世了，師父把我接上山，清虛道長得知此事後，賭氣雲遊四方，再也沒回三清觀，對外只說是到三清觀的別院白雲觀任觀主。為避人耳目，師父對外一直宣稱我是他撿回來的徒弟。這些事本不足為外人道，但你對我們毫無隱瞞，現在事情緊急，我們也不能再瞞你此事了。」

「依我的推測，這次歐陽可一旦公布真凶，那個潛伏在我們幫裡的黑手也一定會蠢蠢欲動。這個黑手勢力能滲透進江湖各派，甚至可能連邪教的巫山派與魔教都有他們的人，勢力何其可怕，我等必須早做打算。」雲涯子憂心地道。

李滄行理順了思路，道：「掌門和華師兄有何吩咐，請直言相告，弟子無所不從。」

雲涯子笑了笑：「我們相處雖然不到兩年，但我對你的為人與心中所想還是有所瞭解的，你的要求其實很簡單，就是你小師妹沐姑娘，對吧？」

李滄行不好意思地說：「我是不是太沒出息了？不過在娶師妹前，我一定要找出黑手幫師父報仇才行，不然以後也不可能有太平日子。」

雲涯子點點頭：「這個自然，所以我想求你一件事。」

李滄行連忙道：「掌門別這樣說，折煞我了，有事請儘管吩咐，弟子必竭盡所能。」

雲涯子盯著李滄行，神情十分嚴肅：「你們此去奔馬山莊，一定要注意自身平安，一旦發現有情形不對，安全第一脫身為上，萬一路上聽到為師遭到暗算，不在人世了，請你首先力保華兒平安，伺機再考慮報仇的事。」

「不會的，掌門，您不會有事的，我們不去什麼奔馬山莊了，留在這裡保護您。」李滄行聽雲涯子的話像是交代遺言，一下子跪了下來，語無倫次地道。

火華子也跪了下來，道：「孩兒無論如何不離爹爹身邊。」

「傻孩子，要是我自己都保護不了自己，你們兩個在這裡又有何用？都先起來。」說著，雲涯子把二人扶了起來。

雲涯子道：「我剛才說的只是萬一，是最壞的情況，基本上不可能發生的。其實這次讓你們去，就是想向天下英雄宣示我三清觀未來將會由華兒接掌，這也算是跟天下英雄打個照面。就像你紫光師伯以前把這些外交的任務交給你徐師弟做一樣。我這樣說你明白了嗎，滄行？」

李滄行心中鬆了口氣，臉色也稍稍緩和了些：「弟子魯鈍，剛才不曾料到這層，真是慚愧。」

雲涯子又道：「本來你的資質在華兒之上，但你入派太晚，強把位子傳給你，只恐惹得內部不和，華兒雖然不如你，但也算是上上之材，又自幼在我派長大，他來坐這位置不會有人不服，而且你的目標是你那師妹，將來總會回武當，**我只想請你幫華兒一個忙，以後能扶正他的位置**，這是我作為掌門，也是作為父親的一點私心，也算是我求你的事，行嗎？」

李滄行想起澄光以前也是這樣對自己的，誠心誠意地說：「掌門快別這麼說，您待弟子恩重如山，這份恩情，弟子就是拿命也無法償還，火華子師兄坐這位置我沒有半點意見，別說將來我要回武當，就是我人在三清觀，也不會有任何想法，他當掌門我第一個支持，誰要是不服，讓他先過我這關。」

雲涯子大喜，道：「有你這態度我就放心了，這次你們離山時，把六陽至柔刀的下半本刀譜和鴛鴦腿法、黃山折梅手的秘笈先藏好，以免又有不測。」

李滄行搖搖頭：「這怎麼可以呢，這些秘笈應該由掌門來保管才是，再說我們本領低微，萬一掉了怎麼辦？」

雲涯子笑道：「這些書我早已背熟，即使遺失我也能默寫出來，你忘了上次丟書的事了麼？」

雲涯子從身邊取出了三套書，一本六陽至柔刀譜給了火華子，兩套鴛鴦腿法與黃山折梅手的武功秘笈則給了李滄行。

雲涯子鄭重叮囑：「萬一我有任何不測，你們記得想辦法把六陽至柔刀的上半本奪回，一定不能忘了祖師爺的吩咐，只有這刀譜全了，才有資格接任本派掌門，這是歷代掌門的遺訓，切不可忘。」

二人均跪下磕頭稱是。

雲涯子又交代了幾句後，兩人便出洞去，在後山中各自找了隱秘之處將秘笈埋好，又留下了記號，作為尋回的依據。

做好這一切後，兩人在山門前會合，帶上隨身衣物與盤纏，便下山直向西北而去。

一路上，兩人均易了容，改裝成尋常百姓，李滄行身形健碩，扮成一個家僕，火華子則打扮成一個老員外，雇了馬車沿官道而行。

為免銀兩過重在包中容易露白，火華子在黃龍鎮的錢莊上就把銀子兌成了銀票，貼身攜帶。

越向西北，兩人遇到的江湖人士越多，每天探聽到的消息也多了起來。

半個多月後，兩人來到了甘州城。

從風景秀麗的江南一路來到黃沙萬里的西北，兩人卻是心事重重，根本無心欣賞沿路風光，擔心著身在黃山的雲涯子。

兩人走進一家客棧準備打尖，突然李滄行眼前一亮，指著裡面一張桌上正在吃麵的兩名僧人，對火華子道：「師兄快看，那不是寶相寺的一我大師與不憂師父麼？」

火華子定睛一看，果然是兩人，自從上次正邪之戰後，已經快有兩年沒見了。

火華子低聲道：「先打尖，安頓下來再相認，這兩位都是好人，可以互相交流一下。為了表示誠意，我們還是不要易容了。」言罷，便到掌櫃那裡登記，被小二領進了客房。

進房後，二人按江湖常規檢查了一下房間，確認無異狀後，方才撤去易容偽裝。

火華子出了門，打聽到二位僧人下榻的房間，半夜時分與李滄行來到房外，還未及敲門，便聽裡面有人沉聲問道：「外面是哪兩位朋友？」

「三清觀弟子火華子，還有另一位故人，前來相見。」

「原來是火華子師兄，請進。」那是不憂的聲音，帶了一分驚喜，說話的功夫，裡面亮起了燈。

李滄行跟在火華子後面進了房間，一我與不憂見到他，同時身軀一震，失聲道：「怎麼是你！」

李滄行微微一笑：「說來話長，在下現在托庇於三清觀，先坐下再慢慢說。」

「快請坐，這兩年你音訊全無，擔心死我們了。咱們可是過命的交情，你還是我背回去武當的呢，哈哈。」不憂一邊說著話，一邊左右看了一眼，將門關上。

李滄行把這一年多來的經歷大致說了一下，對各派中有黑手勢力的事也簡單提及，涉及自己與沐蘭湘之事，以及雲涯子與火華子的關係則略去不提。一我與不憂聽得瞠目結舌，到後來均沉思不語。

良久，一我開口道：「上次正邪之戰，我寺死傷慘重，這一年多來都還沒完全恢復元氣，掌門師兄一直在廣收門徒，訓練僧眾，倒是未聽得有何異常之事。」

不憂也道：「上次聽說李施主你離開武當後，師父還著我等下山搜尋你的蹤跡，說是人才難得，一定要搶過來，後來找了大半年都沒有蹤影，只好作罷，除此之外，本寺內外沒有任何反常舉動啊。」

火華子道：「峨嵋派柳姑娘可曾去貴寺提過伏魔盟一事？」

一我點點頭：「確有此事，那是大半年前了，但師兄沒有直接給出回覆，跟貴派的想法應該是一樣的吧；而且你們也知道，掌門師兄和少林寺的關係並不太好，上次比武奪帥時又失了面子，所以……」

李滄行突然腦子裡閃過一個想法，脫口而出：「上次一相大師要比武奪帥之事，事先可有和各位商量過？」

一我搖頭：「沒有，當時連我等都覺得奇怪，但掌門師兄做事一向很有主見，許多事情也不與我等商量，所以事後我們也不便多問。」

「原來是這樣呀。」李滄行心中產生一個可怕的念頭，**會不會是有人挑唆了一相大師？**但這個問題過於嚴重，他不敢說，只能放在心裡。

一直沒說話的不憂這時開口道：「李施主，貴師妹上個月還來我們寺找你，你們出什麼事啦？我可以幫上忙嗎？」

李滄行一震，上個月是正月，沒想到小師妹竟沒回武當過年，還在四處尋他，心中一熱，但轉瞬便恢復平靜，道：「這個是在下私事，多謝大師好意，還請由在下自行處理，至於我現在的身分，還望大師能對師妹保密。」

一我點點頭：「明白了，這個你可以放心。話說這次歐陽可召集天下武林同道前來，說是要揭露林鳳仙死因真相，二位有何高見？」

火華子道：「無論結果是否是事實，**一場武林的風波肯定是少不了的**。對了，這位歐陽可是何許人也，敢蹚這樣大的渾水？」

「據傳奔馬山莊的歐陽家是西域武林第一世家，傳承已有數百年，當年南宋末，武林中威震天下的西毒歐陽鋒就是歐陽世家的人。後來歐陽家人丁不旺，一度還找了遠房親戚繼承香火，慢慢的就有點沒落了。如今的這位歐陽可，聽說剛接任了歐陽家的家主，外界對其底細並不是太熟，只知道他三十多歲，不怎麼在江湖上走動，為人如何、武功高低也不得而知，不過其人既有甘州大俠之名，應該手下有兩把刷子。」一我聞言道。

李滄行聽了道：「他既然遠離中原武林，又如何能知道中原武林的絕密內幕呢？」

一我聳聳肩：「這就不得而知了。只是這幾天各路江湖人士紛紛齊聚這甘州城，只怕這裡也不得安寧。李施主去莊上時，是以現在的裝扮去，還是易容前往？」

李滄行道：「我跟二位是共過生死的朋友，完全可以信賴，為了表示誠意才會以真面目相示。在下加入三清觀一事還不宜公開，而且此次可能會揭露黑手之事，還是易容較為適宜。一切順利的話，我就要回武當了，到時候還請二位對在下在三清觀的這段經歷多加隱瞞。」

一我允諾道：「這是自然，李施主既然以誠心對我等，我們自然會為朋友擔待的，放心，就算是面對掌門師兄，我們也不會提及此事的。」

李滄行站起身拱手行禮：「多謝兩位，那我們在這裡小住兩日，到時候奔馬山莊相見了。我們就住在西邊的二號房，在那之前，有事的話可以直接來找我們。」

一我和不憂也站起身，合十回禮：「好的，有事互相招呼，我們也是三月初三當天才去奔馬山莊。」

李滄行與火華子回到房間後，討論了一下後天可能發生的各種事情，商定好應變的機制與對策後，方才沉沉睡去。

第八章

華山雙煞

只見來人一黑一白，黑衣人身材高大魁梧，
鐵塔般的身軀威風凜凜站在中間，背對著李滄行，
那白衣人身形略為瘦弱一些，
個子高瘦細長，給人一種說不出的陰森感，
在場群雄倒吸一口冷氣，驚呼：「華山雙煞！」

接下來的兩天，兩人幾乎足不出戶，連吃飯也在房間內，從窗戶可以看到街上江湖人士絡繹不絕，正邪都有，只是在這人生地不熟的西域地界，無人想主動惹事，當街碰到了仇人也只是怒目而視，然後擦肩而過。

就在這樣緊張的等待中，三月初三到了。

起床用過早點後，李滄行戴上面具，提醒自己別忘了他現在名叫李大岩。兩人出城後一路向西，用不了一個時辰就到了奔馬山莊。

山莊建在一座山的山腰處，地勢險要，山腳下的莊門前，立著一隻碩大無比的石製蛤蟆，後面是四根漢白玉柱子，前面兩根柱子頂端立著一塊金字匾，用漢字大大寫著「奔馬山莊」四個字。下面是一行奇怪的小字，李滄行乍看不明白，後來恍然大悟這是西域文字。

從莊門到上面的正殿廣場是長而寬的山道石階，有不少江湖人士正在向上走。兩旁每隔十步左右立著一對白紗蒙面的少女，身形婀娜多姿，看起來應該都值妙齡。

這些少女中，有些金髮碧眼，身材高挑，有的膚色黝黑，頭髮捲曲，顯然不是中土人士。李滄行與火華子對視一眼，拾級而上。

走到最高處的廣場，李滄行吃了一驚，原來廣場中間圍了一個幾百人的大圈，幾乎占據了整個廣場，二人擠進人群前排，向內一看，只見兩撥人正劍拔弩張地怒目相向，每方各有上百人。

一方為首的赫然是巫山派的屈彩鳳，她的旁邊站著一位瘦高英挺的年輕人，穿著魔教日月聖火服；另一方則是以峨嵋派的林瑤仙和少林的智嗔和尚為首，站在前面，沐蘭湘和上次來做過外交的柳如煙也在其中。

兩邊都是全神戒備，隔了十丈遠的人都覺得殺氣騰騰，任何一點小舉動都可能讓雙方大打出手。

李滄行的目光全聚焦在沐蘭湘的身上，只見小師妹粉面含霜，杏眼圓睜，死死盯著對面的屈彩鳳，柳眉倒豎，右手握的劍微微出鞘，左手則伸入腰間的暗器囊中，只待開打，便會先暗器出手，再使劍攻擊。

李滄行心中一凜，再看其他人，無論正邪均是這種架式，圍觀的江湖人士們紛紛交頭接耳，討論一會兒動起手來，自己要幫著哪邊。

漸漸地，圍觀的人群開始分出陣營，一部分向邪派聚集，另一部分向正道一方集中，還有一些人則站在中間，尚未拿定主意，遠處正派後面，一我和不憂已經到了，兩人顯然也做好了戒備。

李滄行與火華子對視一眼，邁開腳步，準備向正派一方的圍觀人群走去。

就在此時，空中突然一前一後飛過兩條人影，勢如奔雷閃電，快得讓人目不暇接，他們在空中不作任何停留和借力，凌空十餘丈，最後落在廣場中央對峙的兩撥人的中間，這份輕功端的是驚世駭俗，人群中爆出一陣讚嘆聲。

只見來人一黑一白，黑衣人身材高大魁梧，鐵塔一般的身軀威風凜凜地站在中間，背對著李滄行，背心上寫著一個紅色的「休」字。那白衣人身形則略為瘦弱一些，個子高瘦細長，給人一種說不出的陰森感，同樣是背對著正派眾人，身後衣服上也寫著一個大紅色的「休」字。

在場群雄中不少人都倒吸了一口冷氣，然後是一陣驚呼：「華山雙煞！」

李滄行與火華子同時虎軀一震，這一路他們聽說了太多華山雙煞的傳說，赫然就是老熟人司馬鴻與展慕白。

據說這二位自落月峽之戰後，親眼目睹了師父師娘與最愛的師妹的慘死，本為情敵互不待見的兩人，突然一下子變成驚人的組合。

司馬鴻練成霸天神劍本是人所共知的事，落月峽一戰中憑此神功大發神威，一戰成名；而那展慕白，短短數月內也練成一身邪門的劍法，傳說中的展家辟邪劍法在他手中竟然神奇地復活。

半年前，展慕白單人獨劍，一個人挑了亦正亦邪的青城派，連聞名天下的一代劍術大師于桑田也死在他的劍下，他大仇得報後，眼下和司馬鴻，人生唯一目的就是向魔教與巫山派復仇，出手之狠，武功之高讓人咋舌不已。

華山雙煞之名響徹江湖，成為復仇死神的代名詞，不要說魔教之人，就是連正道中人也不敢多和他們打交道。

此時二人同時現身，本來平衡的正邪兩派形勢瞬間被打破，隨著一陣躁動，中間沒走的人一大半跑到了正派的後面，而邪派後面也有不少人跑回了中間。

只見屈彩鳳臉上最初的一抹慌張的神色褪去後，擺出一副鎮定自若的樣子，沉聲對司馬鴻道：「來得正好，滅我分寨，殺我兄弟之仇，今天一併與你算了，待會兒就由我來領教閣下的高招。」

司馬鴻看都不看屈彩鳳一眼，鼻子裡「哼」了一聲：「你也配用劍？殺你還髒了我的手，換冷天雄來！」

屈彩鳳氣得眼珠子都要迸出來了，但自知武功不敵司馬鴻，不敢造次，眼睛開始打量周圍，準備找一條能全身而退的通道。

此時屈彩鳳身邊的瘦高年輕人開了口：「家師有要事在身，今天派我前來，我們中原兩大陣營間的恩怨還是稍後再解決吧，今天我等都是應奔馬山莊主人的邀請而來，等聽完正題再作廝殺也不遲。不知司馬兄意下如何？」

司馬鴻冷笑一聲：「林振翼，你倒是條漢子，也是我在魔教裡唯一看得起的人，只可惜你入錯了門，不然我司馬鴻一定交你這朋友。就依你，等主人把正事說完後，我們再打不遲，到時候我看看你的龍飛槍法有沒有長進。」

林振翼微微一笑，朗聲道：「在下的本事自然比不得司馬大俠的霸天神劍，不過放心，在下不是縮頭烏龜，實在打不過，唯死而已，不至於墮了家師與神教的威名。」

沐蘭湘忽然道：「司馬大俠，一定要盯好這些魔教妖人與賊婆娘，別讓他們一會兒趁機逃了去。」

屈彩鳳大怒，叱道：「嘴裡放乾淨點，你說誰是賊婆娘?!」

沐蘭湘眼裡快要噴出火來，直指屈彩鳳：「說的就是你，不知道你是用了什麼不要臉的狐媚伎倆，惹得我徐師兄上鉤，至今下落不明，你還我徐師兄來！」

屈彩鳳本來最恨別人罵她是賊，但一聽沐蘭湘這番話，反而笑得花枝亂顫：「喲，我道是誰呢，原來是大名鼎鼎的武當沐姑娘呀，你的大師兄呢？一口一個徐師兄，就不怕你的大師兄再也不理你呀。呵呵，兩個男人都離你而去，可見你實在是沒啥吸引力哦。」

沐蘭湘從來就不是一個會忍氣吞聲的人，這下氣得大吼一聲，「嗆」的一下，長劍出鞘，擺開架式就要衝上去。

李滄行也是五內如焚，擼起袖子就要出手，正邪雙方對峙著的人紛紛抽出兵刃，找準對方陣中的目標，眼看大戰一觸即發。

此時只聞圈外一個清脆而響亮的聲音：「各位遠來都是客，何不暫時一笑泯恩仇，要打要殺，也請等在下說完，如何？」

眾人抬頭看去，只見一人白衣勝雪，翩若驚鴻，輕裘緩帶，神態極為瀟灑，看起來三十五六歲年紀，雙目斜飛，面目俊雅，英氣逼人。

圍觀的武林人士主動讓開了一條道，那白衣公子身邊圍著六七名白衣妙齡少女，個個眉目如畫，或打傘或持劍，擁著這人走進了廣場中央。

待他站定後，廣場上的白衣少女嬌滴滴地喊了聲：「公子。」

來人正是那奔馬山莊新任莊主歐陽可，李滄行最近幾日聽得此人在甘涼道上名氣極大，為人也是亦正亦邪，年紀不過三十多歲，就將失傳數百年的祖傳神功蛤蟆功練得有所小成，在武功上堪稱一流的高手。

平日裡歐陽可出手闊綽，好結交天下俠士，落得了個「**玉面公子小孟嘗**」的雅號，但此人一向與中原武林甚少往來，這次若不是在英雄帖裡特地注明了要公布林鳳仙的死因，根本不會有多少人前來。

李滄行突然疑竇暗起，**為何此次各大派都只派了次要人物到場，巫山派和峨嵋派兩家卻是掌門人親自前來，還帶了大批的高手呢？隱隱約約間，一個不好的預感浮上了他的心頭。**

此時只聞得歐陽可朗聲道：「今日天下英雄俱在此處，歐陽某蓬華生輝，各位有什麼往昔過節，還請暫且放下，就當給歐陽某一個面子如何？」

正邪兩邊本就勢均力敵，雖然司馬鴻、展慕白雙雙出現，一時讓正派占了點上風，但奔馬山莊人多勢眾，勝負難測，於是兩邊都冷哼一聲，各自收劍入鞘，大家紛紛抱拳向歐陽可行了個禮。

屈彩鳳道：「歐陽大俠，你在英雄帖裡指名道姓地說知道家師的死因，約我等前來，眼下天下英雄俱在此處，是否可以說出真相了？」

此話一出，圍觀人群一陣附和之聲，群雄來此多半是為了此事，一見正主出場，都嚷著要聽真相。

歐陽可面帶微笑，等人聲漸漸平息下來後，說道：

「此事乃是江湖多年秘辛，在下也是機緣巧合方才得知，在廣發英雄帖前，在下分別與巫山派的屈寨主與峨嵋派的林掌門略微交流過，兩位都同意為了洗刷冤屈和為死者報仇，由在下公布一些前人的私事。今天兩位親至，跟在下的約定還未變吧？若是二位有任何不情願，在下就此封口，不再提及此事。」

屈彩鳳冷冷地道：「說吧，我若是不願意，也不會來這裡了，相信峨嵋那個姓林的也是如此。」

林瑤仙哼了一聲，算是同意。

歐陽可向二人行了個禮，面向群雄道：

「在下要開始說一個故事了，相傳宋末元初，中原戰亂不休，有兩家要好的武林人士，一家姓林，一家姓霍，結伴來到玉門關外的甘涼之地躲避戰亂，兩家來此後，仍維持多年的友誼，世代交好。只是老天似有默契，百餘年間，兩家竟然全是世代單傳的男孩，本來兩家的祖輩曾有約定，若兩家有一男一女，則通婚結好，沒想到一百多年過去了，約定尚在，這個約定卻從未實現過。直到大約五十多年前，霍家生出一個男孩名叫霍達克，而林家終於產下一個女嬰，名叫林仙兒。」

歐陽可說到這裡時，人群中一陣騷動。

李滄行不明所以，只見周圍年齡稍長的人都在交頭接耳，便低聲問火華子道：「師兄，這二人是誰？很有名嗎？」

火華子解釋道：「當然，那林仙兒便是林鳳仙以前的名字，霍達克則是林鳳仙的愛侶，二十多年前著名的高手，只是突然失蹤，到現在也沒有下落，想不到這二人都出身於西域。師弟暫且少安勿躁，且聽這歐陽可說說這段江湖秘聞。」

李滄行應了聲，看了一眼沐蘭湘，見她也在聚精會神地盯著歐陽可，一旁的辛培華幾次拉她衣袖想問她事情，都被她不耐煩地打發掉。

歐陽可得意地看了一眼四周，繼續說道：

「三十多年前，霍達克依家訓在練滿家傳武功後，前往中原武林闖蕩，機緣巧合下，先後投過少林、華山、武當、衡山等派，最後來到了峨嵋。當時霍達克年紀不過二十六七歲，但已經是公認的年輕一代的高手，甚至在江湖上也是頂尖人物，擊斃過日月神教的長老『大力金剛』范子理。

「峨嵋派本已多年不收男弟子，但面對如此的武學奇才，還是難以抗拒，不但破格提拔其當了本派的執劍長老，還將峨嵋不傳之秘——幻影無形劍傳其修練。林掌門，在下所言是否屬實？」

群雄聽到這裡又是啊地一聲，許多人面露不信之色。更有不少眼光直接射向林瑤仙。

林瑤仙秀眉深鎖，面色凝重道：「歐陽大俠所言關於本派一段，確有其事，霍師伯多年前確實投入過本派，而且是峨嵋派立派以來第一位練成幻影無形劍的男子。家師曾對我說過，霍師伯劍術之強，天分之高，為我峨嵋立派以來從未有過，只怕不在當年郭祖師之下。幻影無形劍本需體質陰柔者才能發揮其詭異的速度優勢，男子能練成此劍法是非常不容易的，可是霍師伯偏偏做到了。」

歐陽可道：「那請問這位霍師伯後來去了哪裡？」

林瑤仙回憶道：「聽師父說，霍師伯乃是一位武癡，以收藏天下各門各派武功、有朝一日能開山立派為人生目標，他遊歷各派也是為此，所停留均不過一兩年，只有峨嵋一派為求人才，不惜以神功相授，可惜即使如此，也未能留住他的人，後來他為本派完成三件大事後，又立下了此生絕不將幻影無形劍外傳的重誓便離派而去，此後不知所蹤。我峨嵋上下多年來對此諱莫如深，歐陽大俠，請問你是如何得知這些事情的？」

歐陽可笑道：「呵呵，我知道的比你們想像中的要多，這位霍大俠離開峨嵋後，便回到了西域的家，卻發現父親早已亡故，自己一下子成了霍家的主人，因而他回家後的第一件事，不是開宗立派，而是受先父的遺命，去迎娶多年來一直在等他的林仙兒。

「這林仙兒從小便父母雙亡，一直寄養在霍家，霍父亡故後，實際上是她撐起了這個未過門的家族。此女武學天分極高，雖未遊歷中原，但同樣在西域和漠北的武林中闖出了自己的名頭，見到霍達克後，兩人都驚嘆於對方的武學造詣，從指腹為婚變成了兩情相悅，正常發展的話，**應該會成為一段武林神仙眷侶的佳話**。」

歐陽頓了頓，繼續道：「按規矩，父親病故，需守孝三年，在此期間，林仙兒一直伴其左右，兩人的感情也越來越好，只等成婚的那一天。這三年裡，霍達克則根據各派的武功融會貫通，取長補短，創出一門神功，名叫**游龍驚鳳**。」

聽到這名字時，在場的高手們都議論紛紛，相顧間無不搖頭，顯然是沒聽說過這門功夫，屈彩鳳卻是臉色大變，想要說些什麼，終究又忍了下來。

歐陽可頓了頓，看了眼屈彩鳳，繼續道：

「神功創成之時，即是婚禮前的三天，在創立這門武功的過程中，林仙兒與霍達克天天切磋武功，二人不但是情侶，更是熟悉各自武學的至交，即使是一般的同門師兄妹，也遠沒有他們關係親密。」

李滄行一直盯著沐蘭湘，只見她聽到這裡時，明顯地眼神一變，螓首低垂，黯然神傷，李滄行知道她是想起了傷心的往事，嘆了口氣。

歐陽可的聲音仍在迴蕩著：

「也許是造化弄人，老天爺不想成全如此的佳侶，在霍達克神功練成時，林仙兒上前道賀，霍達克半開玩笑地說了句：『你要學這武功也容易，叫我聲師父我就教你。』這句話深深地傷了林仙兒，她是個爭強好勝的女子，當時便和霍達克吵了起來，說創這功夫有她一半功勞，憑什麼要由霍達克來教她。

「霍達克本是玩笑話，給林仙兒一通搶白，覺得失了面子，當即冷冷地說，這武功的精華之處在於峨嵋派的幻影無形劍，而林仙兒對此武功一無所知，要想學只能當他弟子。還說自己要開創天山派，創派後要給這游龍驚鳳起名叫『天山劍法』。

「當晚，林仙兒負氣而去，在霍達克出門尋找她時，她卻跑回霍家，將霍達克從中原帶回來的所有武功藏書都席捲而走。後來機緣巧合，讓她學得日月神教的毀滅十字刀法，她便以此刀法為核心，綜合了各派的武功，創出一套針對游龍驚鳳的武功來，一開始叫反天山劍法，後來林仙兒改名叫林鳳仙，創立了巫山派，就把這武功稱作天狼刀法。」

眾人皆知天狼刀法殘忍惡毒，卻又威力無比，可稱當世第一刀法，卻不知有此淵源，聽到這段武林秘辛，才算是恍然大悟，不禁譁然。

李滄行在驚訝之餘，想起紫光與雲涯子都提到自己當日擊斃向天行時就是用的天狼刀法，腦子裡頓時一片空白，不知這出自西域與魔教的武功與自己有何關係。

「屈姑娘，方才在下所言尊師之事，可否有不實之處？還請指教。」歐陽可轉向屈彩鳳道。

屈彩鳳哼了聲：「這些事你是從何得知？即使在巫山派，師父也只告訴過我一人而已，這和我師父之死又有何關係？」

歐陽可微微一笑：「屈姑娘少安勿躁，答案馬上就要揭曉。你對這霍達克的去向一點也不關心嗎？」

屈彩鳳撇嘴道：「哼，狂妄自大，負心薄情之徒，管他做甚……他去了哪裡？快說。」

李滄行看到屈彩鳳這副明明想知道真相，卻又非要嘴硬到底的樣子，忍不住笑出聲來。

屈彩鳳聽得有人笑，看了過來，狠狠地瞪了李滄行一眼。

歐陽可環顧四周，看到所有人都在盯著自己，深吸一口氣道：

「這位霍達克，經歷了愛侶出奔、藏書被竊的傷痛後，從此意志消沉，也不再想什麼開宗立派了，成天在家借酒澆愁。大約三年後，一群武功高強的蒙面殺手突然襲擊霍家，霍達克武功雖高，激戰之下力斃對方八九人，但無奈雙拳難敵四手，只保得自己一條命，重傷而逃，霍家上下五十多口人，一夜之間盡為仇家所殺。」

眾人紛紛猜測凶手是誰。火華子小聲說，必是霍達克在中原的仇家無疑，李滄行則茫然地搖搖頭。

歐陽可等眾人議論完，開口道：「不用猜了，凶手不是霍達克的仇人，而是林仙兒的，那林仙兒創立巫山派時得罪了許多綠林高手，有二十幾名頂尖高手聯手要收拾她，但林仙兒已經改叫林鳳仙，聽到風聲躲了起來，這些高手找了半年沒找到她，打聽到她在西域的家，因而發生滅門一事。」

眾人恍然大悟。

李滄行本來挺同情林鳳仙，此刻卻覺得此女行事孟浪，連累了霍達克一家，立即對其態度來了個大轉彎，反而同情起霍達克來了。

屈彩鳳反駁道：「這些都是你一人所言，你才三十幾歲，二十多年前也就是個十歲左右的孩子，霍家滅門之事你怎麼可能知道？我師父從來沒提過這事，你休要敗壞她老人家名譽。」

歐陽可拱手行了個禮，道：「屈姑娘，實不相瞞，奔馬山莊雖然比不得少林武當，在西域這裡也算是千年名門世家，西域武林出這樣的大事，我們怎麼可能不知？當年家父還在時，聽聞消息後，立即約了武林同道前去相救，還是遲了一步，只救下霍達克一人。此事你若不信，可找黃沙萬里門的劉門主和崑崙派的何掌門證實。」

此二人都是中原武林人所熟知的前輩名宿，歐陽可敢提這兩人，料想其所言非虛，屈彩鳳秀目流轉，不再作聲。

歐陽可繼續說道：「霍達克傷好後，重新振作起來，憑著當日交手的記憶，一一前往各仇家處尋仇，這才知道事情的前因後果。他家破人亡後性情大變，行事作風也變得陰森狠辣，半年左右就殺光了還活著的十多名綠林高手全家。」

群雄中年紀較長的，對二十年前這件轟動武林之事還記憶猶新，當時無論是正邪各派，還是公門捕快都全無頭緒，時間一久就成了一樁無頭公案，沒想到今天才知曉此事的前因後果。

李滄行雖然同情霍達克的遭遇，卻也覺此人行事過於偏激，實難再稱為俠義之輩。

司馬鴻評論道：「對這些綠林賊人就該如此，要換了我，何止殺他們全家，全寨上下一個也休想活，是不是，展師弟。」

展慕白附和道：「師兄說得對。」聲音卻是陰惻惻地，有種說不出的怪異。

李滄行和展慕白打過交道，他說話絕不是現在這感覺。當下向這兩人望去，卻只能看到背影。

歐陽可看向司馬鴻道：「司馬大俠似乎很能體會霍達克的心情，請問如果你是霍達克，在報了這些仇後會如何？」

司馬鴻當即道：「那林仙兒也算得是仇人，只是畢竟曾是情侶，而且氣走此女他自己也有責任，下手殺她似乎不應該，如果換了我，可能會出家當和尚吧，不會再跟這女人有任何關係。」

歐陽可笑道：「司馬大俠果然是俠義人士，但霍達克和你做了完全不一樣的選擇，他加入了錦衣衛。」

歐陽可此言一出，臺下如炸鍋般，人聲一下子鼎沸起來，所有人都面露不信的神色，嘴上在說怎麼可能。

要知道武林人士追求的就是個性的自由與獨立，若說出於生計考慮，在藝成後進公門的確實為數不少，但以霍達克的蓋世武功，足以開宗立派，成為一代宗師，何至於需要加入錦衣衛，背上個鷹犬爪牙的名聲？

李滄行聽說霍達克加入錦衣衛時，也大感意外，雖然江湖閱歷不多，但也知道這是個特務組織，經常做些監控捕殺大臣、剿滅江湖門派之類的勾當，心中對其頗為不齒。

這時，只聽一我宣了聲佛號，道：「歐陽大俠，請問這霍達克為何要加入錦衣衛，又為何這麼多年在江湖上毫無動靜？」

歐陽可一眼認出了一我的身分：「原來是寶相寺的一我大師，失敬失敬。霍達克加入錦衣衛的原因，在下不得而知，在下只知道他改名為**達克林**，現在已經是**錦衣衛副總指揮，幾乎從不在江湖上現身。**」

李滄行嘴裡默念著達克林三個字，見群雄聽聞後互相打聽達克林這個名字，也多是相顧搖頭，看來這人真的是神秘莫測。

屈彩鳳突然道：「歐陽大俠說的這個故事，真實與否姑且不論，只是不知道這與將我等引來的事有何關係？難道霍達克與我師父的死有關嗎？」

歐陽可點點頭：「當然有關係，你看看她是誰。」

話音剛落，他身邊一位打著傘的白衣女子取下了自己的面紗。

屈彩鳳和身後的巫山派眾人都發出一陣驚呼聲，只見屈彩鳳柳眉倒豎，杏眼圓睜，連頭髮都要立了起來，銀牙幾乎要咬碎，從嘴中迸出幾個字：

「原來是你！」

李滄行定睛一看，見那少女二十出頭的年紀，明眸皓齒，一張素淨的瓜子臉，眼澄似水，身材窈窕，靈動飄然。

李滄行自入江湖以來，見過的絕世美女除了屈彩鳳、楊瓊花、林瑤仙外，當屬此女了。只覺這幾位各有千秋，端的是春蘭秋菊，各擅勝場。

只是屈彩鳳生起氣來過於凶悍，林瑤仙給人以不可接近的感覺，這位白衣少女則多了一份秀雅的靦腆之美。李滄行再看看沐蘭湘，只見她嘟著厚厚的小嘴，也在盯著這女子上下打量，心想，這世上再美的女子又哪能及得上我的小師妹呢。

就聽得這女子衝著屈彩鳳一抱拳，道：「屈姑娘，久違了。」

屈彩鳳「嗆啷」一聲，拔出了腰間的刀，直指這女子道：「說，**你到底是什麼人，為什麼給師父送信引她出寨，你的同夥是誰？**今天你不交代清楚，姑奶奶一定把你大卸八塊！」

那女子淡淡地回道：「屈姑娘，不用這樣激動，尊師的死，在下實不知情，當日只是奉命將信送往貴寨，其他毫不知情，你不會覺得以我的這點功夫能殺得了尊師吧。」

屈彩鳳聽到這話，想了想，情緒略為平復，收刀入鞘，說道：「你究竟是何人，奉了誰的命令做這事？今天你可要說清楚了，不然我一定不會放過你。」

那女子淒然一笑：「我是何人？我也不知道我是何人，我只是這塵世間的一個孤魂野鬼，從小就受盡欺凌，任人擺布，從來沒有決定過自己的命運，直到遇上了歐陽大哥。」

說到這裡，她看了歐陽可一眼，眼中盡是感激與愛慕之情。

頓了頓後，女子接著道：

「小女子名叫**王蓉**，自幼父母雙亡流落街頭，後被錦衣衛副總指揮達克林收養，訓練成**飛魚營旗下的一名間諜**，代號叫**朱雀**。去巫山派送信一事，乃是奉了達克林的命令。事後達克林想殺我滅口，我一路逃亡，逃到了西域，還是沒躲過追殺，正在傷重待斃時，被歐陽大哥所救。今天天下英雄在此，小女子正式改名叫王念慈，從此轉念為慈，脫離錦衣衛這個組織，不理江湖之事，此生唯願與歐陽大哥相守一世。」

屈彩鳳圓睜雙眼，衝著歐陽可道：「我師父哪裡得罪錦衣衛了？竟要下如此毒手？那達克林幾十年不來向師父尋仇，卻在此時下手，實難讓人信服！歐陽可，你的故事未免太荒唐，我才不信！是不是你與峨嵋的爛貨串通一氣，想要幫她們洗清罪孽？」

林瑤仙身後的柳如煙聞言大怒，罵道：「賊婆娘，你罵誰？嘴巴放乾淨點！」

屈彩鳳冷笑一聲。

林瑤仙一直在沉思著，這時道：「歐陽大俠，我信你這故事，只是你的推論確實略顯牽強，難道林鳳仙之死與當年我正派聯盟攻打魔教一事有關？此等機密，朱雀身為間諜只管送信，又是如何得知？」

歐陽可微微一笑：「林掌門果然冰雪聰明，能思常人所不能思。不錯，阿慈確實不知達克林的計畫，是達克林自己告訴我的。」

「怎麼可能！」李滄行心裡的想法從林瑤仙的嘴裡說了出來，這也幾乎是在場每個人的心聲。

歐陽可的表情變得肅穆，聲音也變得沉重而緩慢：

「就在去年十月十七，達克林親自來我山莊，先是說已經知道了阿慈在我這裡，然後半是威脅半是利誘地求我與他合作，要我交出阿慈，以示誠意，錦衣衛會支持我們奔馬山莊的復興，成為西域武林第一大派，並成為錦衣衛在西域的一個分支。達克林此人心機深沉，為使我就範，不惜說出這樁驚天的秘密以展示其勢力之強大，下面就容在下將其原話轉述給天下英雄聽。」

歐陽可說到這，向王念慈點了點頭，王念慈心領神會，開口道：「俠以武犯禁，歐陽莊主可知這是何意麼？」

群雄皆知此女是在模仿當日的達克林，均屏氣凝神。

歐陽克亦照著那天的模樣說道：「在下邊陲野漢，對此實不知，還望達指揮指教一二。」

「呵呵，歐陽大俠可知歷代中原君主最怕什麼，最忌諱什麼？」

歐陽克不假思索地答道：「自是忌諱有人謀反奪他皇位。」

「歐陽大俠可曾聽說過一代雄主漢武大帝？」

「這是自然，漢武大帝南征北戰，打垮匈奴，追亡逐北，端的是一代雄主，即使是身在西域的我，也是仰慕不已。」歐陽克眼中閃出一絲崇拜與敬佩。

「那你可知漢武大帝抑制豪強，緝捕游俠劍士之舉？」

歐陽克臉色微微一變：「哦，竟有此事？這個我倒是不知。」

王念慈（達克林）嘆了口氣：「春秋以降，王孫貴族、地方豪強皆喜收養俠士以為門客，歐陽兄有小孟嘗之名，當知孟嘗君門客三千，多是劍術高強的豪俠之士。」

歐陽克馬上接上了話頭：「這個我倒是知道，只是好像漢武大帝之後，再難聽說有人能養得起這麼多俠客。」

王念慈（達克林）哈哈一笑，說道：「那就是因為漢武大帝開了頭，打擊抑制豪強，取締劍俠之舉所致。設想這些人都身負武功，投入一人門下，那就相當於合法的私人武裝，又身處天子身邊，一旦有所異圖，可直接對皇宮發動攻擊，這讓皇帝如何能安心？」

眾人聞及於此，皆默不作聲。

歐陽克搖搖頭：「但漢武大帝也只是不許王公貴族養門客收劍俠吧，還不至於讓天下民間都不得習武強身，後來不是照樣有了各個武林門派嗎？也沒見朝廷強行下旨取締過。」

王念慈的聲音漸漸地高了起來，態度也開始變得咄咄逼人：

「你說得不錯，**作為門客的劍俠是沒了，千年多來只有作為門派的武林人士存在，後來慢慢有了正邪，有了江湖**。對天子的直接威脅小了，但間接威脅照樣存在。北宋時，明教方臘可以聚眾起事，南宋末的郭靖可以召集天下英雄，以襄陽一城之力獨抗蒙古大軍二十多年，就是本朝太祖也是借了明教的勢力，方才起兵抗元終獲成功。

「遠的不說，就說三十多年前寧王起兵謀反，短短半月間，天下武人投入其軍的就有一兩萬，這些人終年習武，又以門派為單位，組織嚴密。更可怕的是還有親緣血緣關係，加上同門之誼，關係親密，相互間的感情遠遠勝過普通士兵，戰陣上輕生重名，隨便死一個，就能令一堆人為他報仇，無論是武技還是鬥志都遠強於一般的官軍，所以不到一個月，這幫人就幾乎攻下南京，占了大明半壁江山。

「若非當年巡撫江西的王陽明天縱奇才，早有準備，恐怕這寧王就能複製燕王朱棣的成功了。當時幫著寧王起兵的武人裡，從少林到武當再到日月神教，幾乎天下門派都有人加入，換了你是當今的聖上，會對這些江湖豪雄們熟視無睹嗎？」

這一段雖是從王念慈口中轉述，仍然讓在場的人感覺到透骨的寒意。

「這……」歐陽可一時語塞。

王念慈不給歐陽可反駁的機會，繼續說道：

「還有，當今聖上天資聰穎，但並非先帝骨血，由於先帝早崩，膝下無子，重臣合議後才從宗室中選擇了聖上，聖上初登大寶時即遭遇過大禮議事件，群臣逼宮，幸得我錦衣衛總指揮陸大人與其自幼一起長大，忠心耿耿，方才順利度過難關。

「這二十多年來眼見江湖各派勢力日大，少林武當這樣的門派都可以隨意組織起上萬人的隊伍，一旦這些門派勢力被同樣對皇位虎視眈眈的其他藩王所掌控，難保不會再出現第二次寧王之亂。這就叫**俠以武犯禁**，歐陽莊主聽明白了嗎？」

群雄多數出身草莽，對這軍國之事並不熟悉，聽王念慈口中轉述了這達克林的原話，無不大驚失色，即使是鎮靜沉穩如林瑤仙，亦不禁微微動容。

就連一直紋絲不動的司馬鴻，也轉頭與展慕白悄悄說起話來。

歐陽可繼續道：「今日聽達指揮一席話，勝讀十年書啊，只是在下這奔馬山莊地處西域，並非大明所轄，閣下與我說這些事，不知有何用意？」

王念慈乾笑兩聲：「哈哈，莊主果然快人快語，在下也就不必再作鋪墊了。實不相瞞，在下此來有兩件事有求於莊主，**一是希望莊主交出我錦衣衛的叛徒朱雀**，她現在就在莊中，這點我很確信；二是希望**奔馬山莊能與我錦衣衛合作，共圖大事**。這是一點見面禮，不成敬意。」

王念慈做了個開箱子的手勢。

群雄一見，皆知達克林必是攜重金上門收買歐陽可，看這奔馬山莊富麗輝煌，也不知那錦衣衛出多少銀兩當作見面禮。

歐陽可的神情變得嚴肅起來：「這第一件事恕難從命，朱雀姑娘與我一見如故，情投意合，在下有意迎娶她，作為我奔馬山莊的正室夫人，因此拼了我這條命也不允許有人傷害她，此事請達指揮莫要再提。」

王念慈不屑地「哼」了聲：「一日為叛徒，終身為叛徒，她今天可以背叛我錦衣衛，明天也能背叛你奔馬山莊！歐陽莊主，我這是為你好，莫要為她美色所迷。此女的底細我們最清楚不過，**為了活命，她什麼都做得出來，這世上沒有她不能出賣的東西。**」

歐陽可臉色一變：「達指揮說的話我就不明白了，據朱雀姑娘說，她只是依你命令向巫山派送了封信，連信裡是啥也沒看過，為何你要向她下此狠手？非要置之於死地不可？」

王念慈的嘴角動了動：「這事關我錦衣衛機密，請恕在下不便相告。」

歐陽克冷冷道：「達指揮，你既然說要與我合作，卻言辭閃爍，對事關我未來夫人的事也不肯相告，這又怎見你們錦衣衛的誠意呢？如果朱雀有事隱瞞我，你告訴我後，我自當重新考慮你的提議，但你若不肯說，我怎麼能信得過你呢？」

王念慈眼中精光一閃，下決心一跺腳道：「好吧，為了表示合作的誠意，我就把此事的原委告訴你，還望歐陽莊主不要告訴他人。」

「你說吧。」歐陽克的語氣依然冷酷無比。

王念慈壓低聲音：「方才兄弟說了半天的俠以武犯禁，莊主應該知道**當今聖上有意削弱這些江湖門派**。」

歐陽可點了點頭：「這個我知，那又如何？」

王念慈露出一絲詭異的笑容，「最好的辦法自然是**挑起江湖爭鬥，讓正邪之間來一場大戰**，但正派實力超過魔教，如無巫山派相助，這一仗有可能會直接滅掉魔教。這樣**江湖就失去了平衡**，正派沒了對手，勢必以後會把矛頭指向官府，你應該也知道，公門之人仗勢欺人、作威作福的不在少數，碰到喜歡行俠仗義的江湖人士，起衝突是必然的事。」

群雄聞言皆覺有理，幾乎每個人都路見不平、拔刀相助過，吃過官司進過大牢，甚至通緝在身的也不在少數。

王念慈又道：「我們錦衣衛經過多年的努力，終於機緣巧合碰上了正道聯軍大舉進攻黑木崖一事，於是我們一邊通知魔教，讓其召回部眾早作準備，一方面設法讓巫山派在最關鍵的時候站在魔教一邊。只有這樣，才能讓正邪雙方兩敗俱傷，數年內無法恢復元氣，對朝廷不再構成威脅。至於事後，雙方結下了血海深仇，不死不休，更是無心無力再與我官家為敵了。」

歐陽可「哼」了一聲：「哼，好狠的計策，只是不知道你們有何辦法能讓巫山派乖乖聽令？那可是綠林領袖，天生就與你官府為敵。」

王念慈咬牙切齒地說道：「在下早年曾與那林鳳仙有過一段淵源，投入錦衣衛也是為了方便查找這賤人下落，以便報仇。沒想到她改名創立了巫山派，又戴上面具不以真面目示人，我明查暗訪多年，才於前兩年得知她的下落，現在她勢力已成，武功又高，我一個人對付不了她。這次正邪大戰真是天賜良機，可以讓我一舉兩得，既完成任務又報得大仇，所以**我讓朱雀冒充峨嵋弟子，持了信物去約林鳳仙單身出來與我相見，我再將其殺死，嫁禍給峨嵋**，這樣在落月峽大戰時，巫山派就從背後突襲正派聯軍，這就是你所知道的落月峽之戰的結果了。」

群雄聽到此處，早已按捺不住心中的怒火，狂罵之聲不絕於耳。

歐陽可恍然道：「怪不得你非要殺朱雀不可。這事暫且不說，再說第二件。奔馬山莊身處西域，這裡更多的是漠北韃靼的勢力範圍，我們多年與漠北的王公貴族交好，無論如何也不可能成為你們錦衣衛的分支，這些金銀還請達指揮拿回去，恕難從命。剛才的事我會為你保密，也請你高抬貴手，放過朱雀。」

王念慈學著達克林哈哈一笑：「我朝與漠北韃靼斷絕關係已有百年，自立國以來與蒙古的衝突不斷，邊境軍民深受其荼毒，數十年前的土木之變仍猶在目，我們錦衣衛既然要為皇上分憂，也需要通過各種方式取得漠北蒙古的情報，知道他們的動向，所以與貴莊的合作算是軍國大事，還請不要推辭。若是歐陽莊主答應這個要求，我們錦衣衛可以不追究朱雀的背叛，因為這樣一來，她也算與莊主同歸錦衣衛。」

歐陽可長出了一口氣，對在場的群雄說道：「基本上就是這些話，當日我沒有鬆口，最後達克林見話越說越僵，就留下話來，說是給我半年的時間考慮，語氣中暗含威脅，那二十箱金銀珠寶也留在莊內沒有帶走。這些時間以來，我左思右想，我歐陽可頭可斷血可流，祖宗基業與威名斷不可棄，因此今天當著天下群雄的面說出這些秘事，**公開拒絕錦衣衛的要求**，算是我對錦衣衛的正式回答。」

群雄立即爆出雷鳴般的叫好聲。

李滄行也被其不畏強權的氣勢所感染而鼓掌喝采，但回過神來，想到那達克林何等厲害，連縱橫天下的林鳳仙都死在他手，加上又有勢力龐大、高手如雲的錦衣衛作後盾，只怕奔馬山莊會有極大的風險。念及於此，不禁為奔馬山莊和歐陽可捏了一把冷汗。

屈彩鳳等人聲平靜下來後，衝著歐陽可抱拳道：「多謝歐陽莊主告知家師死因真相，青山不改，綠水長流，就此別過。」言罷轉身要走。

「站住！」司馬鴻一聲喝道。

屈彩鳳轉過身來：「司馬大俠有何指教？」

司馬鴻眼裡殺機一現：「剛才我說過，賊婆娘和魔狗子一個也別想逃，說，你想怎麼個死法！」

「司馬鴻，我敬你堂堂掌門身分不凡，所以一再對你無理言行有所忍讓，別不識抬舉，以為本姑娘真怕了你，打就打，皺下眉不算英雄好漢！」

屈彩鳳寶刀出鞘，擺開了架式，身後的邪派諸人也紛紛亮出兵刃。

「賊婆娘，當日我師姐死在你們這些魔教妖人和土匪之手，身上給捅了十四個洞，今天大爺也會在你身上刺十四個洞，少一個我就不姓展！」

展慕白的聲音又尖又細，配合著這些話，讓人大白天都聽得毛骨悚然。

歐陽可一看雙方要動手，忙站到兩撥人中間，向左右各行了個禮：「各位英雄，錦衣衛正巴不得你們正邪雙方自相殘殺，不要做這親者痛仇者快之事啊。」

屈彩鳳一點沒有罷手的意思：「歐陽莊主，你的好意我們心領了，只是正邪之爭已有千年，我巫山派也一直被這些虛情假義的正道人士所不齒，即使沒有達克林插手，彼此翻臉動手也是遲早的事。實不相瞞，戰前師父就已經召集了各分寨的人馬，即使達克林不殺師父，我們也會趁機進攻峨嵋金頂，所以我們的仇恨是不會因為殺師真凶另有其人而有所改變的。」

歐陽可嘆了口氣，轉向司馬鴻道：「司馬大俠，今天能否看在在下的面子上，別在這裡動手？你們的恩怨還是回中原解決，可以麼？」

司馬鴻點點頭：「既然歐陽莊主這樣說，在貴地動手確實不太合適，也罷，讓這幫魔狗子賊婆娘多活幾天，回中原我們再收拾他們。師弟，我們走。」

說完，司馬鴻身形一動，整個人如大鳥一樣從人群頭頂飛過。

展慕白跺了跺腳，心有不甘地隨之而去，一黑一白兩道人影快逾閃電，一轉眼就在山道上消失不見了。

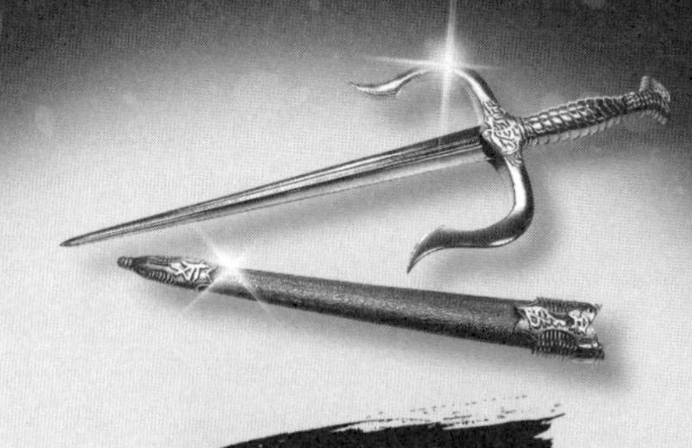

第九章

練愛對象

李滄行心中無名火起，將沐蘭湘推開，厲聲道：
「搞了半天你還是把我當練愛對象，而不是戀愛對象！
現在徐林宗生死不明，你就來找我，
只要他一出現，你又會去找他是不是？
我只不過是你的一個備用候補罷了。」

正派兩大高手一走，圍觀看熱鬧的群雄們也紛紛告辭。

火華子本也想走，卻被李滄行一把拉住，低聲在耳邊道：「師兄，林鳳仙之死牽涉錦衣衛，我想這與正道各派中的黑手一定有關係，不如留下，我感覺有事會發生。」

火華子點點頭又留了下來。

屈彩鳳冷冷地看了眾人一眼，道：「跟各位的帳，咱們回中原再算。林大哥，我們走。」一言罷，帶著幾十名巫山派的部下轉頭離去，那林振翼則向眾人行了個禮後，也帶著身後的隨從們一起離開。

林瑤仙回身向其他的正道人士一抱拳，道：「今天多謝各位仗義出手，林某感激不盡。」

眾人皆回禮答謝。林瑤仙又向歐陽可謝過了洗罪之恩後，也帶著柳如煙等人下了山。

李滄行見歐陽可帶著王念慈轉身離去，對火華子使了個眼色，出去繞了個彎後，使出輕功上了殿頂，一路跟著歐陽可，最後跳到了他的面前。

歐陽可身後的白衣女子們大吃一驚，紛紛拔出劍，歐陽可則微微一笑，說道：「兩位不下山去，跟蹤在下至此，有何指教？」

火華子行了個禮道：「在下三清觀火華子，這位是我師弟李大岩，有事想和歐陽莊主商議，不知可否借一步說話？」

歐陽可的劍眉微微一挑：「原來是雲涯子前輩的首徒火華兄，還有這位三招打倒花花太歲的李大俠，久仰久仰。請隨在下到書齋一敘。」

歐陽可在王念慈耳邊吩咐了幾句後，王念慈便帶著身後的白衣女子們離開，歐陽可一人在前面引路。

李滄行見他說出自己打倒傅見智的事，知道他這聲久仰不是一般的客套話，心下頓生好感，跟著歐陽可到了他的書房。

這裡空無一人，門外連值守的人影也不見一個。

分賓主坐定後，李滄行道：「歐陽莊主既然知道我等一路跟蹤，為何不加以防範，反而以上賓之禮待之？還摒退左右，孤身一人引我等到此，就不怕我二人對你不利麼？」

「兩位以誠心待我，我又何必提防？實不相瞞，二位一到甘州住進大漠客棧時，在下便已掌握了二位的動向，方才二位上殿頂時，在下亦注意到了二位的輕功身法，確實是三清觀的神行百變無疑。二位既然對在下不隱瞞自己的師承來歷，必是有要事相商，為示誠意，在下與二位單獨相對，又有何不可？」

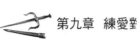

火華子點點頭：「這樣最好，那我們就開門見山了。歐陽莊主這樣當眾揭穿錦衣衛的陰謀，就不怕他們報復嗎？」

歐陽可嘆了口氣道：「怎麼可能不怕？那達克林的武功連林鳳仙這樣的蓋世高手都能殺掉，我又怎麼可能會是他的對手，但要把祖宗基業與心愛之人拱手相讓，成為他錦衣衛的下屬，又讓我如何能甘心情願？我死後，又有何面目去見歐陽氏的列祖列宗？」

李滄行問：「那莊主可有什麼萬全之策避過這場劫難？」

歐陽可無奈地搖搖頭：「說實話，達克林真要是親自帶錦衣衛高手前來問罪，我也只有暫避鋒芒了。近日以來，在下在甘州城中遍布耳目，一旦發現達克林的下落或者是可疑的高手，隨時做好撤離的準備。不過，我估計錦衣衛的陰謀敗露，中原各派應該會向他們復仇，短期內達克林未必有精力來找我麻煩。」

李滄行正色道：「莊主，你可能有點過於樂觀了，據在下所知，中原各派，無論正邪恐怕都有錦衣衛的內線存在，落月峽之戰後，正邪各派均是元氣大損，根本無力向錦衣衛尋仇，指望他們找達克林算帳，幾乎不可能。」

歐陽可臉色大變：「什麼，各派都有錦衣衛的內線？這怎麼可能！」

火華子和李滄行對視一眼，開口道：「實不相瞞，我二人此次前來貴莊，就是想查一查這方面的事情，莊主的情報證實了我們的猜想，**挑起正邪大戰的幕後黑手，果然就是朝廷，是錦衣衛。**」

歐陽可腦門上開始冒汗：「這可怎麼辦，要是中原各派無法牽制達克林，恐怕他很快就會來這裡報復，唉，這回看來是我失算了。」

火華子微微一笑：「歐陽莊主，我們師兄弟想在貴莊叨擾幾日，以觀其變，不知道可否行個方便？」

「太好了，有二位相助，幸何如哉，請受在下一拜。」歐陽可大喜之餘，起身離席向二人行禮。

只聽到門外傳來一個清脆悅耳的聲音：「也算我一個。」

李滄行心中一凜，暗叫慚愧，只怪自己剛才與歐陽可聊得太入神，都沒發覺有人在門外，來者若是心存歹意，恐怕自己這回要吃大虧。但一想到這聲音，立馬又故作鎮定地盯著歐陽可不轉頭。

是的，來人正是小師妹。

只聽到沐蘭湘的腳步聲自遠而近，一直到離自己四五步處停下，然後對歐陽可道：「歐陽莊主，我一路跟著這二位前來，在外面多聽了幾句話，還請恕罪。」

歐陽可擺擺手：「無妨，在下一直留意著姑娘，只是沐女俠乃是武當門下，與這兩位三清觀的道兄也有淵源麼？」

沐蘭湘轉向火華子與李滄行，抱了個拳，道：「火華師兄，還有這位李大俠，久違了。」

火華子忙起身回禮，李滄行此時避無可避，只得站起來回了禮，與沐蘭湘的目光一閃而過。

「李大俠，小女子上回在貴派任性胡為，傷了閣下，實在是過意不去，幾番想去黃山當面賠罪，都因有事在身，未能成行，今天在這裡碰巧遇上了，真是天意，在此特為上次的事情向您道歉，還望您大人不記小人過，原諒小女子。」小師妹說著說著，單膝就要下跪。

李滄行嘴裡說著「不必掛心」，伸手就要去扶。就在二人距離不過半寸時，沐蘭湘突然出手，一招二龍戲珠，右手二指呈鷹爪狀，就向著李滄行的雙眼摳去。

變生肘腋，李滄行來不及躲閃，左手順勢使出天山折梅手的招式，變掌為指，在沐蘭湘右手肘彎處酸經輕輕一點，頓時沐蘭湘整條右臂沒力氣軟了下來，李滄行則順勢一托，道了聲「姑娘請起」，將失去重心險些跌倒在地的師妹扶了起來。

沐蘭湘這次試探又未成功，氣呼呼地說了句「多謝」，一個人轉頭坐到一旁的椅子上，小嘴嘟得老高，再也不多看李滄行一眼。

歐陽可哈哈一笑，道：「看來李兄與沐姑娘淵源頗深啊，可喜可賀。」

李滄行心下大急，忙要辯解，只聽沐蘭湘恨聲道：「歐陽莊主請別誤會，小女子與此人並無淵源，只是懷疑他是小女子認識的一個故人，因而出手試探而已，小女子心中早有所屬，請勿戲言。」

歐陽可聽她如此說，嘆了口氣收起笑容，鄭重其事地向二人致歉。幾人又閒聊了幾句後，歐陽可安排客房讓三人住下。

接下來的十幾天裡，李滄行除了每日巡視山莊外，也就是與火華子切磋三清觀的武功，每當他練功時，沐蘭湘都會有意無意地經過，到了後來更是扔下偽裝，直接站在一旁動也不動地盯著李滄行練武。

但李滄行沒有一招用的是武當的功夫，加之每次練功前刻意在身上抹些辣椒醬和醋之類的調料，次次都讓小師妹失望而歸。

歐陽可自那日以後也宣布閉關練功，不再出現。

不知不覺，四月快到了，歐陽可在結束了二十多天的閉關後，也於今日正式出關。

李滄行見這裡一切安好，料那達克林陰謀敗露，來這裡報復也無意義，加之心裡想著再過一個多月，魔教與師父的一年還書之約就要到了，與火華子商議後，就準備向歐陽可辭行。

可是李滄行心中又有些不捨，畢竟在這裡可以和沐蘭湘朝夕相處，這一別又不知何時才能再會。

兩人來到歐陽可的書房，只見他白衣飄飄，坐在書桌窗前正在寫信，王念慈則含情脈脈地一邊看著他，一邊為他磨墨。

火華子上前行禮告辭道：「歐陽莊主，在莊上叨擾多日，實在過意不去，在下師兄弟幫中還有要事，這裡既然一切平安，我等就先回去了，還望您保重。」

「唉，兩位太見外了，你們是給在下帶來平安的兄弟，住多久都可以，要不我安排人帶二位到鄰國波斯去看看，見識一下與中原完全不一樣的異域風情？」歐陽可大力挽留道。

火華子笑道：「謝謝莊主的好意，在下師門確有急事需要趕回，還請見諒。」

歐陽可知道兩人去意已決，嘆了口氣：「既然如此，在下就不強留了，二位一路走好，以後有用得著兄弟的地方儘管開口。」

火華子拱手道：「好說好說，日後定會重逢，就此別過。」

二人走到山門前，只見沐蘭湘倚著牌坊下的漢白玉柱子等候在那裡，見到二人便道：「你們這是要下山麼？」

「正是。」火華子知道李滄行不方便與師妹過多接觸，搶先回道。

沐蘭湘盯著李滄行，道：「我跟你們一起走。」

火華子微微一怔：「沐姑娘不是要留這裡幫忙守護歐陽莊主嗎？」

「明知故問！」沐蘭湘瞪了火華子一眼，撅起了小嘴，眼光卻始終不離李滄行。李滄行給她看得心裡發毛，只好目光移往別處。

火華子笑笑道：「也罷，此行回中原需要長途跋涉，路上未必安全，結伴行走自然是最好。」

沐蘭湘秀目流轉：「只是不知這位李大俠是否嫌棄我呢？」

李滄行忙道：「當然不會，有沐姑娘一路同行，路上自是不會寂寞，多個人照應總是好的。」

「嘻，我就知道你不會扔下我一個人的。」沐蘭湘一直緊繃的臉終於綻放出笑容，就像春天剛開的花朵一樣美麗，李滄行不由看得癡了。

還是火華子拉了他一下，李滄行才意識到自己的失態。當下三人離開山莊，前往甘州城。

仍是進了那家來時住過的旅館，一進門，掌櫃的就親自出迎，低聲在火華子耳邊說了兩句，李滄行聽得清楚，那掌櫃說自己是歐陽莊主在這城裡的一處眼線，公子交代過，若是這幾位來客棧時，一定要盡心服侍，不得怠慢，至於住店的錢自然是全免。

火華子謝過掌櫃後，眼見大堂內人多眼雜，便招呼李、沐到了樓上的客房，不一會兒店家將酒菜送入房內。三人探過房間四周，確信無人偷聽後便坐下議事。

火華子道：「沐姑娘這幾日在山莊裡有何發現？」

沐蘭湘搖搖頭：「沒覺得有什麼人可疑，奔馬山莊內部的監控非常嚴密，有一次我夜裡出來踩點，就碰上了四個暗樁，如果不是莊主早有交代，只怕以我的身手想衝出山莊都不容易，更不用說攻擊山莊了。」

李滄行附和道：「嗯，山莊確實防範嚴密，姬人與蛇奴各司其職，明樁暗線也是交錯掩護，一般的人想攻破幾乎是不可能的事。不愧是有幾百年底蘊的西域名門，看來山莊的防守並不需要我們幾個瞎操心。」

「先不說奔馬山莊的事，李大俠，這次歐陽莊主揭露了落月峽之戰乃是錦衣衛的陰謀，不知你有何看法？」沐蘭湘盯著李滄行問。

李滄行想了想道：「這個麼，我覺得達克林的話就是當今朝廷的態度，江湖人士確實以武犯禁，錦衣衛安排如此計謀引起正邪廝殺，削弱武林的力量，有動機也有能力。現在回想起來，正派一路攻到落月峽時，後勤補給沒有任何麻煩，官府也沒有對這數千江湖人士的集體行動有過任何異議，確實極不正常，現在真相大白，官府就是希望我們和魔教拼個兩敗俱傷。」

沐蘭湘秀目流轉，看著李滄行道：「李大俠，當年正邪大戰時，我好像沒見過你呀，如果沒記錯的話，貴派只來了火華子和火松子兩位師兄，都在我大師兄那一組裡，難道您當時也來了？而且，您的這副表情永遠喜怒不形於色，也太神奇了點吧，是什麼功夫，能教教小妹嗎？」

李滄行意識到小師妹這又是在套自己的話，思索了一會兒後回道：「在下自幼練功不慎，導致面癱，無法像常人一樣有豐富表情，實在慚愧。落月峽之戰，在下雖未親身參與，但事後聽二位師兄描述當時大戰的慘烈，端的是心馳神往，只恨未能身臨其境，與各位同道一同殺個痛快，所以只能在事後發發評論罷了。」

沐蘭湘「哼」了聲，嘟起小嘴不說話了。

火華子見二人又鬧僵，忙接話道：「看來江湖上又要一陣腥風血雨了，我等正派不僅要與魔教為敵，以後還要對付錦衣衛。這錦衣衛應該是在正邪各派裡都有內線，要想與他們正面對決，恐怕還是要先找出內鬼才是。」

沐蘭湘的心思從李滄行身上轉移到了這個內鬼的話題：「我那天聽你們說這事時就心裡奇怪，這錦衣衛當真如此無孔不入，連我武當也混進了他們的人嗎？」

火華子點點頭：「錦衣衛的滲透能力超過了我們的想像，只怕即使是武當也未能倖免。實不相瞞，我們來這裡之前，就知道有一個實力強大的組織在各派都進行了滲透，來此也是為了求證這個組織是誰。現在基本上可以確定這個組織就是錦衣衛無疑，各大派的掌門應該對此也心裡有數，回頭會對自己的門派做一番清理，消除了內奸的威脅後，方可集中力量再與邪派乃至錦衣衛一較高下。」

沐蘭湘聽著這些話，心事重重，李滄行偷偷看去，她的眼中竟似隱有淚光。

三人各懷心事，匆匆吃完飯後，沐蘭湘便回房歇息。

三更時分，李滄行突然聽得外面街上人聲嘈雜，叫醒火華子奔出客棧，沐蘭湘也跟著衝了出來，這一看不打緊，只見奔馬山莊方向火光沖天。

李滄行大叫一聲糟糕，施展輕功直向奔馬山莊奔去。

奔了不到五里地，進入山林小道中，李滄行突然感覺到前方一陣強烈的殺氣，這種感覺他只在碰到向天行時遇到過一次，心中暗自一凜，不由得放慢了腳步。

此時後面的火華子也同樣感覺到了殺氣，二人並肩而立，雙雙拔出長劍，鼓起內息。

過了片刻沐蘭湘才奔到，埋怨道：「你們跑這麼快做甚麼，也不等等我！」見兩人一副備戰的架式，也感覺到了這股殺氣，忙抽出劍來，站在二人身邊。

只聽前方一個陰惻惻的聲音道：「你們三個小娃娃倒是有種，居然還敢回來！本座今天正好見識一下道家的年輕一輩能有多大出息。」

不久，前方便出現了一個瘦高的身影，身穿錦衣衛的大紅繡金官袍，腰上一根碧玉帶，頭頂紫金冠，披了件大紅的披風，長鬚飄飄，像個中年文士，但眉宇間卻有種說不出的殺氣，讓人不寒而慄。

火華子沉聲道：「閣下可是錦衣衛副總指揮達克林？」

那人笑了笑：「正是本座。」

三人聞聲均是一震，心中暗自叫苦，想不到在此處碰到這等高手，當下四處張望，想要尋找脫身路徑。

達克林識破道：「不用想著逃跑，本座的輕功與追蹤術冠絕天下，你們若能在本座手下走上三百招，就放你們三個走，不然就去和奔馬山的人結伴上路，不也遂了你們的願麼！」

李滄行心中一驚，喝道：「你把歐陽兄怎麼了？」

「他敢壞本座的好事，自然要付出代價，我們錦衣衛向來言出如山，當日就跟他有言在先，若是不從，或者洩露合作的事，就滅他山莊，說到自然要做到，不然怎麼叫錦衣衛？哈哈哈。」達克林陰笑著道。

「你好狠的心！全莊上下幾百條性命，你做下這等惡事，當心遭報應。」沐蘭湘氣得渾身發抖。

達克林冷冷道：「你是武當的沐姑娘吧，收起你那點無用的同情心，這可是歐陽自找的。自古成大事者就得血冷心硬，連這點都做不到，還做什麼錦衣衛?!我當年在武當學藝，和你父親也有點交情，念在他現在已經成了廢人，我今天就不為難你，你走吧。」

「呸，誰要受你恩惠，你這武當的叛徒，害死這麼多武當同門，今天我就跟你拼了。」沐蘭湘越說越激動，當下也不再多囉嗦，長劍畫出數個光圈，正是兩儀劍法的起手式。

李滄行與火華子一見小師妹已經發動攻勢，立即分散開來，從三個不同的方向攻向達克林。

達克林冷笑一聲，手中的劍也不出鞘，直接向地上一插，徒手就迎著三人的攻勢逆向而上，先是腳踏北斗步，以不可思議的速度欺近了沐蘭湘，沐蘭湘大吃一驚，長劍倒轉，沿著周身畫出光圈，只一招便攻守易位。

接著，達克林飛起一腳直踹火華子的中門，火華子被迫變刺為削，劃向他的右腿，達克林則右腿下壓，腳尖如同一條昂起的蛇頭，一腳踹在火華子的右腿迎面骨上。

李滄行認得這乃是鴛鴦腿法中一招凌厲的中腿下踹式，剛想出言示警時，火華子已經中腿，摔倒在地。虧得他武功不弱，就地兩下地趟刀法，逼退了達克林的進一步攻擊，拄著劍站了起來，卻是一瘸一拐，難以再戰，只得退在一邊，倚著樹強行調息腿上的經脈。

只三兩招間，達克林便打倒了火華子，逼退沐蘭湘，這份功力實在是駭人聽聞，李滄行退無可退，只能咬牙硬上，腳踏玉環步，左右腿交替，以鴛鴦腿法踢出，右手使出霞光連劍，左手則連續以黃山折梅手的擒拿手法攻擊。

達克林「咦」了一聲，似是吃了一驚，收起笑容，也以一路空明拳法還擊，一邊打一邊還不停地評道：「嗯，這招如封似閉不錯，可惜力量差了點。」

「嘿，霞光千里這招轉紅雲滾滾，本座三十年前想到的，你小子也想到了?!」

「無影連環踢力量夠了，速度差了點，本座要是用劍，你這腿就沒了。」

「嘿嘿，小妞，本座看這小子有點意思，陪他玩玩，你就別搗亂了。」

如此這般，達克林只用一隻左手捲起披風，就迫得沐蘭湘無法近身，而右手和雙腿則用來應付李滄行。

拆了一百多招後，李滄行只覺他手上力量越來越大，身形也開始加快，隨著他的逐漸發力，對自己的壓迫感越來越強。李滄行知道如此這般，自己絕撐不了五十招，再看沐蘭湘，只能隔著一丈多遠，畫出一個個光圈以求自保，再看向火華子，只見他頭上豆大的汗珠在不停地滴著，知道他中的這腳非同一般，一時半會兒難以復元。

自己絕不能把師兄和小師妹扔在這裡，念及於此，他再也顧不得隱瞞武功，拔出腰間的軟劍，手中的劍法一變，左手軟劍以繞指柔劍去纏達克林的右手，右手的長劍則以奪命連環劍急攻達克林的上路。

達克林對這突然的節奏變化吃了一驚，右手險被軟劍纏上，忙使出御風千里的上乘輕功身法向後躍去。如牆般的內勁壓迫一消，沐蘭湘立時攻了上來，與李滄行四目相交，眼中盡是濃濃的愛意。

李滄行低聲喝道：「攻他下路。」

沐蘭湘心領神會，兩儀劍法畫出一個個光圈，招招不離達克林的雙腿。達克林暴喝一聲，嗆得一下長劍出鞘，擋住了李滄行當面的攻勢。

「好小子，看不出你居然還是武當門下，本座差點走了眼，來來來，好久沒用劍了，今天好好陪你玩玩。」

他一邊說話，一邊雙腿反踢，這回達克林的腿上運滿了內力，沐蘭湘一劍砍在他小腿上，居然被震得長劍差點脫手而去，這才知他有護身寶甲或者是護身勁護體，當下不敢再用劍與他直接相交，轉而試圖用兩儀劍法的綿力卸他護體勁後，再刺他要穴。

達克林冷哼一聲，也不管沐蘭湘，長劍揮出漫天劍影，直接向李滄行攻來。

李滄行從未見過如此快的劍法，眼前的達克林，身影彷彿一下子變成了三個，同時向自己的上中下路攻擊。李滄行當下大駭，長劍使出夜戰八方式，把周身護得密不透風，只能把軟劍使出毒龍鞭法，遠遠地對那快速移動的人影進行攻擊，希望能迫得這該死的身影稍微慢一點。

又這樣纏鬥了十幾招，李滄行只聽得沐蘭湘悶哼一聲，她的手腕中了達克林一腿，長劍脫手而飛，略一分心之際，手中劍勢一慢，左手軟劍被達克林一劍削到劍身，一下子斷為兩截。

李滄行心下大驚，忙貫真氣於軟劍，將斷劍擲出，腳下使出玉環步，歪七扭八地向後倒去，只覺面前勁風撲面，趕緊就地一滾，臉上一涼，束髮的布條被劍氣斬斷，頓時披頭散髮，戴著的面具也被劍氣劃得四分五裂，落在地上。

站起身來，只看到對面的沐蘭湘滿眼淚光地看著自己：「大師兄，果然是你，師妹找得你好苦！」

李滄行眼見這最後的偽裝也掉了下來，苦忍許久的情緒不用再壓抑了，不禁兩眼朦朧，想立刻奔過去把小師妹抱在懷裡，他的腳步向前移動，突然間，模糊的視線中出現了達克林那張陰森森的笑臉。

「嘿嘿，想不到黃山三清觀的李大岩，居然就是赫赫有名的武當大師兄李滄行！我們找你很久了，聽說向天行也死在你手上，但剛才一戰你雖然功夫不錯，在你這年紀算是佼佼者，卻遠遠不至於能徒手格斃那老魔頭，難不成你還在隱藏實力？」達克林露出森森白牙道。

李滄行聞言驀然驚醒，暗叫糟糕，當下強敵在前，自己絕對無法對付，當下向沐蘭湘叫道：「師妹快走。」言語間長劍揮出，急攻達克林周身要穴。

沐蘭湘一跺腳，哭聲道：「我才不走。」她撿起地上火華子的劍，向達克林下盤攻去。

這次李滄行心中亂了分寸，招式中破綻便多了出來，達克林嘿嘿一笑，只數招間就把二人迫得只有招架之功而無還手之力了。

又過數招，沐蘭湘被迫與達克林硬對了一掌，當下血氣翻湧，一連退後十幾步，幾乎要吐出血來。

達克林哈哈一笑，收了招數，道：「小娃娃，別再作無益的抵抗了，陸大人有令，碰到你一定要生擒，帶到他面前。你今天要是肯和我走，我就放了他們兩個，不然別怪我不客氣。」

李滄行氣喘吁吁地看著火華子與小師妹，心中暗想：此番怕是難逃此劫了，但好歹能保住二人的性命，也算不幸中的萬幸，正要開口應承時，只聽沐蘭湘哭道：「不要跟他走，你走，我馬上死在這裡。」

李滄行轉頭一看，只見沐蘭湘把劍架在自己的粉頸上，鋒刃所至，竟然劃破了一道口子，滲出血來。

電光火石間，李滄行突然想到了夢裡無數次和沐蘭湘練兩儀劍法的情形，叫道：「師妹，兩儀劍法！」

沐蘭湘還沒來得及回過神來，李滄行手中長劍已畫出三個光圈，出坤位向達克林攻了過去。

達克林手中長劍一震，幻出滿天的劍影，向李滄行反壓過來，突然間他大吼了一聲，如山的劍影一下消失不見，人卻疾退三丈。

李滄行看得清楚，他的左手竟有鮮血流下，在他原來站立的地方，沐蘭湘正站在坎位上，舉著的長劍上，血正在向下滴。她張大了嘴，連自己也不信居然能刺中達克林。

達克林臉上一陣青一陣紅，向李滄行喝道：「你怎麼也會兩儀劍法？」

李滄行茫然道：「我也不知道，夢裡學會的。」

達克林氣得罵道：「呸，你糊弄誰！當本座是三歲娃娃麼？」

李滄行笑了起來：「不管你信不信，反正我是會了！師妹，兩儀日月！」

李滄行一擊得手，信心十足，長劍迅速畫出兩個光圈，從震位出劍，勢如奔雷，沐蘭湘則劍上如有千斤重，緩緩地推出四個光圈後，從離位刺向達克林的膝蓋。

達克林正在與李滄行的長劍光圈攪在一起，一時不能脫出，感覺到沐蘭湘的長劍帶著風雷之聲急襲自己的下盤，忙向後一退，只聽「嘶啦」兩聲，手上的袖子與腿上褲子同時破了兩個口，露出了裡面的連環寶甲。

沐蘭湘嬌叱一聲：「**兩儀一氣**。」整個人擁進李滄行的懷裡，李滄行左手輕攬著她的蜂腰，猛的一旋，在她的臀部用力一托，沐蘭湘如同一個旋轉的陀螺一般凌空而起，轉眼在空中畫出七八個大大小小的光圈，罩住了達克林的上半身三四個大穴，李滄行則在地上一個滾翻，一邊打著旋，一邊畫出一個個光圈，直攻達克林的下盤。

二人的劍法，一個極快，一個極慢，卻配合得恰到好處，後發的往往先至，又能以八卦方位鎖住達克林的退路與閃避空間，較之一人使兩儀劍法，威力大了何止數倍。

達克林暴喝連連，幻影無形劍閃出如山的劍影，卻被這些光圈一一纏住，自己的閃避空間則是越來越小，數十招後，只聽破衣之聲不絕於耳，他外頭所罩的一身大紅官袍已經被劍氣攪得如一塊塊紅布條一樣貼在身上，完全露出了內裡穿的連環寶甲。

達克林做夢也沒想到這二人居然能將兩儀劍法發揮得如此威力，自己縱橫天下幾十年，今天幾乎要折在兩個小輩手上，傳出去，一世英名不保，他一咬牙，大吼一聲，劍上貫了十成力，不再與兩人的劍纏鬥，而是直接以內力壓迫兩人的空間，八成的攻勢都逼向沐蘭湘。

這一招果然簡單直接，沐蘭湘劍法雖妙，但畢竟內力遠不如他，十數招下來，被他的內勁帶得搖搖晃晃，好幾次都是靠了李滄行放棄進攻的機會為她擋劍，才躲過一劫。

李滄行一看這樣不是辦法，突然靈機一動，連揮三劍，暫時逼退了達克林，與沐蘭湘站到一處，對著師妹道：「**兩儀合璧！**」

沐蘭湘心領神會，兩人劍勢同時變得極快，在身邊揮出十數個光圈，達克林只覺劍氣撲面，不敢輕進，突然間兩人劍勢一停，同時舉劍向天，兩臂互交，四目相對，郎情妾意，盡在不言中。

達克林從未見過這架式，不由一愣，突然見兩人同時轉向自己，大喝一聲，兩劍一下子脫離手中，極速旋轉起來，達克林想起這是傳說中兩儀劍法的最後一招「**旋風鐳射劍**」，大叫一聲不好，再想退時，只覺周身全被籠罩在如山的劍影之中。

達克林迅速解開披風，強行把內力灌輸進去，轉得披風如同旋轉的鐵牆一樣，只聽「轟」地一聲巨響，塵土捲起一地的樹葉，飛得滿天都是，連離了二十多步遠，靠著大樹的火華子都差點站立不住。

再看那件大紅披風，早已碎成滿天飛著的紅布，達克林身上的寶甲也裂成一片片落在地上，李滄行和沐蘭湘收劍回手，繼續擺出攻擊的姿態。

達克林噴出一口鮮血，從懷中摸出一物向地下一擲，一陣白煙過後人迅即消失不見，只聽他的聲音遠遠地飄過來：

「兩儀劍法果然厲害，改日再向兩位討教！」

李滄行等那聲音消失不見後，才噴出一口血水。

剛才一戰實在凶險異常，他也不知道自己怎麼使出這兩儀劍法來的，只記得自己在夢中天天與小師妹合練這武功，情急之下自然而然地便使了出來，他與小師妹心意相通，舉手投足，一顧一盼間都跟夢中的合練並無二致。

本來達克林主攻的對象是沐蘭湘，每次他下殺手時，李滄行都擋在沐蘭湘面前承受了極強的劍氣，交手時全神貫注尚不覺得，此刻一停下來，只覺渾身上下都像被小刀割過一樣疼痛。再一看自己身上的衣服，也給凌厲的劍氣劃得千瘡百孔，還好只是破了數十道小口子，入肉不深，也沒傷到動脈。

李滄行一抬頭，望見沐蘭湘眼淚汪汪地看著自己，眼中盡是說不盡的喜悅，若不是有火華子在場，她一定馬上就會撲進自己的懷裡。

李滄行嘆了口氣，扭頭問火華子道：「師兄現在如何？」

火華子長出了一口氣：「已無大礙，師弟，你剛才的表現實在太精彩了，愚兄這輩子也沒見過這麼精妙的劍法，看你們使的劍，我這二十多年的功夫算是白練了。」

李滄行看了看他腿上的傷勢，擔心地道：「師兄，你現在走動有困難嗎？我看還是一起回去吧。」

火華子笑笑說：「大致無礙，剛才主要是給踢中經脈，一下不能提氣，你們後來使兩儀劍法的時候，我已經調理好了，走動已是無事，只是要使輕功奔走恐怕還需半日。師弟，你和你師妹久別重逢，自是有千言萬語，愚兄就先回大漠客棧了，你們說完了再回來吧。」

李滄行急道：「不可，奔馬山莊已毀，歐陽兄生死不明，大漠客棧也未必安全，我看還是換個地方的好。」

火華子點點頭：「師弟言之有理，這樣，我先回客棧查看，如果一切安好，就在我們的房間窗外掛出這身衣服，如果窗外沒有衣服，就說明客棧也出事了，我們改在城東三里處的茶攤碰頭。」

李滄行道：「如此甚好。」

火華子向二人抱了抱拳後，便一瘸一拐地走了，李滄行正轉頭欲與沐蘭湘說話，突然一具濕熱的身軀撲進了他的懷裡，鼻子裡聞到的是沐蘭湘身上那熟悉的少女體香，耳裡傳來小師妹帶著哭腔的聲音：「大師兄，你讓我找得好苦，為什麼要躲著我？」

李滄行做夢都在想著今天這一幕，只是感覺來得太早了點，他不確定沐蘭湘是不是已經知道自己當臥底的事，想到如果紫光已經向她交過底，她又怎麼會找了自己整整兩年，直到今天才確認自己的身分？**他的心不禁糾結起來，該如何向她解釋自己的事。**

良久，沐蘭湘才停止住抽泣，輕聲說：「大師兄，你是不是怪我那天不肯為你說話，導致你被趕出師門，這才不肯與我相認？」

李滄行心道：這倒是個極好的理由，既可以避免向她透露武當內鬼的事，又可以解釋自己這兩年的行為，便硬起心腸說：

「我成了今天這副德性，全是託你的福，知道我為什麼要戴個面具過活嗎？因為李滄行已經成了江湖上人人不齒的淫賊，再沒臉見人了！而且，你不是說永遠也不想再見到我了麼，現在這樣不是挺好！」

沐蘭湘聽了這話，急得哭了出來：「大師兄，對不起，都是我不好，我那時情緒激動，來不及細想，只是恨你，恨你對我下藥。過了幾天我氣消了，才意識到你真的永遠離我而去了，你不知道在我心裡你有多重要，我已經沒了徐師兄，我不能再沒有你。」

李滄行本來是故意硬起心腸的，但一聽她提到徐林宗，心中立即一股無名火起，一把將懷中的沐蘭湘推開，厲聲道：「搞了半天**你還是把我當練愛對象**，而**不是戀愛對象！**現在徐林宗生死不明，你就來找我，只要他一出現，你又會去找他是不是？**我李滄行只不過是你的一個備用候補罷了**，以前是，現在也是，將來還是。」

他怒吼著，想到徐林宗跟沐蘭湘合練兩儀劍法時，也定如剛才他和小師妹合使兩儀劍法那般親密，心中的酸楚與憤怒一下子變得無法遏制，大吼一聲，一拳擊在身邊的樹上，直打得枝搖葉落，手上則被劃得鮮血淋漓。

沐蘭湘自小到大從沒見過他對自己這般動怒，忙抓著李滄行的胳膊哭道：「不是這樣的，不是的，我心裡只有你一個人，徐師兄就是回來了也一樣。我真正不能離開的是你，是你啊。」

李滄行心中怒極，一把甩開沐蘭湘，氣鼓鼓地喘著粗氣，腦子裡一片空白。

不知過了多久，李滄行只覺得手上火辣辣的疼痛感漸漸消失，變得清涼起來，回頭一看，卻是沐蘭湘低著頭在幫自己塗藥，鳳目含淚，一滴滴地落在自己的手上。

李滄行心中不忍，但一想到她提到徐林宗的事又是無名火起，抽出手沉聲道：「你走吧，你心裡永遠只有你徐師兄，不用在我這個淫賊身上浪費時間了。武當現在人材凋零，你是大師姐，要有個師姐的樣子。」

沐蘭湘一動不動地盯著李滄行，幽幽地道：「你心裡真的沒有我了嗎？」

李滄行狠下心道：「對，你就是個災星，我一碰到你就倒楣，從小為了給你偷月餅被罰，落月峽的時候你哭暈了，我想救你，卻挨了你爹的打，還落下個淫賊名聲。後來碰到老魔頭，我為了救你鬼上身，給掌門師伯當成叛徒趕出武當，都躲到了三清觀還差點給你砍掉一條腿，是不是你不害死我就不甘休？」

沐蘭湘顫聲道：「你真的是這麼想的？」

李滄行吼道：「沒錯，我就是這樣想的，所以我才躲到三清觀，所以我才要易容，就是不想再見到你。這不也正是你所希望的嗎？我寧願你冷酷到底，這樣對你對我都好！」

沐蘭湘一邊飆著眼淚，一邊搖著頭：「不對，大師兄，你騙不了我，你剛才說的每一件事，都是因為愛我才會這樣奮不顧身，三清觀那次，你寧可給我砍掉腿也不肯傷我，你若真恨我，何至於此？」

「……那是我功夫不到家，沒來得及踢掉你的劍，你真狠，居然真的要卸我的腿，就像你削玉面狐狸那樣對嗎？」李滄行感覺心中的怒火越來越旺。

沐蘭湘不停地搖著頭，兩眼哭得紅腫道：「不是的，你知道我兩儀劍法學得不到家，收不住手。就是剛才的打鬥，也全依賴你來指揮和控制我。你剛才一直擋在我身前，不顧性命地救我，你若真是那樣恨我，會這樣保護我嗎？」

「……」面對小師妹的咄咄逼問，李滄行無言以對。

沐蘭湘哭得如同個淚人兒一樣，再次撲進了李滄行的懷裡，邊哭邊道：

「你騙不了我，**你心裡一直有我，就像我心裡一直有你一樣**。你恨我傷你，怪我負你，我都清楚，這次我找到你就再不會與你分開，我的心只屬於你一個人，我不會再想著別人，求求你給我一個機會，別再趕我走好嗎？」

李滄行心亂如麻，他緊緊地把沐蘭湘抱在懷裡，再也不願放手，只希望時間就此停止，永遠維持在現在。

第十章

蒙面人

跟了傅見智半個多時辰後，
只見他來到樹林中的一塊空地，似乎在等人，
突然，從林外奔來一個全身黑衣的蒙面人，
用的赫然是三清觀的神行百變輕功，
李滄行暗道：「果然有內鬼。」

不知過了多久，沐蘭湘在李滄行懷裡停止了哭泣，用只有兩人才聽得見的聲音柔聲道：「大師兄，我好懷念我們在武當的日子，我們一起練劍，一起玩耍，是那麼地無憂無慮。我背後總有一個人默默地注視著我，給我無盡的關懷和力量，在我害怕需要保護的時候，你總能伸出臂膀溫暖我，包容我。」

李滄行想起兩人在武當時青梅竹馬、兩小無猜的快樂時光，不由得出了神，手上把小師妹抱得更緊了。

沐蘭湘的聲音裡透著幸福與滿足：「大師兄，跟我回武當吧，武當是我們的家啊，不管孩子在外面犯了多大的錯誤，家人會永遠包容你的。」

李滄行一想到內鬼的事，不由得鬆開了懷裡的小師妹，道：「我不回去，武當讓我傷心，紫光師伯把我趕出了師門，又在江湖上公告說我是淫賊，害得我無顏見天下人，不混出個名堂來，我才不回去。」

沐蘭湘低下了頭，羞澀地道：「我知道你是太在乎我所以才那樣的，其實你根本不必那樣，我心裡早就有你了，而且落月峽時你就奮不顧身地保護我，於情於理我都該以身相許，只要你好好說，我和我爹肯定會答應的，可你太急了，還在我房裡放那東西，未免也太不顧我感受了，我畢竟是女兒家啊，這事傳出去我還怎麼見人。」

李滄行心中一驚，從沐蘭湘的話中，他知道紫光也對小師妹守著自己臥底的秘密，弄得小師妹還以為迷香是自己放的。

李滄行便順著沐蘭湘的話道：「哼，你和你爹根本不拿正眼看我，那徐林宗要不是自己鬼迷心竅跟著賊婆娘跑了，你現在會跟我說這些話？你跟他天天練兩儀劍法，那樣摟摟抱抱你濃我濃的，哪會看得上我這個只能帶著新進師弟們紮馬步、練長拳的所謂大師兄！我人品差，還偷學別派武功，給趕出武當是咎由自取，你出來找我這個棄徒淫賊，也不怕被人非議壞了武當的名聲麼。你走吧！對了，你回去找紫光師伯，告訴他我還偷學了兩儀劍法，反正我名頭已經臭到家了，也不在乎多加這一條。」

沐蘭湘撲進李滄行懷裡，用粉拳直擂著李滄行的胸膛，大叫道：「我不走，我不走！你我都已經是夫妻了，你居然還說這種話，你真是沒心沒肺！」

李滄行撇清道：「你可不要亂說話，我們沒做成夫妻。」

沐蘭湘紅著臉，聲音低得像蚊子哼：「有區別嗎？都那樣了你還要我怎麼嫁別人！自你走後，我天天都會想起那晚的情形，羞死了，你把人家看光光了，現在想賴帳了嗎？李滄行，你怎麼可以如此負心，怎麼可以如此對我?!」

李滄行被她說得啞口無言，只能任由沐蘭湘在懷中低聲地抽泣。

半晌，只聽沐蘭湘柔聲道：「大師兄，我知道你是刀子嘴豆腐心，你心裡一直有我的，你真要是恨我的話，不會這樣奮不顧身地救我，不會永遠在危難的時候擋在我面前。而且，你若真的忘了蘭湘，怎麼會把這東西一直帶在身邊？」

只見沐蘭湘手中拿著一塊黑糊糊的麵團，正是自己一直隨身所帶的那塊月餅，當下大窘，也不知道何時給她從懷裡把這東西摸了去：「這是我前幾天吃剩的乾糧，你拿這個做什麼。」

「你還在騙我，我本來不知道這是什麼，在黃山的時候就見你把這東西放身上了，剛才你提到月餅我才想到，這就是小時候我到思過崖上給你的那個蓮蓉月餅，你若真的恨我，怎麼會把它一直隨身帶著？」蘭湘幽幽地說著，語氣中卻帶著一絲喜悅。

沐蘭湘抬起頭，黑夜中，那水汪汪的大眼睛顯得那麼地美：「你是愛我的，但你怕我不夠愛你，怕我會變心，是不是？」

「師妹，你這是何苦，你在武當，上有掌門與爹爹，下有一眾師弟，前程遠大，自能尋個好人家，跟著我這個武當棄徒是自毀前程，你爹和紫光師伯也絕不會同意的，而且……」

不等李滄行說完，沐蘭湘的香脣就吻上了他的嘴，一雙玉臂緊緊地環住了他的脖頸，那高聳富有彈性的雙峰則緊緊地頂在李滄行的胸膛上，讓他一下子血脈賁張，他甚至能感覺到比起兩年前，小師妹更加豐滿了，已經長成為一個真正的女人。

李滄行也緊緊地抱住了懷裡的師妹，雙手貪婪地在她的後背上撫摸，舌頭則在追尋著那丁香的所在，閉上雙眼，陷入了溫柔鄉中，再也不願自拔。

月色如水，路邊的樹林裡，一對金童玉女正在如膠似漆地擁吻，突然沐蘭湘「嚶嚀」一聲，推開了李滄行，扭頭跑到一邊。

李滄行意識到是美人在懷，自己不自覺地起了生理反應，一下子頂到了小師妹，即使隔著兩人的褲子，沐蘭湘也知道是怎麼一回事，自然是羞不可抑跑到了一邊。

李滄行急得結巴道：「師妹，我，我真不是故意的，我只是控制不住自己，你可千萬別誤會啊。」

「好啦好啦，我怎麼會怪你呢，大師兄，你那樣說明你愛我，蘭湘好高興。」

沐蘭湘轉過頭，月光下，李滄行只見她滿臉帶著紅暈，小女兒家的嬌羞之態別有一番風情，忍不住又攬她入懷，靠著一棵大樹坐了下來。

只聽沐蘭湘喃喃地道：「大師兄，你若是懷疑我對你的心，我現在就在這裡把身子給了你，好嗎？」

李滄行聞言大驚，一看懷裡的小師妹，只見她美麗的大眼睛帶著紅紅的血絲，神情極為認真，一隻玉臂摟著自己的脖子，另一隻手則輕撫著自己的胸膛。

「師妹，萬萬不可。」李滄行馬上阻止道。

「有何不可，人家早就是你的人了，你卻還懷疑人家，這樣是不是能讓你不再胡思亂想？」沐蘭湘嘟起了小嘴。

李滄行聽得面紅耳赤，沒想到小師妹這麼熱情：「不是這樣的，師妹，你我尚未成親，這樣做有違禮法。」

「哼，口是心非，你在人家房裡放那東西時，怎麼不說什麼禮法了，還是你這兩年遇上了哪位年輕俠女，不喜歡蘭湘了？」

沐蘭湘氣鼓鼓地直起了身子，把頭扭向一邊，嘴嘟得老高，都快能掛上兩個油瓶了。

李滄行急得連聲否認，舌頭都大了，沐蘭湘見他這樣，忍俊不禁，「撲嗤」一下笑出聲來。

「好啦，我知道大師兄最老實了，剛才是逗你玩的，你把我送你的月餅隨身帶著，怎麼會喜歡上別的女人。」

沐蘭湘雙手捧住李滄行的臉，癡癡地說道：「大師兄，你可要對蘭湘好一輩子，蘭湘絕不負你。」

「師妹，這個自然，我不能沒有你。」**李滄行覺得此刻自己是全天下最幸福的人。**

沐蘭湘把頭靠上李滄行的肩膀，在李滄行的耳邊呢喃著：「大師兄，那天晚上，我其實什麼都記得，我控制不住自己，但我也不想控制自己，我是真的想和你做成夫妻，你那天弄得我好舒服，那種感覺我這輩子從沒有過，今天……今天我也想要……」說著，拉著李滄行的手就要去解自己的衣帶。

李滄行早已被小師妹身上的體香和溫熱的嬌軀弄得神魂顛倒，正迷迷糊糊間，突然靈光一現，狠狠地咬了一下自己的舌頭，強烈的痛感讓他一下子清醒了過來：「師妹，住手！」

沐蘭湘怔住了，轉眼又哭了起來：「大師兄，你還是不肯原諒蘭湘嗎？蘭湘都這樣了你都不肯要，非要逼得蘭湘出家當尼姑是麼？嗚嗚嗚。」

李滄行趕緊把沐蘭湘摟進懷裡，柔聲道：「不是的，我有多愛你，只有我自己最清楚，我哪捨得我這可愛的小師妹呢。」言罷，在沐蘭湘的臉蛋上親了一下。

「那你還在猶豫什麼，人家都說了要和你做成夫妻。」沐蘭湘的聲音越來越低，到最後幾個字時，小得都聽不見了。

「師妹你不是從小最怕小蟲子麼，今天就不怕了？」李滄行突然想到了個好理由。

沐蘭湘聞言，如同觸電般地一下子蹦了起來，顫聲道：「哪裡，哪裡有小蟲子？」

李滄行一指沐蘭湘的褲腳：「剛才我見到一隻甲殼蟲從你褲腿裡鑽進去了，這才推開你。」

沐蘭湘急得叫道：「大師兄，你先背過身去，不許偷看。」

「不是身子要給我麼，來，我來幫你捉蟲子。」李滄行覺得很有趣，就像小時候捉弄沐蘭湘一樣。

沐蘭湘急得躲到樹背後去，用手掀著衣服察看道：「哎呀，你討厭死了，這是兩回事，快背過身去。」

李滄行哈哈一笑：「哈哈，原來小師妹過了這麼多年還是怕小蟲子啊，剛才是騙你的啦，哪有什麼小蟲子，如果真鑽進你褲子了，你會一點感覺也沒有嗎？」

「真是騙我的？」沐蘭湘半信半疑地停了下來。

李滄行一臉的壞笑：「若是真的，我怎麼會不讓你捉蟲呢，難不成讓這蟲比我先得到你？」

沐蘭湘嚶嚀一聲撲進李滄行的懷裡，粉拳擂得李滄行的胸膛乒乒作響：「你壞你壞，這麼消遣人家！」最後不解氣，還狠狠地抬起李滄行的胳膊咬了一口。

李滄行等沐蘭湘鬧夠了後，輕輕地撫著她的秀髮道：「小師妹，這裡荒郊野外的，錦衣衛又剛突襲了附近的奔馬山莊，並不安全；而且，要是我們在這裡做夫妻，真要有個小蟲爬到你身上怎麼辦？我聽說陰陽交合時散發的氣味最易引來各種毒蟲了，我可不能讓我的寶貝受一點點的傷害。」

沐蘭湘聽得連耳根都羞得滾燙，只顧把頭深深地埋進李滄行的懷裡，再也不說話。

二人就這樣相擁著坐在剛才的大樹下，緊緊地抱在一起，彼此都能感覺得到對方的體溫與心跳，不再羨慕人間的鴛鴦與神仙，樹林裡的蛐蛐們在使勁地歌唱，彷彿也在祝福這對愛侶。

沐蘭湘幸福地倚在李滄行的懷裡，指著天上的月亮道：「大師兄，你看，天上的月亮圓又白。」

「不如你身上白。」李滄行順口道。

「你什麼時候學得這麼油嘴滑舌的，這一點都不像你。」

李滄行哈哈一笑，吻上了沐蘭湘的脣，享受著如蘭一樣的芳香氣息，良久才分開，李滄行看著月光下師妹的臉，不覺癡了。

沐蘭湘給看得不好意思，把那月餅又塞給了李滄行，輕聲道：「月餅你喜歡吃甜的還是鹹的？」

「你身上的月餅自是甜過了蜜糖。」李滄行傻傻地說道。

「討厭！」沐蘭湘羞得埋進李滄行的懷裡，再也不肯出來。

兩人就這樣相互依偎著在樹下過了一夜。

這一夜是李滄行有生以來最快樂的一個晚上，即使是多年以後，李滄行再次回想起來，仍然會覺得幸福滿滿。

他們對著明月，看著滿天的星星互訴衷腸，山盟海誓，情到濃處則一通熱吻，直到天已大亮才依依不捨地攜手而起。

李滄行道：「也不知道火華子師兄怎麼樣了，我們還是回客棧看看的好。」

沐蘭湘順從地道：「這完全由你決定，以後你去哪裡，我就去哪裡。」

李滄行擺擺手：「使不得，我現在是在三清觀門下，你是武當的大師姐了，不可如此胡鬧。」

沐蘭湘一聽這話又不高興了：「哼，我才不想當什麼大師姐，煩死了，天天要帶新師弟們練功，陪他們紮馬打沙袋，一點意思也沒有。大師兄，你還是和我回武當吧，你繼續當大師兄，我繼續當小師妹，我去跟爹爹說，讓他求掌門師伯，一定會收你回來的。」

李滄行搖搖頭：「給人趕了出來，一點成就也沒有就這麼回去，多沒面子！非男子漢大丈夫所為。難道你希望你未來的夫婿頂著個棄徒淫賊的名聲，一事無成地回武當麼？」

沐蘭湘突然耍起了小性子，扮了個鬼臉，一吐舌頭：「嘻，真不害臊，誰答應讓你當我未來夫婿了？人家還沒考慮好呢。」

「沒考慮好？那我回黃山了，沐女俠，就此別過。」李滄行作勢要走。

沐蘭湘急得直跳腳，從後面一把將他抱住，說道：「一切依你便是。」

李滄行回頭抱住沐蘭湘親熱了一陣後，正色對小師妹說道：

「錦衣衛挑撥江湖正邪各派的陰謀已經暴露，歐陽兄為此付出了滅莊的代價，我們不能讓他白死，要早點回中原向師父稟報此事。現在看來，**當初正派圍**

攻黑木崖的行動，很有可能也是一個巨大的陰謀，各派內部都可能有錦衣衛的人，一定要先把這奸細找出來。上次你傷了我後，我隨身的兩本武功秘笈就給人偷走，證明了三清觀內的確有內奸的存在。」

李滄行對聽得入神的沐蘭湘：「師妹，我流落江湖無以為生，是三清觀和雲涯子掌門收留了我，還傳了我上乘的武功，於情於理，我都不能這樣一走了之，至少要報了恩再走，你說是麼？」

沐蘭湘含情脈脈地看著李滄行道：「大師兄，從小你做事就有主見，更有擔當，是個頂天立地的男子漢，師妹最欣賞你的也是這點。你去吧，我絕不會阻攔你的正事，只是一定要記得師妹在等你，莫要負了蘭湘。」

李滄行點點頭：「師妹回武當後，也要多加留意，但凡有蛛絲馬跡切勿聲張，凡事與紫光師伯商量為上。」

沐蘭湘突然想到了什麼：「對了，大師兄，你這麼說，我倒是想起一件事來。」

「何事？」李滄行仔細聽了起來。

沐蘭湘回憶道：「當日你給紫光師伯提出武當時，師伯為了保全我名節，也給你留面子，曾當眾宣布你是下山自行歷練去的，當夜之事應該也只有我們三人知道，並無其他人在場，但是沒過多久，江湖上就傳遍了你是淫賊的流言。紫光師伯曾經為之震怒，召集過所有弟子，盤問是誰洩露的消息，最後也沒查出來，無法阻止流言擴散。現在想來，我們武當似乎真的有內鬼耶。」

「哼，你房裡的迷香就是這殺千刀的賊人點的，那夜我也中了迷香才會那樣對你，後來他還在我房裡放了這藥想要嫁禍給我！」李滄行忿忿地道。

沐蘭湘一下子抓緊了李滄行的雙手：「啊，果然是這樣，我就說呢，大師兄最是君子了，怎麼會這樣對我！大師兄，你為什麼不向紫光師伯辯解呢？走，我們這就回武當，我幫你說。」

李滄行搖搖頭，鬆開沐蘭香的手：「不必了，師伯逐我出師門主要是別的原因，以後我會和你細說的。總之，你回武當後一切當心，你太單純，眼裡揉不得沙子，我怕你會誤會好人，傷了同門感情。」

沐蘭湘不服氣地說：「你總把我當小孩子看，我已經長大了，不止一次地獨立完成過任務，才不是以前的小女孩呢。我會看在眼裡，放在心裡，有疑問了再向師伯報告。」

「師妹果然冰雪聰明。」李滄行哄著小師妹。

沐蘭湘又撲進了李滄行的懷裡：「人家才不要聰明呢，人家就想笨一點，永遠讓你寵著護著。」

兩人一路並肩而行，回到了甘州城的客棧，李滄行一見窗外掛著火華子的長衫，暗暗鬆了口氣，轉眼看老闆在櫃檯前，便上前相問師兄可否平安。

那老闆警覺地看著李滄行一言不發，他這才想起自己的面具掉了，暗罵自己考慮不周，改換沐蘭湘上前相問，那老闆認得小師妹，才告之二人火華子正在客房中。

老闆陪二人上了樓，一進房門，只見床上空空如也，李滄行正在奇怪之際，只見老闆走到牆邊，抓著牆上掛著的八角鏡正反轉了幾圈，只聽咯吱一聲，地上突然裂了個大洞，露出一條長長的臺階直通下面。

老闆道：「你們的同伴就在裡面，過去吧，我幫你把風。」

李滄行冷冷道：「掌櫃的，我現在見不到師兄，對你也不能無保留地信任，還請閣下與我一同前往。」

掌櫃笑笑說：「也罷，那就請這位姑娘先在上面守候，我與閣下先下去，如何？」

「有勞了。師妹，你先在這裡守著。」李滄行湊到沐蘭湘耳邊低聲道：「若有不對勁處，保命為上，先行逃離，在城東三里處的茶棚碰頭。」

沐蘭湘點點頭，抽出劍來守在洞口。

李滄行隨著老闆一起下到那樓梯底，下面乃是一處石室，氣味潮濕難聞，顯然很久沒人使用過，中間放了一張桌子，上置一個燭臺，透過昏暗的燈光，李滄行發現桌邊坐了三人，一人正是火華子，而另二位赫然是歐陽可與王念慈！

當下李滄行再無疑慮，向老闆致了歉後，叫來沐蘭湘。想到昨天此時大家還在奔馬山莊賓主盡歡，今天歐陽可卻是家破人亡，李滄行一時間竟不知如何開口。

但見歐陽可一襲白衣上已是血跡斑斑，瀟灑的神情再也不見，眼窩深陷，雙拳緊握，牙咬得格格作響，卻是一言不發。那王念慈同樣狼狽不堪，身上裹了十餘處布條，顯然亦是傷痕累累。

王念慈跪倒在歐陽可面前，聲嘶力竭地道：「公子，都怪我，都是我給山莊惹來的禍，我求你不要這樣子，打我也好，罵我也好，就是不要再這樣一句話不說，好嗎？」

火華子忙接過話道：「都怪我等昨天走得太匆忙，不然，如果能留下來助莊主一臂之力，恐不至於此。」

歐陽可終於開口說話了：「三位不必自責，在下考慮不周，低估了敵人的實力與決心，全莊上下幾百練家子都無法抵擋來犯的高手，三位即使留下，恐怕也只會讓在下徒增遺憾而已。在下久居邊陲，孤陋寡聞，昨天一戰後，才知道天外有天的道理，只是可惜了我山莊上下數百家人與我奔馬山莊百年基業，這叫我死後如何去見列祖列宗！」

言及於此，歐陽可終於忍不住放聲大哭起來，王念慈哭得更是肝腸寸斷，與他相擁而泣，三人在旁，心中均是戚戚然。

俄頃，歐陽可抹乾了眼淚，道：「歐陽某死裡逃生後百感交集，一時失控，讓三位見笑了。」

「哪裡的話，換了誰也受不了這打擊的。」火華子體諒地道。

「咦，李大俠怎麼好像換了張臉，與前幾日完全不同，難道這才是你的本來面目麼？」歐陽可這時候才注意到李滄行的容貌改變。

李滄行抱拳道：「在下因私人原因不得已易容改扮，實無惡意，還請莊主恕罪。」

火華子在一旁道：「事到如今也不必隱瞞莊主了，這位乃是武當高足李滄行，來我派是為了協助調查錦衣衛在我派的內鬼，為了方便行事，才以易容身分行走江湖。」

李滄行這個名字在江湖上很響亮，歐陽可也有耳聞：「原來是武當的大弟子李少俠，落月峽一戰，閣下聲名鵲起，久仰久仰。」

李滄行聽著他的話感覺怪怪的，不好意思地笑了笑回禮，一看沐蘭湘也羞紅了臉。

火華子忙岔開話題道：「言歸正傳，歐陽莊主，你這次是如何逃出生天的？那達克林本人自稱沒去現場，錦衣衛的實力真有這麼強？」

歐陽可嘆了口氣：「唉，說來慚愧，達克林確實沒有來，昨天晚上初更過後，他們趁莊上輪值換崗時發動攻擊，當時山莊的機關因換崗而來不及發動，顯然敵人對山莊的情況十分了解。來者有四五十人，俱是精銳高手，為首的四五人更是武功高強，個個不在我之下，我與念慈力戰不敵，老管家捨身擋住了追兵，讓我二人得以從我房中的秘道逃了出來，只是山莊幾百年的基業就這麼毀於一旦……」

歐陽可說著說著，眼中又有淚光閃現。

李滄行抬起頭道：「原來是這樣，看來這錦衣衛實在是可怕，勢力連這西域山莊都能滲透，那對中原各派更不在話下了。實不相瞞，昨天一見貴莊火起，我三人就想來救援，結果半路上碰到了達克林。」

歐陽可聞言大驚，他一直在奇怪為何達克林沒有出現：「什麼，你們居然碰到那惡賊？怪不得他沒來山莊，你們與他交手了嗎？結果如何？」

李滄行回想起昨天的情形，心中也是一陣害怕：「我們是在城外五里處的樹林道上碰到他的，只有他一個人，看來他守在那裡就是想截殺逃出山莊的人，幸虧莊主事先走了暗道，不然即使逃出來，只怕也難逃他的毒手。」

歐陽可長吁一口氣：「嗯，那條秘道是建莊時就有的，直通甘州城，後來就在這地道上蓋了這大漠客棧，王掌櫃世代都守著這裡，忠心耿耿。對了，你們碰到那惡賊後呢？」

火華子道：「這惡賊得意忘形，直接承認了殺死林鳳仙挑起各派紛爭之事，我等激怒之下與他動起手來。實在慚愧得緊，不是這惡賊的對手，眼看就要死在樹林裡，李師弟忽然使出兩儀劍法，與沐姑娘聯手打退了這惡賊。」

歐陽可驚喜交加，看向李滄行：「當真？太好了，久聞武當的兩儀劍法威力驚人，想不到李少俠與沐姑娘年紀輕輕居然能練到如此境界，連那惡賊也不是對手。你們沒受什麼傷吧？」

火華子笑道：「託莊主的福，只有在下腿上給那惡賊踢了一腳，已無大礙，李師弟身上被劍氣弄了點皮外傷，應該不礙事，師弟，你現在還好吧？」

李滄行點點頭：「一點皮外傷不礙事，只恨我們經驗不足讓他逃了，不然定用這惡賊的人頭來祭奠歐陽莊主全莊上下幾百條人命。」

歐陽可的眼神又轉而變得黯淡：「別這麼說，能給這惡賊一個教訓已是不易，他三十年前就是一流高手了，現在武功更是深不可測。二位這般年紀就能打敗這惡賊實在是讓人不敢相信，只是我太無能，保不住自己的山莊，還累及三位與這惡賊結仇。估計以後這惡賊還會找三位的麻煩，要有勞幾位早作防備，我先替山莊上下死難的家人們謝過三位。」言罷，歐陽可就要下跪拜謝，火華子連忙將他扶起。

眾人重新坐定後，李滄行道：「歐陽莊主，不知您今後有何打算？」

歐陽可嘆道：「家園被毀，苟且偷生，我有生之年誓要報此深仇大恨！我來這裡的秘道雖毀，但難保錦衣衛們不會找到此處。他們這次來了這麼多高手，而我在甘州的眼線卻一無所知，這點讓在下至今百思不得其解。」

歐陽可喝了口水，繼續道：「剛才聽二位提及達克林守在城外樹林道時，我才明白，這幫狗賊恐怕早有在西域立足的想法了，上次達克林找我時，就已經把眾多高手埋伏在附近的據點，對山莊的地形早就摸熟了。對了，這傢伙是西域人，也許這些殺手就埋伏在以前的霍家故地，那裡荒廢多年，離我奔馬山莊又近，好多年沒人去了，正好可以用來潛伏殺手。」

眾人聽了均覺有理，紛紛點頭稱是。

歐陽可又道：「這樣看來，山莊附近並非久留之地，仇要報，但不能失去理智，我得暫時遠走他鄉，避其鋒芒。還好我事先有所準備，把祖傳的一些武功秘笈轉移了，接下來我打算找個安全的地方去練功，我連達克林一個人都打不過，還談什麼找錦衣衛報仇！」

李滄行道：「君子報仇，十年不晚，莊主有這份豪情壯志，在下深表佩服。」

歐陽可看向李滄行的眼神中充滿了感激與佩服：

「李兄弟客氣了，你年紀輕輕身具神功，未來才叫不可限量，這次多虧你大發神威打退了惡賊，不然這會兒他恐怕已經找到這裡了，你才是我歐陽可的救命恩人。大恩不言謝，今後只要你李兄弟的事，就是我歐陽可的事，待我重出江湖後，你若有事隨時來找我。」

說著，他解下腰間的一塊玉佩，遞給李滄行道：「無論何時，只要有人持此信物來找我，歐陽可一定會全力幫忙的。」

李滄行推辭了一番，只好收下。

火華子在一邊思索著什麼，半天沒說話，此時突然道：「歐陽莊主，有些事情想與您單獨談，可否借一步說話？」

歐陽可聞言會意：「阿慈，你去看看王叔那裡有什麼需要幫忙的。」王念慈應了聲起身便走，火華子向沐蘭湘使了個眼神，她也心領神會地跟了過去。

李滄行也想跟過去，卻被火華子在桌下踢了一腳，又坐了下來。待二人的身影消失在洞外後，火華子方向歐陽可道：「莊主難道不曾懷疑是我們三人將您莊中的換班與機關告訴給錦衣衛的嗎？」

歐陽可搖搖頭：「絕無可能，因為山莊每天的換班時間都不一樣，你們就是天天去探查，起碼也要半年以上才能摸清規律，根本不可能在短短十幾天內就摸清山莊的情況，所以必是內鬼無疑。」

火華子向外看了一眼，低聲道：「既是如此，容我說句不中聽的話，莊主可曾懷疑過王姑娘？」

歐陽可正視著火華子的眼睛，良久才說道：「老實說，她剛來時，我確實懷疑過她，但後來我確信她不會是內鬼。」

「為什麼？」火華子好奇地問。

歐陽可道：「聽說你們道家講究的是內氣的修練，應該知道採補之術吧？」

李滄行一聽「採補」，立時想到剛到三清觀時看到的那本黃帝內經，頓時羞得面紅耳赤。

火華子點點頭：「嗯，是有這說法，但江湖上的淫邪之徒把這個名聲給敗壞了，本來道家能男女雙修，共用極樂，那些採花賊卻是毀人清白，傷人性命，所以世人一聽這採補，多以為是奸邪惡徒所為。」

歐陽可不好意思地說：「不瞞兩位，歐陽自幼風流，年少時即喜入花叢，二位在山莊中看到的那些女弟子，都是在下的侍妾，喚作姬人。」

李滄行與火華子同時一驚，失聲道了聲「什麼」，歐陽可俊臉微紅：

「這只能說是在下欠的風流債了，一方面在下自幼父親去世，缺乏管束，我西域也不似你們中原講究禮法，所以在下年少時即享盡了人間極樂；另一方面，我祖傳武功中也提到採陰補陽之法，可惜不知是在下天分不足還是縱欲過度，一直修練不得其法，年過三十，不僅不能生龍活虎，反而被酒色淘空了身子，連蛤蟆功也練不下去了。」

李滄行與火華子對視一眼，不知該說何是好。

歐陽可的表情一下子變得痛苦起來：「二位不知道那個痛苦，三十歲的人卻是八十歲的腎，撒尿都要費好大勁，每天早晨起來，小便黃得像鮮榨橙汁，吃什麼都沒有滋味，嘴裡永遠泛著苦味，臭得能熏死蒼蠅，時不時地舌頭上就會起個大泡，不小心咬破了，就會疼得我滿地亂跳。那時我真正體會到啥叫酒是穿腸毒，色是刮骨刀啊。在遇到阿慈前，我已經感覺時日不多，活不了幾年了。」

李滄行有些不信：「有這麼嚴重？」

歐陽可長嘆一聲：「一點也不誇張，本來在下已了無生趣，準備在死前遊歷一次中原，看看東土的風光，然後就回莊安排後事，沒想到機緣巧合，我救了阿慈，她是我生命中的女神，深諳採補之道，而且居然肯主動讓我採補，你們今天看到我還能這樣氣定神閒地站在這裡，全是她的功勞。」

李滄行驚得嘴巴都合不上了：「竟有此事！她一介女流怎麼會修習這本事？」

歐陽可臉上閃過一絲同情：「她自幼便是孤兒，被錦衣衛收養和訓練，那些採補之術都是在宮中所學，聽說你們大明的皇帝崇尚道家，擅長採補之術，阿慈幼時被他臨幸過，後來被調教學會了這些方法，用以執行一些見不得人的任務。」

火華子若有所思地點了點頭：「我們也曾耳聞過宮中盛行此術，前些年還有傳聞，一些被皇帝摧殘的宮女趁他睡覺時企圖勒死他，結果未能成功。看來多半是被那昏君採補過的少女身心受損，不惜與他同歸於盡。」

歐陽可一拍大腿，道：「正是，愚兄按那方法採補時，也覺得自己固然是歡娛之極，但阿慈卻是痛不欲生。此法確實有傷天和，損人利己，所以在下身體稍有好轉後就不再用此法。二位說，阿慈肯為在下作如此犧牲，會是內鬼嗎？」

李滄行和火華子對視一眼，都搖搖頭，心中疑慮已是蕩然無存。

歐陽可看二人神色，已經信了大半，繼續說道：「更何況她來莊後，一直與我形影不離，也不管這莊中防衛之事。最近一個月的調整換防時間是我親自訂定的，她天天與我待在密室之中，沒有出去過，即使想傳消息也不可能。依我看，這內鬼一定是數年前就潛伏在我莊中了，那達克林乃是西域人，收買一些人混到莊內並不奇怪。」

火華子面有愧色，起身行了個禮：「原來如此，是在下多慮了，錯怪了王姑娘，還請歐陽莊主恕罪。」

歐陽可連忙起身回禮：「不用客氣，二位肯捨命來救在下，歐陽某感激不盡，剛才的懷疑也是設身處地為在下著想，怎會見怪。」

火華子坐下後正色道：「那接下來，我們就分頭行事吧，莊主帶上王姑娘尋一處安全之所修練，以圖日後東山再起，咱師兄弟與沐姑娘則回門派報信，恐怕錦衣衛的魔爪也伸到中原的門派了，我們得早作打算才是。」

歐陽可把臉上的淚痕擦乾淨，打起精神道：「好，這個密室還有條密道通往城東，我們從那條道走，以免惹人注意。」

歐陽可說完，將洞外二女喚入，帶著眾人從另一條秘道走到了城東一條河邊。

眾人在密室裡商量了大半天，又走了長路，出來後才發現星光滿天，已是夜晚，互道珍重後便各奔東西。

李滄行一行三人晝伏夜行好幾日，終於進了玉門關。

火華子先進城，在集市上買到了豬皮與顏料，另外還採購了幾件衣服，方才回來與二人會合。

李滄行做了三張人皮面具給三人戴上，沐蘭湘扮成了一個中年女傭，火華子扮成一個財主員外，李滄行則繼續當他的老僕人，三人大搖大擺地光天化日下進得城去。

三人走進一家酒樓，吃飯時，聽到一些江湖人士談到李大岩就是武當棄徒、淫賊李滄行時，沐蘭湘聽得來氣，幾乎要起身與那些人理論，被李滄行

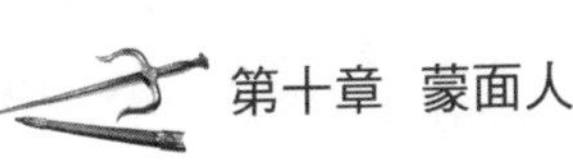

強行按下。

吃完飯後，三人要了兩間客房，沐蘭湘徑直進了自己的房間，氣鼓鼓地坐在桌邊，撅起了小嘴，一句話也不說。

李滄行與火華子跟進了房間，隨手帶上門，李滄行勸道：「小師妹，你這點氣也受不了，以後回武當怎麼查內鬼，我最擔心你的就是這個。」

沐蘭湘恨恨地說道：「我就是受不了他們這樣造謠誣衊你。你又不是淫賊，憑什麼讓他們這樣亂傳？」

李滄行扶著小師妹的香肩，柔聲道：「這不就是那內鬼的陰謀麼，要搞亂我們各派，想必那日達克林敗在我們手下，咽不下這口氣，就在中原大肆向我身上抹黑。」

火華子突然開口道：「師弟，我認為這事恐怕沒這麼簡單。」

李滄行「哦」了聲：「師兄有何高見？」

「其實我一直在想一個問題，三清觀明明就有錦衣衛的內鬼，為什麼達克林對你易容改扮，待在我幫的事一無所知？那天你改用武當劍法時，一下子打得他手忙腳亂，如果他早有防備的話，絕不至於此。」火華子說出心中的困惑。

李滄行一路上也在思考這問題，聽火華子提起，馬上說道：「這事我也想過，可能是我上山後，掌門禁止任何弟子下山，採辦也是親自出馬，讓那內鬼無從傳遞消息吧。」

火華子不以為然：「你說的是你剛來的那半年，這一年多來早就恢復如常了，我都下山了三四次，就連你不是也隨火松子師弟下過山麼？所以你的解釋不成立，內鬼肯定有辦法傳遞消息的。」

「唔——」李滄行沉吟道：「那師兄認為是何原因？」

沐蘭湘突然插話說：「**會不會偷武功秘笈的人，並不是錦衣衛的內鬼，只是對武功本身感興趣？**」

火華子笑了笑：「沐姑娘說得有道理，確實有這可能，我也希望是這種情況，但必須**要做最壞的打算**。如果這個內鬼是錦衣衛的人，就只有一種可能，那就是**這個內鬼是和錦衣衛指揮使陸炳直接聯繫，達克林並沒接到他的情報**。」

李滄行仔細想了想，覺得言之有理：「嗯，師兄說得有道理，只是我和你來奔馬山莊的事，這內鬼應該清楚，也肯定報告給他的上司，為何這陸炳不提醒達克林當心我們？」

火華子猜測道：「可能是陸炳覺得以我們的功夫不會給達克林造成威脅吧？錦衣衛是專業的間諜組織，情報的傳遞方式與內部的分工不是我等正派所能效法，也許來各派臥底的內鬼直接受那陸炳控制，而達克林這樣的人只負責行動，並不掌握情報吧。」

沐蘭湘大讚：「火華師兄果然高明。那我們直接去制住這陸炳，不是就能挖出各派的內鬼了麼？」

火華子笑著擺了擺手：「談何容易，陸炳武功蓋世，上次在武當大會時我們都見識過，而且他身邊高手如雲，我們根本無法近身。再說了，錦衣衛代表的是朝廷，我們江湖武人怎麼能與之公然為敵？何況這內鬼之說查無實證，只憑達克林或者歐陽莊主的一面之詞根本不足取信，所以我們回到門派後，只能暗查，切不可聲張。」

沐蘭湘被火華子的話所折服，不由連連點頭。

三人商議定了行事原則後，各自回房歇息。

第二天上路，入了關後就進了中原，一路熟門熟路，一直走到江陵，沐蘭湘才依依不捨地與二人分手。

這一路上有火華子同行，李沐二人均不好意思過分親熱，相互未逾禮教。分別時，火華子識趣地走開，讓這對愛侶獨處了一陣，李滄行心中有千言萬語卻是無法言語，與沐蘭湘依偎了小半個時辰，終究還是狠下心來，一走不回頭。

追上火華子後，二人從碼頭上了船，一路沿江而下。

這幾天李滄行一直沉默寡言，悶悶不樂，火華子知道他好不容易與師妹相認，又被迫天各一方，自是心中難受，想要安慰幾句，卻不知如何開口。

就這樣，兩人心情複雜地回到了黃山腳下的黃龍鎮，此時已是夜幕降臨，李滄行心中擔憂門派之事，想連夜上山，火華子則說天色已晚，山路崎嶇，還是一早上山為好，言談間，二人走進了鎮上的「福來客棧」。

忽然，李滄行見到對面的「牡丹閣」中走出一人，瘦高個子，眉宇間透著一股淫邪之氣，分明就是那魔君冷天雄的三徒弟「花花太歲」傅見智。

李滄行一見魔教的人就氣不打一處來，正要衝上去，卻被火華子一把拉住，悄聲道：「師弟勿急，此人怕是在此與某人接頭，我二人跟蹤他便是。」

李滄行強忍著憤怒點了點頭。

只見那花花太歲左顧右盼，一直在留意是否有人跟蹤，李滄行此時的輕功已經強過他不少，屏住呼吸，跟在他身後十餘丈處，借著民居和夜色的掩護，讓他一直未曾察覺，而火華子則從另一個方向遠遠跟著。

傅見智在鎮上轉了幾個圈，確信無人跟蹤後，提氣向鎮西的小樹林裡奔去，李滄行使出梯雲縱在後面遠遠地跟著，路上幾次感覺他要回頭時，便躲到路邊的草叢中。

如此這般，跟了傅見智半個多時辰後，只見他來到樹林中的一塊空地，似乎在等人，李滄行則與火華子攀上一棵大樹，四隻眼睛死死地盯著那傅見智。

過了一會兒，從林外奔來一個全身黑衣的蒙面人，用的赫然是三清觀的神行百變輕功，李滄行心中暗道：「果然有內鬼。」當下屏息凝神，仔細查看。

只聽那傅見智道：「你來了？」

「嗯，我來了，事情辦得還順利吧。」來人刻意變了聲調，又壓低了嗓音，李滄行本指望能從聲音中聽出來人身分，當下有點失望。

傅見智急問道：「他們願意和我們合作嗎？」

黑衣人點點頭：「跟那人談過了，可以暫時先合作，不過他的開價太高了，我們沒法接受，以後利用完他們後，肯定還是要翻臉的。」

傅見智「唔」了一聲：「我接到飛鴿傳書，火華子和李滄行五天前在江陵出現，估計這兩天就會回來，為免夜長夢多，我們還是提前下手得好。」

黑衣人有些意外：「哦，他們居然能全身而退？那看來我們是要提前發動了。我今晚就回去和那人交底，商議一下接下來的安排。」

傅見智聽了道：「嗯，最好快點，明天一早我就上山給你師父刀譜，接下來我就幫不了你了，你好自為之。」

「就這麼定了，我出來得有點久，這就回去，明天全看你的了。」黑衣人言罷，兩人分頭而走。

李滄行聽到火華子在耳邊低聲道：「師弟，我去追傅見智，你跟著這個內鬼，一定要把他們都拿下。」

李滄行點點頭，跟著那黑衣人追了下去。

李滄行一路借著樹木的掩護，遠遠地跟著那黑衣人。

這樣奔出三四里後，黑衣人快要出樹林了，李滄行估計火華子應該已經追上傅見智，當下再無顧忌，直接運起十成功力，加速施展梯雲縱，三四個起落間就落在了那人面前，轉過身來，緊緊地盯著他的眼睛。

此處正是樹林外的一塊空地，李滄行算準了這距離他無法再入林潛逃了，雙目如炬，厲聲喝道：「你究竟是誰！和魔教妖人勾結，有何陰謀？」

蒙面人大吃一驚：「李滄行！你怎麼會出現在這裡？」

「哼，沒想到吧，我們走的是水路，日夜行船，比你預期的快了兩天趕回來。你這叛徒，今天我就要揭穿你的真面目！」李滄行言罷，出手直接向蒙面人攻去。

李滄行恨極這內賊偷竊自己的武功書，一上手便使出黃山折梅手，那人被李滄行打了個措手不及，加之心中有鬼，發揮打了折扣，一下子給李滄行搶盡了先機，甚至沒來得及拔出兵器。

黑衣人使的功夫是三清觀的六合拳法與離形腿，多數三清觀弟子都會使，與折梅手鴛鴦腿這樣的上層武功差了不少，十幾招下來就中了李滄行一拳一腳，身形也變得遲滯起來，若非李滄行有意擒個活口，不少殺招沒用，只怕他此刻已經身負重傷了。

又鬥了十幾招，那人情況愈發不妙，突然間一擺手，向後一跳，低聲道：「師弟且慢。」

李滄行本可一鼓作氣將他擊倒，但看他這樣動作，加之與他交手後，確信此人完全不是自己對手，輕功也不如自己，不用擔心他逃跑，於是便收手，沉聲問道：「有話快說，說完了跟我回去見掌門！」

「哈哈，李滄行，剛才是你這輩子唯一能殺我的機會，可惜你錯過了，這只能怨你自己。」這人說著突然抽出了背上的大刀。

李滄行心中暗自冷笑，以此人的拳腳功夫，刀法未必能高明到哪裡去，當下也抽出長劍，出手就是武當的奪命連環劍法，他不想在這人身上浪費多少時間，只想速速將其打倒後，再去與火華子聯繫。

身子剛離地時，只覺對面如牆一樣的刀氣撲面而來，頓時把自己籠罩在一片寒光之中。李滄行心中大驚，頓時使出夜戰八方，不求有功，但求自保為先。

只聽外面叮叮噹噹的刀劍相交之聲不絕於耳，隔著重重的刀光劍氣，李滄行駭然發現那蒙面人竟然是立在原地，刀則在空中飛來飛去，不停地向自己前胸後背的各個要穴進行攻擊。

如此這般擋了一炷香的時間，李滄行已經渾身汗透，防護的圈子也縮小了一半，耳邊傳來那蒙面人得意的笑聲：「李師弟，愚兄這招**『小樓一夜聽春雨』**使得如何？還請指正。」

李滄行聽到這話猛的一驚，這「小樓一夜聽春雨」乃是三清觀至寶六陽至柔刀中的一招，威力強大，需要極強的內力與修為才能將刀法使得綿綿不絕，讓敵人應接不暇。

此招名為「小樓一夜聽春雨」，意思就是四周瀰漫的刀氣將對手置於孤樓之中，而籠罩他周身的刀氣就像夜裡的春雨一樣源源不絕。一旦失了先機被刀光罩住，除非內力修為高過對手一大截，不然極難從中脫出，只能像李滄行現在這樣使出護身劍法只守不攻，時間一長，用刀者可以在刀劍相交中借力打力，而防守者的內力消耗會成倍增加，最終會給累得內力虛脫，吐血而倒。

李滄行以前聽雲涯子提起六陽至柔刀法時，說到這刀法實際上力量極其霸道，漫天的刀光讓你無所遁形，但來勢又是綿綿不絕，有點類似於武當的柔雲和兩儀劍法，講究借力打力，彼消此漲。

這門刀法一方面走的是陽剛的路線，能幻化出漫天的霸道刀氣，另一方面又能有綿長的柔勁，宗旨是將敵人磨死而不是一刀斃命，所以稱之為六陽至柔刀法。

修練此刀法需要有極高的內力修為，對瞬間的爆發力並不是要求非常高，但需要內力能持久，修練刀法到大成後，可以以氣御刀，與功力相當的對手對戰時，只要能將他籠罩在刀光之內，可以在持久的相持中慢慢將其磨死。

李滄行心中思索時不由得分神，手中劍使得稍慢了點，「嘶」地一聲，腿上的衣角被刀氣劃破一個口子，忙收住思路，繼續使出夜戰八方，但感覺到自己的內力在急速地消耗，防守的圈子也越來越小。

李滄行感到外面的壓力越來越重，漫天的白色刀光中，他甚至看不清對手身在何處。

突然間，耳邊又傳來那人得意的笑聲：「李師弟，我刀法練成後還沒找人試過招，今天正好用你來祭刀，本來我不想把你怎麼樣，可你看到不該看的事情，也留你不得了，到了陰曹地府可千萬別怨我。」

李滄行心中一亮，這人得意之下沒再變聲壓低嗓音，赫然是火松子的聲音。他一下子有了主意，當下奮起內力將刀影迫得向外稍退一點，趁著換氣的空檔說道：「火松子師兄，你暴露了！」

「你不要亂說，我才不是火松子。」蒙面人顯然吃了一驚，刀法也不由得為之一滯。

趁這機會，李滄行說話了：「哼，你剛才太過得意，暴露了自己的聲音，再說，上次你跟我下山時，不也是在鎮上和姓傅的接頭嗎，掌門早就懷疑你了。」

「不可能，你上次跟紫英在一起，怎麼會撞破我的事？」火松子心裡慌張，手上的刀漸漸慢了起來，李滄行頓覺壓力小了許多。

「你那是自作聰明，你自己不找姑娘，倒讓一個女人來陪我，這說得過去嗎？而且你去上廁所，姓傅的也不見了，哪有這麼巧的事。說，鴛鴦腿法和黃山折梅手是不是你偷的？」

外面的壓力一小，李滄行說話也變得中氣十足起來，從刀光劍影中，他清楚地看到了火松子的身影，儘管在黑夜中，李滄行仍能看到他眼裡閃爍的眼神和做了虧心事的愧疚樣子。

突然，火松子又加快了出刀的速度，刀光一下子暴漲起來，伴隨著他的吼聲一起向李滄行襲來：「是我又怎麼樣，誰讓師父偏心！我是他從小養大的，居然還不如你一個武當棄徒能入他的眼！不傳我六陽至柔刀，我就自己想辦法學，三清觀的規矩就是強者至尊，功夫好的當掌門，我學了六陽至柔刀，就是師父也未必是我對手，更不用說你李滄行了。今天你既然都知道了，別怪我手黑。」

李滄行覺得那如牆一樣的壓力又來了，心知此回不可能言語討巧，唯有趁刀勢尚未徹底籠罩自己前拼命一搏，好在剛才知道了火松子的方位。

李滄行心中再無猶豫，一咬舌尖，雙腿發力蹬地，人劍合一，向著刀光最重的地方把自己射了出去，如同離弦之箭。

這正是奪命連環劍的**絕命殺招——人不由命！**

請續看《滄狼行》4 太祖錦囊

滄狼行 卷3 詭秘之局

作者：指雲笑天道
發行人：陳曉林
出版所：風雲時代出版股份有限公司
地址：10576台北市民生東路五段178號7樓之3
電話：(02) 2756-0949
傳真：(02) 2765-3799
執行主編：朱墨菲
美術設計：許惠芳
行銷企劃：林安莉
業務總監：張瑋鳳

初版日期：2021年01月
版權授權：閱文集團
ISBN ：978-986-352-909-5
風雲書網：http://www.eastbooks.com.tw
官方部落格：http://eastbooks.pixnet.net/blog
Facebook：http://www.facebook.com/h7560949
E-mail：h7560949@ms15.hinet.net
劃撥帳號：12043291
戶名：風雲時代出版股份有限公司

風雲發行所：33373桃園市龜山區公西村2鄰復興街304巷96號
電話：(03) 318-1378
傳真：(03) 318-1378
法律顧問：永然法律事務所 李永然律師
北辰著作權事務所 蕭雄淋律師

行政院新聞局局版台業字第3595號 營利事業統一編號22759935

定價：270元

國家圖書館出版品預行編目資料

滄狼行／指雲笑天道 著. -- 初版 -- 臺北市：風雲時代，2020.11- 冊；公分

ISBN 978-986-352-909-5（第3冊；平裝）

857.7 109013225